DER PATE VON ZUG

Lorenz Müller, geboren 1977, lebt in Zug, Schweiz. Nach juristischen und forensischen Ausbildungen arbeitete er viele Jahre als Staatsanwalt und für ein Versicherungsunternehmen im Bereich Recht und Leistungsmissbrauch. Im Herbst 2019 veröffentlichte er seinen Erstlingsroman «Endstation Gotthard». www.lorenzmueller.ch

Diese Geschichte mit all ihren Handlungen und Figuren ist frei erfunden. Die beschriebenen Orte sind real, wenn auch teilweise ein wenig verändert. In der Stadt Zug geht es für gewöhnlich deutlich friedlicher zu und her als beschrieben, und einen Polizisten wie «Campari Soda» gibt es natürlich nicht. Auf S. 253 findet sich ein Glossar.

LORENZ MÜLLER

DER PATE VON ZUG

Kriminalroman

emons:

Bibliografische Information der Deutschen Nationalbibliothek
Die Deutsche Nationalbibliothek verzeichnet diese Publikation in der Deutschen Nationalbibliografie; detaillierte bibliografische Daten sind im Internet über http://dnb.d-nb.de abrufbar.

MIX
Papier aus verantwortungsvollen Quellen
FSC® C083411

Umschlagmotiv: matlen/photocase.de
Umschlaggestaltung: Nina Schäfer, nach einem Konzept von Leonardo Magrelli und Nina Schäfer
Umsetzung: Tobias Doetsch
Gestaltung Innenteil: DÜDE Satz und Grafik, Odenthal
Lektorat: Irène Kost, Biel/Bienne, Schweiz
Druck und Bindung: CPI – Clausen & Bosse, Leck
Printed in Germany 2021
ISBN 978-3-7408-1332-1
Originalausgabe

Drogen-, Waffen- und Menschenhandel, Korruption, Schutzgeld, Raub und Mord. Dies sind bloss einige Betätigungsfelder des organisierten Verbrechens, und die Einnahmen daraus werden zurück in den legalen Wirtschaftskreislauf geschleust. Gemäss Schätzungen des Internationalen Währungsfonds IWF liegt das Volumen der weltweiten Geldwäscherei bei mindestens zwei Prozent des globalen Bruttoinlandprodukts.

The first thing we do, let's kill all the lawyers.
William Shakespeare (1564–1616)

But we might have to start with the judges.
Reaktion der englischen Anwälte auf Shakespeare

Prolog

Donato Carbones Blick schweifte durch die Ränge des Gerichtssaals. Die Schaulustigen sassen da wie Raben, die darauf warteten, dem Verlierer des Verfahrens die Augen aus dem Kopf zu picken. Es fehlte bloss noch, dass sie alle in ein Krächzen einstimmten, um das drohende Unheil anzukünden.

Nun sollte endlich Gerechtigkeit gesprochen werden. Carbone faltete seine schwieligen Hände zum Gebet, und der Präsident des Strafgerichts ergriff das Wort.

«In Sachen Staatsanwaltschaft des Kantons Zug gegen Tommaso De Luca ...»

Stille im Saal und der Beschuldigte erhob sich.

«... ist das Gericht zu einem Urteil gekommen.»

Als Ausgleich dafür, dass dieser neureiche Bastard Carbones Tochter angefasst hatte, wünschte er ihm eine Zelle ohne Fenster.

«Die Gerichtsschreiberin verliest das Urteil», fügte der Gerichtspräsident hinzu, und eine papierbleiche Frau im Deux-Pièces erhob sich.

«Erstens.» Ihre Stimme war noch dünner als Filterkaffee. «Der Angeklagte wird des Vorwurfs der versuchten Vergewaltigung gemäss Artikel hundertneunzig Absatz eins des Strafgesetzbuchs freigesprochen.»

Das letzte Wort war wie ein Schlag in Carbones Gesicht. Ungeordnete Gedanken rasten durch seinen Kopf.

«Zweitens. Der Angeklagte wird der sexuellen Nötigung gemäss Artikel hundertneunundachtzig Absatz eins des Strafgesetzbuchs freigesprochen.»

Carbone bebte innerlich. Er presste die Zahnreihen aufeinander und kriegte kaum Luft.

«Drittens. Der Angeklagte wird der Nötigung gemäss Artikel hunderteinundachtzig des Strafgesetzbuchs schuldig gesprochen.»

Carbone hörte noch ein Gelaber von Geldstrafe, und es hielt ihn nichts mehr auf seinem Stuhl. Er stürzte sich auf den jungen De Luca und drosch auf diesen ein, bis ihn zwei kleiderschrankgrosse Polizisten in den Schwitzkasten nahmen.

Selbst als ihn die beiden Uniformierten zwischen Gerichts- und Verwaltungsgebäude über den Platz zogen, wand sich Carbone und wollte zurück zu De Luca, um ihm noch einmal in sein dummes Grinsen zu schlagen.

Die Fotokameras der Journalisten ratterten wie Schnellfeuerwaffen, und Carbone begriff nicht, wie De Luca junior freigesprochen werden konnte.

1

Der Mond warf ein kaltes Licht auf die Dächer der Altstadt. Die Glocke im Kirchturm von St. Oswald schlug zweimal.

Fausto Ventimiglia schleuderte den Brandsatz mit aller Kraft gegen die Beifahrerscheibe des weissen Tesla Model S, und noch bevor er sich in die Sankt-Oswalds-Gasse zurückziehen konnte, schlugen die Flammen aus dem Fahrzeug.

Für ihn war dies eine wunderbare Nacht, denn das Aggressive behagte ihm.

«Schöne Grüsse von Frankie De Luca», sagte er im Gehen, und von Weitem hörte er die Sirenen in der Stadt.

***

Sebastian Hürlimann klebte das Hemd am Rücken, als er durch die Stadt seinem ersten Termin entgegenging. Aber sein Parfum umgab ihn wie ein Schutzschild gegen Schweiss, Schwäche und Kleinbürgertum.

Die Worte eines Anwaltskollegen, den er gestern flüchtig getroffen hatte, geisterten immer noch durch seinen Kopf. Anscheinend tuschelte man hinter seinem Rücken, dass er häufiger beim Handelsregisteramt als im Gerichtssaal anzutreffen sei. Er sei ein Anwalt der Sorte «Halten und Verwalten». Doch damit lagen sie genauso daneben wie ein entgleister Zug. Mit Domizilgesellschaften und Verwaltungsratsmandaten deckte er bloss seine Fixkosten. Richtig in Fahrt kam er dagegen, wenn es darum ging, Deals einzufädeln. Seine Berufskollegen waren zu doof, um sein Geschäftsmodell überhaupt zu verstehen – oder ihnen fehlte ganz einfach der Schneid, nach den richtig fetten Mandaten zu greifen.

Manchmal – so musste er sich eingestehen – ging es auf dem Weg zu einem Agreement ruppiger zu und her als auf einer Baustelle. Doch meist war nur sanfter Druck nötig. Im Normalfall reichte es, ein kleines dunkles Geheimnis des Verhandlungspartners aus dem Hut zu klopfen, und schon waren die meisten bereit, das Ja laut auszusprechen.

Während seines Studiums hatte er das Standardwerk «Getting to Yes» über das Handwerk von Verhandlung und Einigung gelesen. Doch dieses Buch war nie seine Bibel geworden. Er stimmte zwar noch darin überein, dass man in der Sache hart verhandeln musste. Aber man durfte keinesfalls sanft mit den Menschen umgehen. Niemals, denn der zaghafte Umgang mit Menschen konnte ein teurer Fehler sein.

Sein heutiger Auftrag war aussergewöhnlich, weil er das Druckmittel für die Verhandlung nicht hatte wählen können. Sein Kunde behielt gern die Fäden in der Hand. Doch es machte Hürlimann nichts aus, das Wie nicht selbst bestimmen zu können, solange das Wieviel den Weg in seine Brieftasche fand.

Es war noch nicht acht Uhr, als er bei seinem Verhandlungspartner auf der Matte stand.

«Vielen Dank, Herr Van der Werff, dass Sie mich empfangen.» Hürlimann hatte sich erst gar nicht zu ihm an den Tisch gesetzt. Er war sich sicher, dass er heute Morgen nicht allzu lange brauchen würde. Seine Argumente waren zu überzeugend.

«Dem Grundbuch entnehme ich, dass Sie der Eigentümer des Gebäudes Bahnhofstrasse 26c in Zug sind?»

Der kleine glatzköpfige Mann hinter dem Schreibtisch blickte auf.

«Sie entnehmen dem Grundbuch richtig. Offenbar haben Sie lesen gelernt. Glückwunsch. Und jetzt machen Sie mir ein Angebot, das ich ohnehin ablehnen werde. Sie verschwenden also meine Zeit und gehen jetzt besser.»

«Das sehe ich anders. Mein Kunde zahlt sehr gut. Das Geschäftsgebäude 26c ist jedoch in keinem besonders guten Zustand, daher bietet mein Kunde fünfeinhalb Millionen Schweizerfranken. Das erscheint mir sehr grosszügig.»

«Grosszügig?» Van der Werff lachte lauthals. «Machen Sie

sich von meinem Teppich und richten Sie Ihrem Kunden aus, dass ich mich einen kurzen Moment lang amüsiert habe.»

Hürlimann war nicht nach Lachen, denn dies war ein Kaufangebot von Frankie De Luca höchstpersönlich.

«Das wird Ihnen jetzt nicht gefallen. Mein Kunde verlangt von mir, das Kaufangebot jedes Mal um hunderttausend zu kürzen, wenn Sie ablehnen. Wir sind also bereits auf fünf vier gefallen.»

Van der Werff lachte herzhaft. «Ihr Klient hatte in der Schule wohl einen Fensterplatz. Hat ihm keiner erklärt, dass er das Angebot erhöhen muss, um jemanden zu ködern?»

«Glauben Sie mir, alles hat seine Richtigkeit. Er will Sie gar nicht ködern. Sie lehnen ab, und er geht mit dem Angebot runter.»

«Machen Sie sich vom Acker, Sie Schnösel.»

«Mein Kunde richtet aus, Sie sollen durch Ihre ablehnende Haltung nicht unter fünf Millionen fallen. Falls doch …» Hürlimann räusperte sich. «Nun, das sind jetzt nicht meine Worte. Es sind die meines Kunden. Falls Sie auch bei fünf Millionen ausschlagen sollten, sitzt beim nächsten Mal Ihre Frau im Tesla, wenn der brennt.»

Van der Werff erstarrte. Der richtige Nerv war getroffen. Erstaunlich, was ein Brandsatz und ein paar Männer in Vollmontur mit Löschschaum ausmachen konnten.

«Wie Sie sehen, reduziert mein Auftraggeber das Angebot mit Bedacht, und er ist grosszügig. Er lässt Ihnen diesen Verhandlungsspielraum. Schliesslich hätte er von Anfang an fünf Millionen bieten können. Aber stattdessen ist er mit fünf fünf eingestiegen. Faktisch wollte er Ihnen also eine halbe Million schenken.»

«Was fällt Ihnen ein!»

«Nicht mir, Herr Van der Werff. Meinem Kunden. Ich bin nur der Überbringer der Nachricht.»

Hürlimann gab seinem Gegenüber kurz Zeit für eigene Gedanken. Zuerst musste sich alles setzen, damit der Deal abgeschlossen werden konnte.

«Mein Auftraggeber ist nicht besonders geduldig. Entscheiden Sie sich also bitte jetzt gleich, was Sie hergeben wollen: das Bürogebäude oder Ihre Ehefrau.»

Van der Werff war wie versteinert und sagte nichts. Anscheinend lag ihm genug an seiner Frau.

«Schön. Ich werde die Papiere für fünf Komma vier Millionen aufsetzen.»

Van der Werff blieb still.

«Herzlichen Glückwunsch. Wir haben eine Einigung. Eine Win-win-Situation», frohlockte Hürlimann. «Mein Kunde übernimmt die Immobilie, Sie kriegen die fünf Millionen und obendrauf vierhunderttausend extra. Ich bereite die Papiere vor, und Sie grüssen mir Ihre Frau Gemahlin. Die wird sich über Ihre Entscheidung bestimmt freuen.»

Ohne ein weiteres Wort zu verlieren, ging er. In der Sonne draussen stolzierte er über die Fahrspuren der Bahnhofstrasse davon und nickte einem vorbeifahrenden Bentley zu, aus dem ihm ein Regionalpolitiker zurückwinkte – nichts Besonderes in seinem Alltag, denn in einer kleinen Stadt wie Zug kannte man sich vom Sehen her, und die Bentleys, Jaguars und Porsche Panameras gehörten längst zum Stadtbild.

2

Am verschlafenen Guggitalring öffnete der alte Mann im Rollstuhl seine Haustür. Es war kurz nach neun Uhr. Daniel Garveys Schritt über die Türschwelle war der Wechsel in eine Parallelwelt. Draussen schon morgens schwülwarm wie in den Tropen, im Innern des alten Einfamilienhauses war die Luft dagegen erstaunlich kühl. Und es roch nach Hund.

Seine Augen gewöhnten sich an das Halbdunkel, und Anna, die neben ihm stand, steckte sich die Sonnenbrille auf den Kopf.

Schon positionierte sich der schwarze Labradorrüde an Annas Seite, wedelte mit der Rute und liess sich die Ohren kraulen.

«Sehen Sie, Anna?», krächzte Huber in seinem Rollstuhl. «Bodo wird mich keine Minute vermissen.»

Daniel war überrascht, dass Huber sie mit Vornamen ansprach und dennoch siezte. Waren heute nicht alle sofort per Du?

«Stehen Sie nicht so in der Ecke herum.» Damit meinte Huber wohl ihn. «Sie stehen da wie nicht abgeholt. Sie werden doch nicht einer dieser Autisten sein, wie sie heute in Scharen durch die Stadt schleichen?»

Daniel trat zu Anna und dem Labrador in das Wohnzimmer, und es sprang ihm sofort ins Auge: Nichts lag herum, alles hatte seinen Platz. Das Wohnzimmer war eingerichtet, als ob die gesamte Ausstattung der Achtziger aus einem Guss für diesen Raum geschaffen worden wäre. Für einen allein lebenden Mann erstaunlich ordentlich.

An der Wohnzimmerwand neben Daniel hingen kleine Bilderrahmen, die Huber in jüngeren Jahren zeigten. Eine Fotografie präsentierte ihn bei seiner Hochzeit. Es war sofort klar, dass dieser Tag Jahrzehnte zurücklag, und das Besondere an dieser Fotografie war, dass Huber an seiner eigenen Hochzeit die Ausgangsuniform der Schweizer Armee getragen hatte.

Auf den übrigen Fotos wurde sein Gesicht immer etwas älter, während die Uniformen in gleichem Masse moderner und die Balken seiner Dienstgradabzeichen stetig zahlreicher und breiter wurden.

«In dieser Tasche sind sein Fressnapf und das Futter, in der anderen seine Liegedecke.»

Huber erklärte Anna die Futtermenge. Er achtete anscheinend penibel genau auf die Ernährung seines Hundes. Tatsächlich erschien der Rüde schlanker als andere Hunde, die man gemästet in den Strassen dem Herrchen hinterherwanken sah.

«Keine Sorge», entgegnete Anna. «Wir kommen klar, und ich werde ihn bestimmt nicht überfüttern. Bloss etwas verwöhnen. Ich werde es geniessen, dass ich für ein, zwei Tage einen Hund habe. Ich wollte schon immer einen, nur arbeite ich zu viel.»

Daniel war im Geiste abgedriftet, wurde aber wieder zurückgeholt.

«Kommen Sie mit Hunden klar, Garvey?», fragte Huber und fixierte ihn mit strengem Blick.

«Ich denke, ja.»

«Haben Sie gedient?»

«Wie jeder im Land.»

Klar wurde auch Anna neugierig. Ihre Mimik sagte ihm, dass sie auf weitere Angaben von ihm wartete, wohl weil er noch nie von seiner Dienstzeit erzählt hatte.

«Dienstgrad?»

«Soldat, Herr Brigadier.»

Daniel war klar, dass ihn sein eigener Dienstgrad in Hubers Weltbild gerade ziemlich weit nach unten in Richtung Bedeutungslosigkeit geworfen hatte. Im Vergleich zu Huber war er in der Armee ein ganz kleiner Fisch gewesen. Dennoch erkannte er ein Leuchten in Hubers Augen. Er war vermutlich schon ewig nicht mehr als Brigadier angesprochen worden.

«Truppengattung?»

«Panzergrenadier, Herr Brigadier.»

«Schiessabzeichen?»

«Stufe zwei.»

Tatsächlich war das Schiessen Daniels liebste Aktivität bei der Armee gewesen. Im Schiessstand hatte es nämlich nur zwei Befehle gegeben: «Feuer!» und «Feuer halt!». Diese Worte waren ihnen zwar auch um den Kopf gebrüllt worden, aber da man im Stand den Gehörschutz aufhatte, waren Vorgesetzte weit weg und damit beinahe inexistent gewesen.

Huber musterte ihn einen unangenehmen Moment lang.

«Sie scheinen mir ein Einzelkämpfer zu sein.»

Anna stand sichtlich amüsiert daneben und tätschelte Bodo. «Er ist kein Einzel*kämpfer*. Eher ein Einzel*gänger* und durchaus teamfähig. Wir funktionieren ganz gut zusammen. Sie würden staunen.»

Er kam sich gerade vor wie die Nährlösung in der Petrischale, auf die alle Blicke gerichtet waren. Dieser Moment hatte sich zu einem dieser «Hallo, ich bin übrigens auch noch hier und kann euch hören»-Gespräche entwickelt. Das war etwa so, wie wenn Eltern sich in Gegenwart des Kindes mit dem Lehrer über die Schulnoten unterhielten.

Daniels Blick wanderte durch das Wohnzimmer und blieb bei einem der Fenster an einem Dreibeinstativ mit grün gummiertem Fernrohr hängen.

«Schauen Sie ruhig durch, Soldat.»

Hatte er eine andere Wahl? Einem Brigadier ausser Dienst einen Gefallen abschlagen? Nicht gut. Also blickte er durch die Linsen zwischen den Nachbarhäusern hindurch bis weit hinunter zum Yachthafen, wo fünf Teenager im Kreis am Boden sassen. Er konnte sogar erkennen, dass einer von ihnen ein Smartphone bediente, und ein anderer blies Zigarettenrauch in die Luft.

«Beachtlich», entfuhr es Daniel.

Vergrösserung und Bildschärfe waren der reine Wahnsinn. Kein Fernrohr für den alltäglichen Gebrauch.

«Dieses Spielzeug ist mein einziger Kontakt zur Aussenwelt.» Huber schlug mit einer Hand auf eine der Armlehnen seines Rollstuhls. «Seit dieser verdammten Knieoperation komme ich kaum mehr raus. Ich schaffe es gerade mal zwei- oder dreihundert Meter weit. Gehe ich weiter, werden die Schmerzen unerträglich. Dabei hat dieser Narzisst in seinem weissen Kittel behauptet, mein Knie werde wie neu sein. Und jetzt schauen Sie mich an.»

Huber starrte Daniel an, als ob der etwas dafürgekonnt hätte.

«Aber es gibt doch sicher eine Möglichkeit zur Verbesserung», meldete sich Anna.

«Im Moment sieht es nicht danach aus. Ich möchte nicht wissen, wie viele Nachoperationen dieser Pfuscher im Jahr durchführt.»

«Das wird sicher bald besser sein», doppelte Anna nach.

«Nichts als erbärmlich. Sie sehen es selber. Ich bin zum Voyeur verkommen.»

Es war erstaunlich, wie Huber sofort einen viel sanfteren Ton anschlagen konnte, wenn er mit Anna sprach.

«Damit ich die Welt da draussen überhaupt noch erleben kann, schaue ich durch ein Fernrohr. Ich hoffe, die morgige Untersuchung bringt etwas.»

Huber gab Anna letzte Anweisungen zu Bodo und bedankte sich bei ihr für das Einspringen.

«Sobald ich vom Untersuch zurück bin und halbwegs gerade stehen kann, werde ich mich melden.»

«Sie brauchen sich nicht zu beeilen», bemerkte Anna. «Ich kann Bodo auch drei oder vier Nächte lang hüten. Wir kommen gut klar.»

«Und Sie?», wollte Huber von Daniel wissen. «Sind Sie als Einzelgänger in der Lage, auf Anna und meinen Hund aufzupassen?»

Auf eine erwachsene Frau aufpassen? In welcher Zeit lebte der alte Militärkopf?

«Kein Grund zur Sorge, Brigadier. Ich übernehme die nächste Schicht auf der Wache, bis Sie wieder da sind.»

Anna zeigte ihr vereinnahmendes Lächeln.

«Das können Sie ihm ruhig glauben. In seiner Gegenwart kann uns nicht viel zustossen.»

Immerhin, Huber gab ihm zum Abschied die Hand, blieb aber bei seinem militärischen Tonfall.

«Honor, modestia, unitas.»

Die Maxime der Grenadiere in Isone.

«Semper fidelis», gab Daniel zurück, und Hubers Miene hellte sich auf, denn das weltbekannte «semper fi» verwendeten keineswegs nur die US-Marines.

Daniel trat ins stechende Sonnenlicht hinaus, und er fragte sich, was die Woche noch alles bringen würde. Wenn er schon auf militärische Grüsse zurückgreifen und den Aufpasser für eine erwachsene Frau und den Hund eines Brigadiers ausser Dienst spielen musste, was kam wohl als Nächstes? Sein Plan war einfach. Nur schnell den Köter wieder loswerden und mit Anna die Zweisamkeit und das Hochsommerwetter geniessen.

***

Punkt zehn Uhr rollte das Gittertor zur Seite. Conor Garvey trat nach über zwanzig Jahren vor das Gefängnis Maghaberry. Er konnte sich nicht daran erinnern, wann er zum letzten Mal die Sonne über Belfast gesehen hatte, ohne dass diese von Gitter und Stacheldraht eingerahmt war.

«Lass deine Finger von Sprengsätzen, du katholischer Hurensohn», sagte der Aufseher, der mit einer Heckler & Koch MP5 das Tor bewachte.

Conor streckte ihm im Gehen den Mittelfinger entgegen, und vor seinem geistigen Auge tauchten ausgebrannte Autos auf und britische Soldaten, die mit entsicherten Waffen zwischen spielenden Kindern hindurchmarschierten. Soldaten, die selbst noch fast Kinder gewesen waren.

«Ich scheisse auf Protestanten, Engländer und die Thatcher-Regierung. In dieser Reihenfolge. Und Verräter wie du gehören im Lough Neagh ersäuft.»

Die Eiserne Lady war lange weg, an Conors Haltung hatte sich in all den Jahren dennoch nichts geändert. Sie waren nicht die Unterdrücker gewesen.

Sein ganzes Leben war schnörkellos ehrlich gewesen. Selbst hinter diesen Mauern. Und trotz all der Jahre, die er im Knast verbracht hatte, oder vielleicht gerade deswegen waren ihm die *Troubles* noch so präsent, als ob es gestern gewesen wäre. Der *Bloody Sunday* in Londonderry, als Soldaten wehrlosen Zivilisten in den Rücken geschossen hatten. Die Briten, die ihn und seine Waffenbrüder als Gefangene in einem Trakt der berüchtigten H-Blocks zuerst mit dem Feuerwehrschlauch kalt geduscht und nächtelang der Novemberkälte ausgesetzt hatten. Diese Dinge waren noch lange nicht vergessen. Andernfalls hätte man ihn und seine Kampfgefährten hier in Maghaberry kaum von den inhaftierten Ulster Loyalisten trennen müssen. Oder hätte man sonst in Belfast die Friedensmauer nicht längst abgetragen, anstatt jede Nacht von Hand die Tore zu schliessen?

Conor stieg in den silbergrauen Vauxhall Astra und blickte geradeaus. Sein Kleinhirn erwartete, dass jeden Augenblick ein Aufseher brüllte: «Hinter die Linie, du katholisches Stück Scheisse!»

Keiner schrie.

«Wie geht es dir?», fragte Bobby, den er seit seiner Kindheit kannte.

Conor wandte sich an den dürren Mann auf dem Fahrersitz. «Wie es halt so geht. Hast du etwas für mich dabei?»

«Im Kofferraum. Bist du dir sicher, dass du das tun willst? Vielleicht solltest du zuerst –»

«Nur ein Kopfschuss kann mich davon abhalten.»

Der Motor sprang an, und sie fuhren in die schmale Old Road. Links und rechts zogen grüne Hecken vorbei und alle paar hundert Meter tauchte ein Hausdach auf.

Sie sprachen kein Wort, bis sie in die Moira Road in Richtung des Belfast International Airports abbogen. Die Landschaft war dieselbe wie vor zwanzig Jahren, hingegen waren die Häuser frisch gepinselt und die Autos nicht mehr so eckig.

«Du solltest einfach vergessen, Conor. Egal, auf welcher Seite, alle bereuen etwas von dem, was sie getan haben. Jeder hat jemanden verloren oder kennt einen mit zerschossener Kniescheibe. Du musst nach vorne schauen.»

«Ich kann nicht vergessen. Vielleicht kannst du es, aber ich nicht.» Verbittert starrte er vor sich hin.

«Ich meine nur, dass du –»

«Ach hör doch auf. Soll ich mir etwa nach allem, was war, zum Hobby einen Rosengarten anlegen und lächelnd den Engländer spielen? Sehe ich so aus?»

«Schon klar, aber das ist dein erster Tag draussen. Willst du direkt das nächste Risiko eingehen?»

«Ich kenne das verdammte Risiko!» Conor schrie derart laut, dass seine Stimme in den Ohren nachhallte. «Selbst wenn ich dabei sterben sollte, gehe ich dahin, denn ich kriege sein verdammtes Gesicht nicht aus meinem Kopf. Ich sehe es jede Nacht.»

«Deine Entscheidung, Conor.»

«Ja, verdammt, das ist es.»

Er beruhigte sich, und sie fuhren weiter durch das flache Land.

«Habt ihr ihn aufgespürt?»

«Klar. Das war keine grosse Sache. In der Schweiz steht nur ein Daniel Garvey im Telefonbuch.»

«Wo finde ich ihn?»

«Die Adresse liegt in der Tasche unter den Kleidern.»

Sie fuhren an einer riesigen Plakatwand vorbei. Der Werbeslogan in roten Buchstaben verriet ihm, wie oberflächlich die Gesellschaft inzwischen sein musste.

«Hin und zurück schneller, als du es wahrnehmen kannst. Generation Easyjet».

Conor hatte durch das Gittertor eine Welt betreten, die ihm fremd war. Er fragte sich, ob es noch Menschen wie ihn gab oder ob sich heute jeder mit Kopfhörern und Smartphone von den Problemen der Welt abwandte.

Bobby liess ihn beim Abflugterminal aussteigen. Conor nahm die Tasche aus dem Kofferraum und betrat das Flughafengebäude.

Zwei Jahrzehnte lang hatte er hinter Gittern darauf gewartet, Daniel Garvey gegenüberzutreten. Aber zuerst musste er es bis in die Schweiz schaffen. Denn er sorgte sich, dass man ihn bei der Sicherheitskontrolle sofort rauspflücken würde, weil er immer noch nach IRA roch. Oder war er nun bloss ein ganz gewöhnlicher zwanzig Jahre älterer Mann, dessen Namen die Leute nicht kannten? Hatte er ausreichend lange gesessen, um diese Aura los zu sein? Hatte die Welt die Irish Republican Army schon vergessen? Er bezweifelte dies und ging weiter.

***

Draussen im Auto neckte Anna ihn. «Ich glaube, der alte General mag dich.»

«Selber General. Er war Brigadier, und es ist offensichtlich, dass er dich viel lieber mag.»

«Warum wusste ich nicht, dass du bei den Panzergrenadieren warst?»

Daniel überlegte. Es hatte ganz einfach nie die Gelegenheit dazu gegeben, davon zu erzählen, wie er mit geschorenem Kopf und geschwärztem Gesicht durch Pfützen gerobbt war und sich mit einem flauen Gefühl im Magen unter dem Sperrfeuer der Maschinengewehre hinweggeduckt hatte.

Daniel schob die Erinnerungsfetzen an seine «Ferien in Grün» beiseite, drehte den Zündschlüssel, und der alte Saab 9-3 schnurrte wie eine Raubkatze, die man hinter dem Ohr kraulte. Trotz der offenen Fenster war die Luft im Auto quälend heiss. Er blickte in den Rückspiegel und hatte Bodos hechelnde Schnauze mitten im Blickfeld. Der Hund sass auf der Rückbank und pumpte seinen Mundgeruch nach vorn. Ganz toll.

Daniel lenkte den Wagen auf die Zugerbergstrasse.

«Was glaubst du, wie deine Eltern reagieren werden?»

«Du meinst, weil ich Mutter werde?»

Daniel beschleunigte nach unten in Richtung der Stadt.

Sie sah ihn durch die Sonnenbrille an, die eine Hand auf ihrem Bauch, der eigentlich noch gar nicht zu sehen war, die andere Hand auf seinem Bein. Ihre Haare trug sie wie so oft hochgesteckt, und im Gesicht zeigte sich ein entspanntes Lächeln. «Mach dir keine Gedanken. Meine Eltern mögen dich sehr, Daniel.»

Das konnte er nur hoffen, denn dem Klischee des Lieblings aller Schwiegermütter entsprach er ganz gewiss nicht. Er blieb ein Garvey, auch wenn er dies gar nicht wollte.

3

Beim Sturz vom Flachdach ruderte der Mann mit den Armen, als ob ihn dies noch hätte bremsen können.

Ventimiglia sah ihm hinterher, bis er unten aufschlug.

Schon komisch. Ab sechs Stockwerken ruderten sie alle mit den Armen.

Während der andere reglos auf der Kühlerhaube eines Land Rovers lag, verliess Ventimiglia das Gebäude. Er überquerte die Chamerstrasse und ging über den Basketballplatz runter zum Ufer des Zugersees. Im Gehen zündete er sich eine Lucky Strike an, und die Sonne schien ihm ins Gesicht.

Noch ein Gruss aus Frankie De Lucas Küche.

***

Als nach zwei Uhr der Funkspruch reinkam, sass Sergio Rossi an seinem Schreibtisch im Polizeigebäude.

«An der Chamerstrasse 18 ist ein Mann von einem Balkon gestürzt. Krankenwagen und Erstelement sind aufgeboten, ein Ermittler soll sich sofort beim Dienstchef-Pikett melden.»

Rossi trat auf den Flur, während das Haus trotz der Sommerferienzeit zum Leben erwachte. Zwei Uniformierte rannten die Treppe hinunter. Den Streifenwagen brauchten sie nicht, denn dieser Tatort lag direkt um die Ecke.

Aus dem Büro nebenan kam Forster, nickte Rossi zu und ging im Stechschritt nach hinten zum Büro des Dienstchefs. Brack war einer der wenigen Offiziere, die überhaupt da waren – die meisten in den Ferien. Es war perfekt. Die wenigen, die bei der Arbeit waren, hatten gerade alle Hände voll zu tun. Eine bessere Gelegenheit würde sich nicht so schnell wieder ergeben.

Rossi ging runter in die Asservatenkammer und holte eines

der beschlagnahmten Sturmgewehre aus einer versiegelten Holzkiste. Mit der Waffe in der Hand trat er in die Parkhalle, vergewisserte sich, dass keiner da war, legte das Sturmgewehr in den Kofferraum seines Ford Explorer und bedeckte es mit einer Wolldecke. Allein bei dieser Handlung war sein Adrenalinkick das Zehnfache von dem, was er erwartet hatte. Das würde sich in den nächsten Stunden noch überbieten lassen.

***

Um die Blicke der Gaffer abzuwehren, war ein weisses Zelt um die Schnauze des Land Rover Defender angebracht. Kriminaltechniker Grübel zog am Zeltstoff, um Forster einen schnellen Blick auf den Leichnam zu ermöglichen. Dem Ermittler schlug die Hitze entgegen, die sich im Zelt angestaut hatte.

«Huerä Siech!», entfuhr es Forster.

«Ich finde den hier gar nicht wirklich krass», sagte Grübel. «Erinnerst du dich nicht mehr an denjenigen, der sich letztes Jahr von seinem Hausdach direkt auf den Gartenzaun geworfen hatte?»

«Ich staune nicht deswegen. Das ist schliesslich auch nicht meine erste Leiche. Weisst du denn nicht, wer vor dir liegt?»

«Für die Kriminaltechnik spielt es keine Rolle, *wer* da liegt. Es zählt allein das Spurenbild.»

Das mochte für die Spurensicherung gelten, aber nicht für einen Ermittler. Bei Forsters Arbeit war es von enormer Bedeutung, wessen Knochen zerschmettert auf einer Kühlerhaube lagen. Und in diesem Fall war die Identität des Toten das Entscheidende.

«Vor dir liegt Dr. Peter Barth. Der Präsident des Zuger Strafgerichts.»

Grübel machte grosse Augen. «War der nicht eben erst in den Medien?»

«Ganz genau. Letzten Freitag. Wegen des Freispruchs von Frankie De Lucas Sohn.»

«Hast du seinen Fall bearbeitet?»

«De Luca junior? Nein. Ich war bloss zur Unterstützung bei der Verhaftung mit dabei. Es war ein verdammtes Ringen, bis uns De Lucas Leibwächter den Schnösel doch noch überlassen haben.»

«Und? Hat er es getan? Ich meine, war es nun ein Sexualdelikt oder nicht?»

«Das weiss ich doch nicht. Unsere Leute sind davon überzeugt gewesen, dass etwas vorgefallen sein musste. Das Opfer soll ziemlich neben der Spur gestanden haben, und De Luca junior hat die Aussage immer genau bei den heiklen Fragen verweigert. Da kannst du eins und eins zusammenzählen. Warum die Aussage verweigern, wenn du nichts zu verbergen hast? Das macht doch keinen Sinn.»

«Und der hier hat De Luca junior freigesprochen?»

«Ganz genau.»

Forster lief der Schweiss in die Augen, die Hitze auf dem Asphaltvorplatz war unerträglich. Er rieb sie und bekam das Brennen nicht raus. In den nächsten Tagen sollte es sogar noch heisser werden. Die Saharawinde machten das Klima zur Hölle. Wenn es bloss heiss gewesen wäre, okay. Aber nein, es war auch noch feucht wie in einer Waschküche. Forster hatte in seiner Nachbarschaft sogar eine Spanierin aus Madrid schimpfen gehört, dass hier das Klima im Sommer belastender sei als in ihrer Heimat.

«Bis wann habt ihr erste Erkenntnisse?»

«Eine Stunde sind wir hier sicher noch beschäftigt. Ich will zum Schluss noch die Fallweite messen.»

Nach gewissen forensischen Theorien sollte man von der Fallweite, also der Distanz zwischen Hausmauer und Endlage des Leichnams, darauf schliessen können, ob einer gesprungen oder runtergestossen worden war. Doch das war pseudowissenschaftlich verpackter Quatsch. Die Distanz sagte gar nichts. Die Realität war zu komplex, als dass man sie auf eine simple Theorie reduzieren konnte. Der eine Lebensmüde liess sich vom

Dach mehr fallen, als dass er sprang, und schlug ganz nahe an der Fassade auf. Der Nächste nahm Anlauf wie beim Weitsprung, als ob ihn mit weniger Anlauf noch etwas hätte zurückhalten können. Forster hatte schon beides an Tatorten angetroffen, und auf Theorien gab er nicht allzu viel. Für ihn zählte ausschliesslich das Gesamtbild der Erkenntnisse und Spuren.

Er blickte zur Gebäudefassade und schätzte die Fallweite auf vier Meter. Er zählte die Balkone.

«Weisst du, von welchem Stockwerk er gefallen ist?»

«Die Kollegen von der Streife haben alle Türklinken geputzt. Die Hausbewohner wissen nichts. Also kommt bloss noch das Dach in Frage. Zwei von uns sind oben und suchen nach Spuren. Aber du musst dich noch etwas gedulden.»

«Gibt es etwas, womit ich anfangen kann?»

«Klar. Du kannst uns im Büro drüben ein paar Flaschen Wasser holen. Ohne Nachschub verdunste ich hier auf dem Asphalt gleich wie eine Schönwetterwolke. Dieser Spurenschutzanzug ist eine mobile Sauna. Das sollte mal einer von der Gewerkschaft testen.»

Hä? War er der Wasserträger der Kollegen?

Forster wollte Grübel zurechtweisen, aber er liess es bleiben. Solange die Kriminaltechnik keine Erkenntnisse hatte, gab es für ihn sowieso noch nichts zu tun. Es war tatsächlich unerträglich heiss, und der Gestank von Dieselstaub lag in der Luft. Einfach nur grässlich.

Er liess Grübel allein zurück.

Forster ging die paar Schritte zurück zum Polizeigebäude. Das Hemd klebte ihm am Rücken, und er quälte sich schwer atmend die Treppe hoch. Die Luft im engen Aufenthaltsraum war nicht richtig kühl, und er war schweissgebadet und wenig überrascht, genau jenen Kollegen anzutreffen, der sich hier immer herumtrieb. Andy Mannhart alias Campari Soda stand gerade an der Kaffeemaschine und wartete, bis die dunkle Brühe durchgelaufen war.

«Ciao», grüsste Forster.

Campari Soda trug wie üblich eine seiner geschmacksverirrten Krawatten. Als ob man bei dieser Affenhitze mit Stoffstreifen um den Hals besser hätte arbeiten können als ohne. Der hatte doch eine Meise, bei dem Wetter eine Krawatte zu tragen, wenn er sowieso nur in seinem Büro wartete, bis es Feierabend wurde.

«Hab's gerade über Funk gehört. Der Barth soll gesprungen sein. Ist sicher kein schöner Anblick.»

«Du sagst es.»

Forster hatte keine Lust auf ein Gespräch mit Campari Soda, denn vor ihm stand der faulste Polizist, den die Polizeischule je herausgepresst hatte. Mannharts Kosename kam denn auch nicht von ungefähr. Vor einigen Jahren führte die Zuger Polizei ein grösseres Verfahren gegen Geldwäscher, und Forster wurde Mannharts Team mit drei anderen Wirtschaftsermittlern zugeteilt. Er sollte diese bei der Hausdurchsuchung unterstützen. Und wer hatte sich Punkt vier Uhr nachmittags vom Acker gemacht, obwohl er selbst die Aktion hätte leiten sollen? – Richtig. Mannhart natürlich. Hinterher hatten sie sogar erfahren, dass er am See vor einem Glas Campari Soda gesessen hatte, während sie alle bis spätabends beschlagnahmte Aktenordner nummerierten. In einer kleinen Stadt kamen solche Dinge immer raus.

Forster konnte sich nicht zurückhalten. «Und was macht die Finanzwelt? Schnappst du dir den nächsten Hochstapler? Hast du Vermögenswerte beschlagnahmt? Oder teure Autos?»

«Ich bin an einer Konkurssache dran. Echt kompliziert, sage ich dir. Zuerst wurden mittels Pennystock-Papieren Millionen akquiriert, dann in Kryptos umgewandelt, und jetzt ist dieses Blockchain-Start-up in Konkurs geraten, und jeder behauptet, der andere sei mit den Investorengeldern verschwunden.»

Forster verstand die Hälfte davon nicht. Er nahm drei Flaschen Wasser aus dem Kühlschrank und wollte gerade gehen.

Campari Soda jammerte weiter. «Das ist eine knifflige Sache. Da kannst du nicht einfach mal schnell die DNA am Griff des

Messers abtupfen und mit der Speichelprobe des Verdächtigen abgleichen.»

«Aha.»

«Das wird ein richtig aufwendiger Fall werden. Aber heute retten wir die Welt auch nicht mehr. Stimmt's? Es ist gleich vier Uhr, und ich bin auf die Segelyacht meines Nachbarn eingeladen.»

Forster schaute auf seine Armbanduhr. «Ich enttäusche dich nur ungern. Wir haben erst Viertel vor drei. Diese Uhr geht falsch.»

«Echt jetzt?» Campari Soda starrte auf die Uhr über der Kaffeemaschine. «Fuck! Das kann doch nicht wahr sein.»

Forster ging mit den Wasserflaschen davon. Kopfschüttelnd.

Kein Wunder, erzählten sich die Leute Witze darüber, dass es erst die Archäologen bemerken würden, wenn irgendwo ein Beamter bei der Arbeit den Löffel abgab.

Er ging raus in die Hitze und sinnierte über den Fall des Gerichtspräsidenten. Ihm wurde die Ironie bewusst. Dies war tatsächlich der *Fall* des Richters. Ein tiefer Fall mit Todesfolge, und dies direkt nach dem Urteil in Sachen De Luca junior.

Was der Richter wohl an der Chamerstrasse 18 gemacht hatte?

Der wohnte doch irgendwo da oben am überteuerten Rötelberg mit Blick auf die Stadt und mit schickem Garten. Er wollte sich nicht vorstellen, was der Richter verdient haben musste, um sich dort ein Haus leisten zu können. Nicht in hundert Jahren hätte Forster den Schotter für eine solche Wohnlage oberhalb der Stadt zusammengekriegt. Neulich erst hatte ihm eine Nachbarin zugeflüstert, dass hinten an ihrer Strasse einer ein altes Haus mit Garten für zehn oder zwölf Millionen gekauft hatte.

Forster ging in Richtung des weissen Zelts der Kriminaltechnik und stellte sich den Richterlohn mit all den Nullen vor.

***

Die Nase des A220 zeigte nach Süden, und die Turbinen summten. Conor Garvey sass auf seinem Sitzplatz und schaute aus dem kleinen Fenster. Es war sein erster Linienflug überhaupt, und er konnte sich in der engen Sitzreihe kaum bewegen. Etwas unter ihm zogen weisse Wolkenfetzen vorbei, und noch weiter unten glitzerte das silbergraue Meer. Der Blick öffnete sich durch die Wolken auf das, was es noch nicht gegeben hatte, als er eingelocht worden war. Eine ganze Armee von Windrädern in exakt gleichen Abständen drehte sich im Westwind. Kilometerweit vor Blackpool standen sie im Meer. Es waren so viele, dass Conor sie nicht zählen konnte.

«Some tea or coffee, Sir?»

Diese Frage mit Londoner Akzent riss ihn aus seinen Gedanken. Er nahm den Lärm der Turbinen wieder als laut wahr, und hinten im Flieger schrie sich ein Kleinkind die Seele aus dem Leib.

«Haben Sie einen Malt?»

«Gerne. Mit einem Schuss Wasser?»

Gott bewahre. «Pur. Kein Eis, bitte.»

Einige Minuten später stand ein rauchiger Lagavulin vor ihm, und er wusste nicht recht, ob ihm als Nordire und Patriot ein schottischer Whisky überhaupt schmecken durfte. Für die einen war dies ein Whisky der Topklasse, und für ihn grenzte jeder Schluck aus diesem Glas an Verrat an seinem eigenen Land. Ein Nordire konnte sich nur irischen Whiskey leisten – wegen dem Preis und dem Stolz. Eigentlich hatte er gehofft, einen Connemara zu kriegen, aber es überraschte ihn nicht, einen Lagavulin in der Hand zu halten. Einmal mehr ein verstecktes Zeichen des Imperialismus, den man heutzutage mit dem Begriff der Globalisierung schönmalte, während die Kleinen dabei verreckten.

Er starrte in die honigfarbene Flüssigkeit. Sein geistiges Auge zeichnete in den Whisky den Eingang des Pubs in der Sandy Row, in dem sich damals mehrmals hintereinander ein paar ranghohe Ulster Loyalisten getroffen hatten. Es war ein Pub wie jedes andere gewesen, nur eben das der Gegenseite. Grüne Holzfassade im Erdgeschoss, ein paar alte Tische, Tresen und viel Bier in den Fässern.

In Conors Erinnerung schwang die Tür des Pubs auf, und ein Kerl stürmte heraus. Der Mann stolperte und fiel der Länge nach auf den Gehweg. Hinter den Fenstern liessen andere wie auf Kommando ihre Biergläser fallen und stürzten zur Tür.

Zu spät.

Ein greller Blitz schlug von innen durch die Fenster und schleuderte Glassplitter und Holz in die Gasse. Die Bombe zerfetzte alles, was sich in oder vor dem Haus befunden hatte. Selbst das Bier verdampfte augenblicklich.

Conor hatte noch immer den Knall der Detonation in den Ohren und glaubte, die Druckwelle spüren zu können. Seine Hand mit dem Whisky zitterte.

Er sah sich im Flieger um bis ganz nach hinten. Ein Reflex, den er sich noch in der Zeit vor dem Gefängnis angeeignet hatte. Du solltest immer wissen, wer hinter dir steht.

Im Flugzeug standen die Leute vor der Toilette Schlange, und sein Gehirn projizierte Daniel Garveys Gesicht mitten in die Sitzreihen. Eine wutverzerrte Fratze mit Tränen in den Augen. Purer Hass, die Fäuste geballt und zu allem bereit.

Noch eine Stunde bis zur Landung.

***

Von der Zeughausgasse aus durchschritt Ventimiglia die schmale Arkade eines Altstadthauses. Er ging in den Innenhof und betrat das herausgeputzte Ristorante La Parmigiana. Die Lichter waren gedämpft und das Servicepersonal noch nicht da. Dafür schepperten die Töpfe in der Küche.

Die Tonplatten des Fussbodens im Speisesaal waren frisch gefegt, die Tische weiss gedeckt, und Ventimiglia ging an der roten Berkel-Fleischschneidemaschine vorbei in die Küche.

Edoardo «Grande» Giuliani drapierte einen Seeteufel und

Scampi mit langen Fühlern auf Eis, um sie später den Gästen zu präsentieren.

«Ciao, Grande», grüsste Ventimiglia beinahe singend. *«Tutto bene?»*

«Sicher», rief ihm der Zwei-Meter-Mann im weissen Unterhemd und der Kochschürze zu. «Du musst am Verhungern sein, dass du so früh bei uns auftauchst.»

«Ich hab immer Hunger. Aber ich habe noch keine Zeit fürs Essen. Es geht um die Arbeit.»

Nach einem erledigten Auftrag war für Ventimiglia der Gang in die Küche des «La Parmigiana» nichts Aussergewöhnliches.

«Frankie isst heute Abend bei dir.»

«Klar. Ihm gehört ja der Laden, und er ist zurzeit Strohwitwer. Da isst er immer bei uns.»

«Kannst du ihm die Spaghetti mit *einem* Gruss servieren?»

«Wie viele sind es diesmal?»

«Nur einer.»

«Verarschst du mich? Bloss ein einzelnes Exemplar von den Scampi auf Frankies Spaghetti? Willst du den Boss verärgern?» Grande begann laut zu lachen. «Hast du nur einen erwischt, weil du diese Krankheit mit den zittrigen Händen hast?»

«Parkinson? Nein. Es ist halt Sommer. Fast jeder ist ans Meer oder in die Berge gefahren. Da gibt es für mich weniger zu tun. Du wirst sehen, ab Mitte August läuft das Geschäft wieder wie üblich.»

Er beugte sich zu Grande und frohlockte. «Dafür kannst du dem Boss ein extragrosses Exemplar auf den Teller legen. Das heute war ein grosser Job. Hohes Tier und so. Sechs Stockwerke ist er hinunter. Bam! Lichter aus.»

«Also. Nur *einen* für Capo De Luca, und verschone mich bitte mit den Details. Ich bin schliesslich nur der Koch.»

«Grazie. Ciao.»

Beim Verlassen des «La Parmigiana» hörte Ventimiglia, wie Grande Toto Cutugnos «L'Italiano» anstimmte. *«Buongiorno Italia, gli spaghetti al dente …»*

Ventimiglia schlenderte durch die Gassen der Altstadt und zog eine Grissini-Stange aus der Verpackung, die er im Ristorante hatte mitgehen lassen. Endlich hatte er Feierabend, denn mit der Bestellung von Frankies Abendessen war sein Job erledigt.

4

Forster sass am Konferenztisch im Polizeigebäude an der Aa, während er lieber zu Hause bei seiner Frau Abendessen und Feierabendbier genossen hätte. Die Hitze des Tages war in den Konferenzraum gekrochen, und jedem klebte der Schweiss an der Stirn. Grübel von der Spurensicherung war da, daneben die zwei jungen Kollegen von der Streife und Dienstchef Brack.

Brack trug die Infos zusammen. «Weiss einer, was der Richter an der Chamerstrasse gemacht hat?»

Alle schüttelten den Kopf und schauten fragend in die Runde.

Forster lief abermals der Schweiss in die Augen, und er versuchte sich das Brennen rauszureiben – was nicht recht gelang.

Scheisshitze.

«Ich habe das Grundbuch geprüft. Das Haus gehört ihm nicht. Anscheinend hat er dort auch niemanden besucht», sagte Forster.

Die beiden Streifenkollegen nickten wie Zwillinge.

«Im Moment haben wir keinen Bezug zur Örtlichkeit. Ausser natürlich, dass er wie wir nur wenige Schritte entfernt arbeitet.» Forster korrigierte sich. «Arbeit*ete*.»

Brack holte aus. «Ich war bei seiner Frau, und seine Tochter war da. Die beiden sind neben der Spur. Verständlich. Aber es gibt keine Hinweise auf einen Suizid. Die Ehefrau meinte, er sei seit Längerem sehr stark mit der Arbeit beschäftigt gewesen. Abends länger im Büro und so, aber einen Suizid hat sie nicht erwartet.»

Brack wandte sich an Grübel. «Berichte du zuerst, was die Spusi ergeben hat.»

«Nun, Spuren haben wir reichlich gesichert, aber bisher nichts Spezielles feststellen können. In den Effekten war kein Abschiedsbrief, und wir haben keine Hinweise auf einen Kampf. Fingernägel intakt, Handgelenke und Hals sind auf den ersten Blick unversehrt. Verletzungen gibt's natürlich einige, die dürften jedoch alle vom Sturz stammen und vom Glas der Windschutzscheibe. Die Rechtsmedizin wird das sicher genauer sagen können.»

Forster meldete sich zu Wort. «Kann man etwas aus der Fallweite ableiten?»

«Nein. Nicht zu weit und nicht zu nahe. Das hilft uns auch nicht weiter.»

Das hatte Forster sich gedacht. Theorie und Realität waren an Tatorten zwei Paar Schuhe. Solange man die genauen Geschehnisse auf dem Dach nicht kannte, konnte man lange über Theorien nachdenken. Es war das Gleiche wie mit der Hutkrempenregel. Bei jeder schwereren Kopfverletzung wurde sie bemüht und gedeutet und doch wieder umgedeutet. Nach dieser Theorie sollten bei Traumata oberhalb der Hutkrempe Schlagverletzungen wahrscheinlicher sein, unter der Krempe sollte es sich dagegen eher um Sturzverletzungen handeln. Dabei kam es jedoch auf die konkreten Umstände an, nämlich wie genau einer gestürzt oder geschlagen worden war. Die Lage einer Verletzung am Kopf gab nur bedingt über das Ereignis Auskunft.

«Die Fallweite», fuhr Grübel fort, «sagt uns in diesem Fall nichts, aber auf dem Dachkantenblech gibt es einen Schuhabdruck.»

«Vom Richter?»

«Ja. Passt zu Barths linkem Schuh. Selbst die Abnützung der Schuhsohle am hinteren linken Absatz passt.»

Brack wollte mehr hören. «Können wir aus dem Abdruck etwas herleiten?»

«Nein. Wir haben oben am Türknauf und im Treppenhaus am Geländer DNA-Proben genommen. Einfach zur Sicherheit, falls sich etwas ergeben sollte.»

Forster sah nicht mehr viele Möglichkeiten, ausser dass man sich noch bei den Arbeitskollegen des Richters umhören konnte. Möglicherweise war jemandem eine Gemütsveränderung aufgefallen. Er schaute auf seine Uhr. Es war kurz nach halb sieben, und er war fix und fertig, wollte nur noch duschen, essen und lange schlafen. Der Tag hatte ihm die Energie förmlich ausgesaugt.

Leider war für Brack der Tag noch nicht zu Ende. «Ich habe mich mit der Gerichtskanzlei in Verbindung gesetzt. Wir dürfen das Büro des Richters sichten. Wir haben zwar keinen Durchsuchungsbefehl, aber für einen schnellen Blick reicht es allemal. Bloss um sicherzugehen, dass dort keine bösen Überraschungen warten.»

Das war ja klar gewesen. Einmal mehr zog sich Forsters Arbeitstag ins Unendliche, während Campari Soda sich auf einer Segelyacht die Kehle mit Fusel durchspülte.

Brack wandte sich an Forster und Grübel. «Könntet ihr das noch kurz erledigen?»

«Wird gemacht, Boss», sagte Forster in theatralisch-heroischem Ton. «Soll ich über die Zentrale Verstärkung anfordern? Ich meine, Campari Soda irgendwo unten am See gesehen zu haben.»

Grübel grinste, und Brack starrte sauer über den Tisch. «Was soll denn das jetzt?»

«Das weisst du ganz genau. Beim nächsten Einsatz kannst du gerne auch mal die Ewigfaulen in Bewegung setzen. Ich sammle wieder einmal Überstunden, und Campari Soda hat bereits um Viertel vor drei darauf gewartet, dass es endlich vier Uhr wird, damit er endlich, endlich mit seinem lieben Nachbarn zum Segeln gehen kann. Reagiert der eigentlich nur, wenn ihm die Post den Marschbefehl zustellt?»

«Darüber reden wir ein andermal. Das Büro des Richters wartet. Erledigt das jetzt gleich, damit wir bald Feierabend haben.»

Logisch. Das unangenehme Thema wurde sofort umschifft, und am nächsten Tag war es wieder vergessen.

Was hätte Forster nicht alles für ein kühles Bier und einen Teller Vitello tonnato gegeben. Endlich die Beine hochlegen und schlafen. Lange schlafen. Stattdessen ging er zusammen mit Grübel zum Gerichtsgebäude, wo Asphalt und Fassaden die Hitze wie ein Speicherofen abstrahlten.

***

Es war noch hell, als Annas Eltern ihre Tochter und Daniel zur Tür begleiteten. Anna umarmte ihre Mutter, und ihr Vater gab Daniel zum Abschied einen väterlichen Klaps auf die Schulter.

Auf dem Weg zurück zum Auto trottete Bodo neben ihnen her und hechelte, als ob er versucht hätte, die warme Luft zu filtrieren wie eine Muschel das Wasser.

«Ich sagte doch, sie mögen dich.»

«Glaubst du wirklich?»

«Ganz sicher. Hast du ihre Freude darüber gesehen, dass sie Grosseltern werden?»

Tatsächlich. Annas Mutter war bei dieser Ankündigung beinahe vom Sofa aufgesprungen, und später hatte sie das Abendessen fast schon tänzelnd serviert. Annas Vater war den ganzen Abend sichtlich gut gelaunt gewesen, und Daniel hatte gar nicht recht gewusst, wie er mit dieser Ladung an positiven Emotionen umgehen sollte.

Bodo hüpfte auf den Rücksitz, und sie stiegen in den Wagen.

«Vielleicht haben sie sich einen ganz anderen Schwiegersohn vorgestellt.»

«Quatsch. Papa ist immer noch hin und weg, weil wir letztes Jahr den entführten Knaben gerettet haben. Bei Mama schwärmt er manchmal von der Nacht, in der du in Risch dem Russen und der Polizei um die Ohren gerannt bist.» Sie fuhr ihm mit den Händen über die Wangen. «Was ist mit dir? Du schaust so ernst.»

«Wie kann man ein guter Dad werden, wenn man selber gar keinen hatte?»

«Du machst dir zu viele Gedanken, Daniel. Du wirst merken, wie es geht, und ich bin schliesslich auch noch da.»

Er sah zu ihr hinüber, und sie lächelte entspannt. Vermutlich machte er sich tatsächlich zu viele Sorgen.

«Nach Hause bitte», gebot Anna neckisch wie zu einem Limousinenchauffeur.

Mit dem Motor ging auch das Autoradio an. Rod Stewart sang den Refrain von «Tonight's The Night», und Daniel fragte sich, ob dies tatsächlich die Nacht der Nächte werden würde. Vielleicht ja.

Vom Chamer Alpenblick bogen sie in Richtung Stadt ab. Sie passierten eine riesige Plakatwand mit dem Slogan «Willkommen in der Stadt Zug, wo 134 Nationen zusammenleben».

Bodo hielt seine Schnauze in den Fahrtwind, und Annas offene Haare wuselten im Wind. Die Strasse war fast leer, und es roch nach Staub.

Fühlte es sich so an, eine Familie zu haben? Daniel wusste es nicht, aber trotz der stickigen Luft im Wagen erschien ihm das Leben wie ein makelloser Traum.

Rod Stewart wurde leiser, und der Sprecher verlas die Kurznachrichten.

«Die Zuger Polizei bestätigt, dass der Präsident des Zuger Strafgerichts tot ist. Ein möglicher Suizid ist Gegenstand von Abklärungen. Laut Sprecherin der Zuger Polizei laufen routinemässige Ermittlungen.»

Bei der Stadtbahnhaltestelle Chollermüli liess Daniel Fussgänger die Strasse überqueren und beschleunigte wieder. Der Nachrichtensprecher las weiter: «Eine Boulevardzeitung berichtet, dass der Gerichtspräsident erst vor wenigen Tagen ein umstrittenes Urteil gefällt haben soll.»

Anna machte das Radio aus. «Dieses negative Zeugs brauchen wir jetzt nicht.»

Da hatte sie recht.

Sie küsste Daniel auf die Wange, er fuhr weiter geradeaus, und Bodo auf dem Rücksitz verfolgte das Ganze aufmerksam.

«Willst du wirklich nach der Geburt das Geschäft komplett runterfahren?»

«Warum nicht? Wir hätten endlich richtig Zeit für uns, und ich kann dich mit dem Kind unterstützen.»

«Ich kann doch auch noch nach der Geburt ein paar Zeilen programmieren und das eine oder andere Sicherheitssystem lahmlegen. Es wäre doch cool, wenn ich dich mit unserem Kind im Büro besuche und dich zum Essen abhole. Herrlich nach Klischee.»

«Ja, aber unsere Kunden können warten. Die bemerken ohne uns ja sowieso nicht, welche Sicherheitsrisiken ihre Villen aufweisen. Sobald wir wieder Lust auf die Arbeit haben, verpassen wir dem nächsten Herrenhaus ein Alarmsystem. Abgesehen davon können wir uns die paar Monate problemlos leisten.»

«Du hast mir noch nie erklärt, wie lange wir uns eine Auszeit leisten können.»

«Ich sag dir was.» Er zog das Lenkrad hart nach rechts, fuhr runter in Richtung des Yachthafens und stoppte den Wagen zwischen zwei Segelyachten auf Bootsanhängern.

«Ich zeige dir morgen früh die Bankunterlagen. Aber nur, wenn du mir heute Abend sagst, dass ich dich heiraten darf.»

Anna stand der Mund offen.

Ob das ein gutes oder ein schlechtes Zeichen war?

«Das ist …»

«Kein Witz. Nur, falls du willst.»

Anna liess keine Fragen offen. Sie küsste Daniel, bis er kaum mehr Luft bekam, und Bodo schien einen sprechenden Menschen zu imitieren.

«Hast du gehört, Bodo? Wir heiraten!»

Der Vierbeiner sass hinten im Auto, blinzelte aus seinem Fell und hechelte weiter seinen Mundgeruch in die Atmosphäre.

Daniels Entscheid war derart spontan gefallen, dass eine wichtige Sache fehlte, um den Augenblick perfekt zu machen.

«Das Dumme ist nur, so auf die Schnelle habe ich keinen Ring zur Hand. Hast du morgen Zeit, damit wir einen aussuchen können?»

«Das hängt davon ab, ob mein Boss mir freigibt.»

«Ich gebe dir frei.»

«Dann passt es mir nachmittags ganz gut. Mein Boss braucht mich nicht. Ich kenne zufällig seinen Terminkalender.»

Er küsste Anna und startete den Motor. Er fragte sich, wo sie wohnen würden. Seine Wohnung im achtzehnten Stockwerk des Park Towers war zwar gross genug, aber mitten im Gewusel der Stadt wollte er sein Kind nicht aufziehen. Zu stark downtown und rundherum nur Hauptstrassen. Annas Wohnung am Bernoldweg war wunderschön und in einem sehr guten Wohnquartier am Hang des Zugerbergs gelegen, dafür viel zu klein.

Die Heimfahrt kam ihm vor, als ob sie mit dem Wagen über die Wolken hinweggeflogen wären. Die ganze Welt um sie herum war unwichtig. Es gab nur sie zwei und die warme Sommernacht. Okay, auch der Mundgeruch des Hundes war da, doch der ging im Rausch der Gefühle beinahe unter.

5

Frankie De Luca stand kurz vor einem Tobsuchtsanfall und versuchte, seine Wut zu kontrollieren. Er wiegte den Golfschläger in den Händen. Zweimal schwang er den Driver knapp am Ball vorbei und blickte durch das Panoramafenster über den Zugersee nach Westen, wo die Sonne über dem Horizont stand.

Er holte mit dem Driver aus und katapultierte den Ball ins Fangnetz seiner Indoor-Golfanlage. Das Tee wirbelte dem Ball hinterher durch die Luft.

Schräg hinter Frankie stand Makani, der muskelbepackte Hawaiianer im schwarzen Hemd, das Golfbag haltend, als ob sie auf dem Golfplatz gestanden hätten. Der Insulaner nahm Frankies Driver entgegen.

Vor Jahren hatte ihm ein Geschäftspartner Makani empfohlen, und so hatte er diesen als Leibwächter von Honolulu einfliegen lassen. Frankie konnte sich bis heute nicht vorstellen, wie der Koloss in einem normalen Linienflieger Platz gefunden hatte. Allenfalls im Frachtraum der Maschine, aber eigentlich war ihm dies völlig egal.

«Neunereisen», brummte er, und Makani reichte es ihm.

Frankie dachte nicht an den nächsten Schlag, sondern wandte sich an Hürlimann.

«Sie sind mein Anwalt, nicht wahr?»

Der nickte, und seine Körperhaltung zeugte von Unterwerfung und Furcht.

Frankie zeigte mit dem Ende des Golfschlägers auf dessen Nase.

«Wenn Sie mein Anwalt sind, so sorgen Sie dafür, dass mit dem Kauf des Grundstücks an der Bahnhofstrasse alles glattläuft.»

«Sicher», winselte Hürlimann. Er war in seinem schicken Massanzug auf das Abbild eines Schülers geschrumpft, der vom

Lehrer zusammengestaucht wurde. «Es ist alles in trockenen Tüchern. Der Vertrag ist unterschrieben, und das Grundbuchamt muss nur noch –»

Weiter liess ihn Frankie nicht labern. «Ich sage Ihnen etwas, mein Freund. Vom Klienten zum Anwalt. Das sind wir doch. Nicht wahr? Klient und Anwalt.»

«Sicher», stammelte Hürlimann.

«Als Klient bezahle ich Ihnen eine verdammte Stange Geld, damit Sie Ihre Arbeit machen, und Sie haben jedes Jahr einen Bonus erhalten. Aber bei meinem Sohn haben Sie versagt.»

Hürlimann wagte nicht, seinen Blick zu heben.

«Mein Sohn wurde wegen Nötigung verurteilt. Sie haben mir noch nicht einmal erklärt, was Nötigung überhaupt bedeutet, und jetzt steht es sogar in der Zeitung.»

Frankie zeigte auf den schlanken Kerl neben ihm. «Haben Sie Vittorio schon kennengelernt? Ich glaube nicht. Sie beide sind sich zwar noch nie begegnet, aber Sie haben etwas gemeinsam. Es ist Ihrer beider Schuld, dass mein Sohn verurteilt worden ist. Vittorio hätte meinen Tommaso davon abhalten sollen, einen solchen Scheiss mit diesem Flittchen anzustellen. Und Sie, mein teurer Freund, kriegen von mir Knete ohne Ende und haben es nicht geschafft, die Verurteilung abzuwenden. Ich habe langsam das Gefühl, dass Sie ein zweitklassiger Anwalt sind, der es einzig und allein auf mein Geld abgesehen hat.»

Stille im Raum.

«Sogar dieser überflüssige Richter hat zwar mein Geld genommen, trotzdem aber die Gegenleistung dafür nicht erbracht. Sagt man das so? ‹Die Gegenleistung nicht erbracht›?»

«Ja, das ist richtig», stotterte Hürlimann. «Er hat das Geld angenommen.»

«Hat das Wort eines Mannes heute überhaupt noch einen Wert? Stellen Sie sich dies bitte ganz genau vor: Ein gottverdammter Richter nimmt zuerst mein Geld, und anschliessend fällt er mir in den Rücken. Wem kann man in dieser Gesellschaft überhaupt noch vertrauen, wenn nicht einmal einem Richter?»

Frankie beorderte Vittorio zum Abschlagpunkt. Der schlanke Italiener legte sich rücklings auf den Boden und formte einen Kussmund.

«Bei allem, was wir tun, geht es um Vertrauen. Verstehen Sie?»

Hürlimann nickte nervös.

«Schauen Sie jetzt genau auf Vittorios Gesicht.»

Frankie legte ihm den nächsten Golfball auf den Kussmund, machte wieder zwei Probeschläge in der Luft und konzentrierte sich auf den Abschlag.

Keiner im Raum wagte es, auszuatmen.

Frankie holte mit dem Neunereisen aus und liess es sausen.

Um den Golfschläger surrte der Luftstrom, und im Raum hallte das grelle Ping, während der Ball der Sonne entgegen in das Fangnetz jagte.

Der am Boden liegende Vittorio grinste erleichtert.

«Haben Sie Vittorios Gesicht beobachtet? Er hat weder gezuckt noch geblinzelt, weil er mir vertraut. Und ich vertraue Ihnen. Sie beide hatten Aufträge und haben mein Vertrauen nicht verdient. Das Schicksal meines Sohnes lag in Ihrer beider Hände, aber Sie haben mich beide enttäuscht.»

Frankie nahm den nächsten Ball zur Hand. Vittorio formte wieder einen Kussmund, und Frankie schlug den Ball schwungvoll ins Fangnetz.

Hürlimann wirkte verkrampfter denn je, und Vittorio grinste abermals, als ob jemand im Raum einen müden Witz gerissen hätte.

«Sie brauchen sich nicht zu sorgen, Hürlimann. Vittorio und ich haben Übung darin. Das ist nicht das erste Mal, dass ich sein Vertrauen testen muss. Er baut nicht zum ersten Mal solche Scheisse, und ich bin ein sehr geduldiger Mensch.»

Frankie nahm den dritten Ball und legte ihn auf Vittorios Kussmund auf.

«Der Auftrag an Sie beide war ganz leicht. *Passen Sie auf meinen Sohn auf.* In den Strassen und im Gerichtssaal. Das ist nun wirklich nicht schwer zu verstehen. Aber wie bitte schön soll ich mich auf die Geschäfte konzentrieren, wenn Sie mir nicht den Rücken freihalten? Ich garantiere Ihnen, das wird sich herumsprechen. Und falls mir nur ein Einziger dieses Debakel als Schwäche auslegt, sind meine Frau und meine Kinder Freiwild. Bald kommt einer und erhebt Anspruch auf meine Geschäfte, und das bloss wegen Ihnen beiden.»

Dieses Mal machte Frankie keinen Probierschlag. Er holte aus und schlug Vittorio das Neunereisen mit aller Kraft gegen den Schädel. Der Schlag hallte im Raum, und der Mann am Boden krächzte und gurgelte wie ein Wesen aus einer anderen Welt. Frankie holte aus und schlug noch einmal zu. Wieder und wieder. Nach jedem Schlag gab es einen nächsten, bis Vittorio nach einem guten Dutzend Mal Ausholen keine Geräusche mehr machte.

Mit dem blutverschmierten Eisen zeigte Frankie auf Hürlimanns Brust. «Ab sofort enttäuschen Sie mich nicht mehr. Die kommenden Tage sind wichtig für mich. Ich schenke Ihnen abermals mein Vertrauen.»

Hürlimann zitterte wie ein nasser Hund, und Makani schickte sich an, sauber zu machen.

Frankie zog Hürlimann am Kragen neben sich her. «Ich bin hungrig. Sie begleiten mich in die Stadt. Ich esse, und Sie erklären mir noch einmal ganz genau, wie wir das Geld verschieben werden.»

Eine halbe Stunde später sass er an seinem Tisch in der hintersten Ecke des «La Parmigiana». Ihm gegenüber nippte Hürlimann nervös am San Pellegrino, und die Klimaanlage blies kühle Luft in das voll besetzte Lokal. Frankie amüsierte sich still darüber, dass Hürlimann noch immer kreidebleich war, während er selbst die göttlichen Spaghetti genoss.

Im Grunde waren Spaghetti ein ganz einfaches Gericht. Aber keiner kriegte sie hin wie Grande Giuliani.

Frankie schlürfte den Schwanz des einen Scampi aus und dachte dabei an Richter Barth, der in diesem Moment irgendwo zwischen den Engeln sass und mit Sicherheit sogar noch dort oben in dicken Büchern blätterte, die die Welt versklavten. Wenigstens war auf Fausto Ventimiglia Verlass. Wenn der sich der Probleme annahm, gab es bald keine mehr. Sein bester Mann leistete traditionelle italienische Handarbeit und war unersetzlich.

«Erklären Sie mir, wie wir das Geld verschieben können.»

Hürlimanns Stimme schwächelte. Seit dem Indoorgolfen sprach er leise, als ob er Probleme mit den Stimmbändern hätte. «Solange Ihr Bruder fleissig Bilder malt und diese in Ihrer Galerie abwechselnd ausgestellt sind, gibt es keine Probleme.»

Frankie verachtete das Ölgeschmiere seines Bruders. Der Anblick der Bilder tat ihm in den Augen weh.

«Für den Kunsthandel gelten keine besonderen Geldwäschereibestimmungen. Die Galerie muss nicht belegen können, wer wann ein Bild gekauft hat. Sie können also frei bestimmen, wie viel Geld wir da durchschleusen. Einzige Bedingung: Sie müssen pro Transaktion immer unter hunderttausend bleiben. Und achten Sie darauf, dass nicht zu viele fiktive Kunden Ihre Galerie besuchen. Sie verkaufen regelmässig Bilder an echte und erfundene Käufer und buchen die Bargeldeinnahmen daraus ein, wie wenn einer am Kiosk Zigaretten kauft. Anschliessend lassen Sie die Bilder irgendwo verschwinden. Am besten verbrennen Sie die Kunst, damit sie keiner finden kann. So kann niemand nachvollziehen, ob es nun ...», Hürlimann schaute sich um und sprach leiser, «... ob es nun Geld aus Waffengeschäften oder für Frauen ist. Keiner kann es nachvollziehen ausser Sie selber.»

Frankie schlürfte eine Ladung Spaghetti in den Mund und hörte weiter zu.

«Ist das Geld erst einmal durch die Galerie hindurchgeschleust, ist es rein wie Quellwasser. Sie bezahlen die Steuer ganz normal, Sie zahlen sich aus der Galerie wie hier im ‹La Parmigiana› die jährliche Dividende aus, und grössere Beträge verbuchen Sie als Berater- oder Vermittlerhonorare. Das macht in dieser Stadt jeder so.»

Hürlimann lehnte sich zu ihm vor. «Denken Sie daran, bleiben Sie immer unter der Hunderttausendergrenze. Diesen Wert dürfen Sie auf keinen Fall überschreiten. Noch besser ist es, wenn Sie dieser Grenze nicht zu nahe kommen.»

Frankie verstand und nickte. Dies war die magische Grenze, ab der die Beamten bei der Meldestelle für Geldwäscherei wach wurden.

«Einmal bei Ihnen, machen wir das wie mit der Giesskanne. Ein Teil in Immobilien, etwas in Sammleruhren und genau so viel, wie Sie ungewaschen über die Landesgrenzen hinwegbringen wollen, in Kryptos.»

Frankie legte die Gabel beiseite und nippte an seinem Barolo. «Wieso diese digitalen Währungen? Ich will keine Spuren im Internet hinterlassen.»

«Ich verstehe Ihr Misstrauen. Aber es gibt nur diesen einen Weg, wie Sie mit mehreren Millionen in bar ins Flugzeug steigen und Grenzen überqueren können.»

Frankie stellte sich das Volumen in Hunderternoten vor. Ein stattlicher Stapel Papier wäre das gewesen.

«Es ist simpel. Müssen Sie am Flughafen bei der Sicherheitskontrolle Ihren Aktenkoffer mit Bargeld auf den Scanner legen, haben Sie verloren. Da kommt heute keiner mehr mit einigen tausend durch, ohne dass dumme Fragen gestellt werden. Alles, was denen auffällt, führt zu Einträgen im Informationssystem der Zollverwaltung, und das wollen Sie bestimmt nicht.»

Frankie drehte Spaghetti um die Gabel. «Meine Leute können sich genauso gut einen bei der Flughafensecurity schnappen. Ich bezahle ihn gut, und falls er meinen Koffer nicht durchwinkt, lasse ich seine Familie bearbeiten.»

«Auf keinen Fall», raunte Hürlimann und sah sich um, ob jemand sie hören konnte. «Zeugen sind tabu. Jeder, der etwas weiss, ist eine potenzielle Gefahr.»

Die anderen Tische standen zu weit weg, und die Gäste des «La Parmigiana» übertönten ihr Gespräch.

«Ich rate Ihnen dringend, benützen Sie Ihr Krypto-Wallet. Ihr digitales Portemonnaie wird keinen Millimeter dicker, egal, wie viel Sie reinpumpen. Nehmen Sie Bitcoins oder was auch immer Ihr Finanzberater rät. Wenn Sie durch die Security spazieren, legen Sie entspannt Gürtel, Schlüssel und Mobiltelefon auf den Scanner. Müssen Sie Ihr Telefon auf das Förderband des Gepäckscanners legen, kann es zwar jeder sehen, aber kein Mensch erkennt, dass Sie damit Millionen transportieren. Das ist besser als der Trick mit dem Kaninchen im Hut. Fliegen Sie, wohin Sie wollen. Gibraltar, St. Kitts und Nevis oder von mir aus auch nach Bangkok. Ich habe Kontakte rund um den Globus. Bangkok ist ohnehin das neue Panama.»

«Was ist mit den Kursverlusten?» Frankie hatte sich informiert, denn auf einen Anwalt wollte er sich nicht verlassen, wenn es ums Finanzielle ging. «Der Bitcoin lag mal bei über neunzehntausend Franken. Drei Monate später sackte er auf ein Drittel ab. Das würde mich noch mehr kosten als die Banken mit ihren Negativzinsen.»

«Das war bloss beim Hype rund um den Börsengang so. Und Sie sind ja auch nicht drei Monate mit dem Flieger unterwegs. Die täglichen Kursschwankungen sind meist gering. Jeder, der schon heute für Sie Geld transferiert und Beträge splittet, verlangt deutlich mehr, als die Tagesverluste des Bitcoins erreichen. Egal, wie Sie Ihr Geld bewegen, es fallen immer mehrfach Gebühren an, und zum Schluss haben Sie dasselbe Problem: Das Geld muss zurück zur Bank und in den legalen Kreislauf. Schon fallen wieder Gebühren an. Seit den Negativzinsen sind selbst die Banken teure Partner geworden.»

«Kann ich mit diesen digitalen Währungen Immobilien kaufen?»

«Mit Kryptos kaufen Sie heute alles, was das Herz begehrt. Ich stelle für Sie die Kontakte her. Stammt das Geld aus dem Kunsthandel, existieren die Grenzen nur noch in unseren Köpfen. Sie haben es sicher gelesen. Zuerst kommt einer daher, befestigt an der Art Basel in Miami eine Banane mit Klebeband an der Wand, und der Nächste bezahlt dafür hundertzwanzigtausend US-Dollar. Dann tritt ein Aktionskünstler auf, isst die Banane vor den Augen der erstaunten Messebesucher, und ein Sprecher meint kaltschnäuzig, der Aktionskünstler habe das Kunstwerk gar nicht zerstört. Die Banane sei austauschbar, denn schliesslich habe der Käufer lediglich – und jetzt halten Sie sich fest – ein Authentizitätszertifikat und die Rechte an der Idee des Ganzen erworben.»

Frankie runzelte die Stirn. Welcher Idiot ass eine Banane für hundertzwanzigtausend?

«Ich sage Ihnen», doppelte Hürlimann nach, «so kann die perfekte Geldwäsche ablaufen. Geldwäsche unter den Augen aller. Jeder kann zusehen, wie ein komplett unangemessener Gegenwert, also die Banane, vernichtet wird, trotzdem haben die hundertzwanzigtausend den Besitzer gewechselt, und dies ganz legal.»

Frankie verstand das Prinzip, und die Spaghetti schmeckten nun noch besser. Das waren ja rosige Geschäftsaussichten. Wenn er damit begann, Zehntausender gegen die Bilder seines Bruders oder Bananen zu tauschen, war sein Geld bald schneller gewaschen als eingenommen.

«Kaufen Sie sich Immobilien, wo es Ihnen Freude macht. Sehen Sie sich nur mal hier in der Stadt um. Sie können ohne Probleme das Doppelte bis Dreifache des eigentlichen Werts für eine Wohnung bezahlen, und keiner stellt Fragen, solange die Grundstückgewinnsteuer korrekt entrichtet wird. Schliesslich können Sie Ihr Geld investieren, wie es Ihnen passt. Selbst die Pensionskassen bezahlen überrissene Preise für Immobilien. Wenn die bereits gegen drei Millionen für eine stinknormale Fünfeinhalb-Zimmer-Wohnung bezahlen, wieso sollten Sie das nicht auch dürfen?»

Der war gut, das musste Frankie dem Anwalt lassen.

«Aber Finger weg von Ländern wie den USA. Auch England, Frankreich und Deutschland sollten Sie meiden, denn da sind die vom Fiskus übereifrig.»

«Wenn wir schon dabei sind», unterbrach Frankie. «Wie läuft es mit dem Kauf der Bahnhofstrasse 26c?»

«Wir warten nur noch auf den Grundbucheintrag.»

Frankies Laune hellte sich auf. Er stellte sich vor, dass sein Bruder gerade wie ein Irrer den Leinwänden das Abbild seines bescheidenen Talents aufzwang, während er selbst dieses grässliche Geschmiere unter den Augen der Behörden in Immobilien an bester Lage umtauschte. So gesehen war die Welt ein Schlaraffenland und die Schweiz eine dumme Kuh, die gemolken werden wollte, bis nichts mehr aus ihr herauskam. Und das Schönste daran war, dass keiner sich zur Wehr setzte. Die USA waren schon lange verblasst. In Tat und Wahrheit war längst die Schweiz das Land, in dem alles möglich war. Man brauchte bloss zuzugreifen.

«Und man kann diese Kryptos ganz sicher nicht zu mir zurückverfolgen?»

«Nicht, solange das Mobiltelefon mit dem Krypto-Wallet nicht auf Ihren Namen lautet. Es ist ganz einfach: Verhalten Sie sich immer schön unauffällig und spenden Sie auch mal einen netten Betrag. Für Kinder oder für die Krebsforschung. Schon sind Sie angesehen wie kein Zweiter. Solange Sie zugleich nicht ins Visier der Ermittler geraten, interessiert sich keiner für die Daten auf Ihrem Handy.»

Frankie winkte eine Dame vom Service im kurzen schwarzen Rock zu sich.

«Sie wünschen, Signor De Luca?»

«Sehen Sie da vorne am Fenster? Da sitzt der frühere Stadtpräsident mit seiner Gattin. Bringen Sie ihm einen guten Barolo. Das geht heute aufs Haus.»

Frankie rechnete nach und fragte sich, wie lange sein Bruder wohl für zwanzig hässliche Bilder benötigte.

6

Die Abenddämmerung erlaubte Huber einen letzten Blick durch das Fernrohr. Im beinahe dunklen Wohnzimmer sass er im Rollstuhl, sein Knie hämmerte vor Schmerz, und er schwenkte über die Stadt. Es gab nichts zu sehen, was er nicht bereits kannte. Junge Menschen im Ausgang – den Banalitäten frönend. Hundehalter beim letzten Gang mit dem Schosshündchen – unter Platanen spazierend.

Es war höchste Zeit, dass die Ärzte eine Lösung für seine Schmerzen fanden, damit er mit Bodo bald wieder selbst rausgehen konnte. Erst einen halben Tag war Bodo bei Anna und ihrem Freund, schon vermisste er dessen gelegentliches Grunzen oder das Wimmern, wenn der Hund träumte und mit den Pfoten zappelte, als ob er einen Sprint zurücklegen würde.

Er schwenkte das Fernrohr das Quartier und den Berghang hoch.

Oberhalb des Bützenwegs, keine hundertfünfzig Meter schräg über ihm, überragten die schicken Fassaden der neuen kubischen Häuser das Wohnquartier. Hubers Blick blieb an einem stämmigen Kerl hängen. Ein Mann von exotischer Erscheinung patrouillierte auf dem Flachdach einer Villa. Die Ausbeulung in dessen Jackett verriet, dass der Mann eine Waffe unter dem Anzug trug. Wohl ein Bodyguard, der gerade einen Kontrollrundgang machte.

So verrückt war die Welt geworden. Früher beschützte man noch Staatsgeheimnisse oder bewachte die Arsenale der Landesverteidigung. Heute verfügten die Superreichen über besser ausgebildetes Sicherheitspersonal als ein Kleinstaat.

Huber studierte das Gebäude.

Hinter Panoramafenstern sah er in das beleuchtete Wohnzimmer des Hauses, darin standen drei Männer. Einer der drei drehte ihm den Rücken zu, und die anderen beiden sprachen auf den ersten ein. Der mit dem Rücken zu Huber drehte sich um und zielte mit einer Langwaffe durch eines der Fenster raus in die Ferne.

Er erkannte ein Sturmgewehr 95 mit Zielfernrohr. Wie Huber kannte praktisch jeder Schweizer diese Waffe auf Anhieb, und alle dachten bei diesem Anblick sofort an Ladebewegung, Schlag von unten gegen den Magazinboden und andere Handgriffe, die beim Drill ins Reflexmuster der Soldaten übergegangen waren.

Die Männer mit der Waffe diskutierten angeregt, während der eine jene energische Ladebewegung ausführte, wie man sie bei der Armee schulte.

Der Fremde wiegte das Gewehr in den Händen, und Hubers Knie beschwerte sich über die Zwangshaltung, die er eingenommen hatte, um alles genau sehen zu können. Das Geschehen zwei Strassen weiter hatte ihn in den Bann gezogen.

Der Besitz eines Sturmgewehrs konnte durchaus legal sein, doch die Szenerie erinnerte ihn eher an den Waffenbasar in Gaza, von dem er einmal aus beruflichen Gründen Bilder studiert hatte. Die Männer allesamt südländischer Herkunft und der eine, der das Sturmgewehr in die Runde weitergab, machte einen grosskotzigen Eindruck. Weisses Hemd, Ärmel hochgekrempelt und goldene Uhr am Handgelenk. Das Ganze passte in einen Klischeefilm mit Drogenbaronen und Koksplantagen.

Huber schwenkte weiter über die Fassade des Hauses, aber da gab es nichts zu sehen. Also studierte er wieder die drei Kerle, und er sah gerade noch, wie der eine die Waffe weglegte.

Huber suchte noch einmal nach dem Bodyguard auf dem Dach, und er kriegte ihn an der anderen Dachkante vor die Linse. Der Muskelprotz blickte in seine Richtung und hob einen Feldstecher. Trotz der grossen Distanz blickten sie sich direkt in die Augen.

Der andere nahm das Fernglas runter, spähte in Hubers Richtung, nur um das Fernglas wieder hochzunehmen.

Instinktiv lehnte sich Huber im Rollstuhl zurück.

Konnte der Kerl ihn sehen?

Ausgeschlossen. Das hätte jeder Logik widersprochen. Er sass in einem unbeleuchteten Raum, und draussen war nur noch wenig Licht vom Tag übrig. Man konnte ihn wegen der Lichtkontraste unmöglich sehen. Dennoch blickte der Mann mit dem Feldstecher exakt in seine Richtung. Tat er es einfach nur, weil sein Fensterladen halb offen stand?

Huber schob sich im Rollstuhl rückwärts in den Raum hinein, um sicherzugehen, dass er ausser Sicht war.

Die Szenerie, die er gerade beobachtet hatte, überraschte ihn. Aber er war nicht weiter erstaunt. Vor vielen Jahren hatte es in Zug Fälle von illegalem Waffenhandel gegeben. Private und Firmen, die Waffenembargos der UNO umgangen hatten und in Zug ansässig gewesen waren, weil sie die unanständig hohen Steuern ihres eigenen Staates vermeiden wollten.

Was Huber am meisten irritierte, war, dass man heute die Kakerlaken der Gesellschaft nicht mehr so leicht ausmachen konnte wie früher. In seinen jungen Jahren erkannte man an der Aufmachung und den Umgangsformen sofort, in welche Schublade einer gehörte. Zuhälter, Hippie oder Dealer, man hatte es ihnen von Weitem angesehen. Doch heute war das nicht mehr einfach. Unterdessen trugen die grössten Gauner den feinsten Zwirn.

***

Forster schlenderte zu Fuss durch die erleuchtete Stadt nach Hause. Obwohl er langsam ging, war er nass geschwitzt. Vor seinem geistigen Auge ging er noch einmal die Eindrücke aus dem Büro des Gerichtspräsidenten durch.

Er wählte die Kurzwahl und hatte Brack am Apparat.

«Was hat so lange gedauert?»

«Ich war noch essen. Bin fast verhungert.»

«Und du wolltest mich nicht davor informieren?»

«Nein, das wollte ich nicht. Seit dem Frühstück habe ich nichts mehr gegessen, und bei dieser Affenhitze wird es einem fast schlecht. Das wäre alles viel früher durch gewesen, wenn wir mehr Leute im Einsatz hätten.»

«Gibt es neue Informationen?»

Offensichtlich ignorierte Brack auch diesen Kommentar zur Personalknappheit.

«Ja, wir haben Neuigkeiten.»

«Eine Sicherstellung?»

«Ja. Formell sind wir immer noch im grünen Bereich. Die Vizepräsidentin des Strafgerichts war mit der vorübergehenden Sicherstellung einverstanden. Sie wollte von mir bloss eine schriftliche Bestätigung dafür und wird sich morgen bei dir melden.»

Forster machte es absichtlich spannend, weil er nun auch Brack hinhalten wollte. Schliesslich war er erst jetzt auf dem Heimweg, während alle anderen – einschliesslich Brack und Campari Soda – längst zu Hause im Luftzug des Ventilators dösten. Also sollte ihm wenigstens diese eine Freude gegönnt sein, nämlich dass Brack als Dienstchef nun einmal auf ihn warten musste. Abgesehen davon vermutete Forster, dass Campari Soda noch in der Stadt herumlungerte und morgen im Büro den Schlaf nachholen würde.

«Was habt ihr sichergestellt?»

«Zwanzigtausend. Gemischte Stückelung, nicht durchnummeriert. In einem Vakuumbeutel. Ganz genau nach Klischee.»

«Du bist wahnsinnig komisch – jetzt bitte im Ernst. Ich will mich aufs Ohr hauen.»

«Kein Witz. Es sieht tatsächlich aus wie das Geldbündel eines Dealers. Nur dass es beim Richter in der Aktentasche unter Medikamentenschachteln gelegen hat und nicht im Handschuhfach neben der Knarre. Wir haben es sichergestellt, weil es kaum ein Notgroschen gewesen sein kann, um eben mal über Mittag essen zu gehen.»

«Gibt es Hinweise auf einen Suizid?»

«Ja, tatsächlich. Auf seinem Schreibtisch lag ein Abschiedsbrief.»

«Was steht drin?»

«Ich habe ihn nicht vor mir, aber es ist nicht der Rede wert. *Es tut mir leid. Ich muss euch jetzt verlassen.* Etwas in der Art.»

«Was tat ihm leid?»

«Wissen wir nicht. Das ist der ganze Text. Danach folgt seine Unterschrift, und das war's.»

«Du solltest morgen einen Schriftenabgleich veranlassen und dich nach dem Geld umhören.»

Darauf wäre Forster nach gut zwanzig Dienstjahren auch selbst gekommen. Es brauchte nicht extra einen nervtötenden Dienstchef, um ihm aufzuzeigen, wie seine eigenen Gedanken laut klangen.

«Mache ich morgen früh, und Grübel wird ab dem Vakuumbeutel und dem Geld DNA und Dakty überprüfen. Er meint, auf dem Plastik erkenne er Fingerabdrücke, die eine Auswertung zulassen.»

«Gut, ich informiere dann den Pikett-Staatsanwalt, und wir werden uns noch wegen deinem Kommentar über Mannhart unterhalten.»

Nach Forsters Ansicht brauchte man das nicht auszudiskutieren, weil sich bis zu Camparis Pensionierung ohnehin nichts ändern würde. Es war bezeichnend, dass Brack ihn nicht Campari Soda nannte. Er hatte die zwei auch schon zusammen im Hafenrestaurant vor einem Glas Bier sitzen sehen.

«Das zu Campari Soda war kein Kommentar, das ist allgemein bekannt. Während er Rost ansetzt, saufe ich in der Arbeit ab. Warum teilst du ihm nicht mehr Arbeit zu?»

«Das Zuteilen der Fälle kannst du mir überlassen.»

«Offenbar funktioniert es so nicht. Nicht einmal bei derart vielen Ausfällen und Ferienabwesenheiten hilft er mit.»

Er schaute auf seine Uhr. Viertel nach zehn. «Ich bin erst jetzt auf dem Heimweg, und der gute Campari Soda liegt seit vier Uhr auf dem Segelboot herum. Du weisst seit Wochen, dass ich zu viele Fälle auf dem Tisch habe, trotzdem teilst du nicht um.»

Brack ging nicht weiter auf ihn ein. Er beendete das Telefonat, und Forster wischte seinen Schweiss von seinem Handydisplay.

«Im Pikett ist das halt so», äffte er ihn nach und trat eine leere PET-Flasche vor sich her über den Asphalt.

Der Chef ein Vollpfosten und der Arbeitskollege der Erfinder des gepflegtesten Minimalismus in der ganzen Stadt. Wirklich ganz toll.

7

Daniel sass im Innenhof des Bistros «Zum Pfauen» im Schatten. Er biss in ein fluffiges Brioche, und vor ihm stand eine Tasse Cappuccino. Seinen Bärenhunger hatte er vom Frühschwimmen. Kurz vor halb acht Uhr war er beim Freibad Seeliken in den lauen Zugersee gesprungen und raus bis zum Yachthafen gekrault. Den Rückweg hatte er in gemütlichem Bruststil zurückgelegt und aus der Ferne die bunten Häuser der Altstadt studiert.

Anna rief ihn auf dem Mobiltelefon an.

Er grüsste sie mit dem Liedtext, den er seit ein paar Tagen im Ohr hatte.

«Good morning, sunshine.»

Sie war tatsächlich sein Sonnenschein. Aber heute lag ein ungewohnter Tonfall in ihrer Stimme. «Wo bist du?»

«Beim Frühstück in der Stadt. Ich habe mich früh rausgeschlichen, um dich nicht aufzuwecken, und war beim Schwimmen.»

«Kannst du … Ich …»

Ihm war sofort klar, dass etwas nicht stimmte. «Was ist los?»

«Hu… Huber», schluchzte sie.

«Was ist mit dem alten Militärkopf?»

«Ich wollte mit Bodo eine Runde drehen.» Sie pausierte und schniefte. «Bei ihm wimmelt es von Polizei, und Forster ist auch da.»

«Der Ermittler?»

«Ich stehe an der Polizeiabsperrung. Die lassen mich nicht durch. Huber ist tot.»

Das fehlte gerade noch. Ja klar, dieser Gedanke war egoistisch, aber seit ein paar Tagen war alles so herrlich zwischen ihnen beiden gewesen. Sie hatten viel Zeit miteinander verbracht, entgegen seinen Befürchtungen hatten Annas Eltern sich über die Schwangerschaft gefreut, und mit seinem Heiratsantrag hatte er ins Schwarze getroffen. Trotz der Tropennacht hatte sie sich gestern spät noch an ihn geschmiegt und war so eingeschlafen. Sie beide waren entspannt wie nie gewesen und wollten doch heute den Ring aussuchen gehen.

Anna schluchzte und sagte nichts.

«Ich bin gleich da.»

Die Reste seines Frühstücks liess er auf dem Tisch stehen und eilte los.

***

Frankie De Luca hatte das Haus verlassen und zur Bank fahren wollen. Er wollte die Performance seines Aktienportfolios besprechen, doch Makanis Anruf hielt ihn davon ab.

Aufmerksam folgte er den Schilderungen des Hawaiianers und glaubte nicht, was er da hörte.

«Wie kann man nur so dumm sein!», fauchte er ins Telefon. «Ich habe gesagt, keine Zeugen. Und was macht ihr? Ihr wisst nicht», äffte er Makanis amerikanischen Akzent nach, «ob die Frau etwas weiss? Ich kotze gleich! Muss ich jetzt auch noch dir erklären, wie man diesen Job macht?»

«Wir glauben nicht, dass sie etwas weiss, aber diese Frau mit dem Hund ging direkt zur Absperrung und unterhielt sich mit einem Polizisten in Zivil. Ich denke, es ist einer von der Kriminalpolizei.»

«Ja, und?»

«Das Gespräch dauerte nur kurz. Wir schliessen aus der Gestik, dass die zwei eine Uhrzeit abgestimmt haben, um sich gleich nochmals zu treffen. Entweder hat der Polizist Fragen, oder sie hat etwas zu erzählen.»

«Porca miseria!», fluchte De Luca.

«Wir vermuten, sie bringt den Hund weg und wird gleich wieder herkommen. Und auf dem Weg zu ihrer Wohnung hat sie mit dem Mobiltelefon jemanden angerufen.»

«Also was nun? Hat sie euch gesehen oder nicht?»

«Wir wissen es nicht.»

«Ihr habt die Scheisse angerichtet, ihr badet das aus. Sofort. Bringt sie her. *Ma subito!* In den Keller mit ihr, und diesmal ohne Zeugen. Sonst bist du der Nächste, der mir den Golfball hält.»

Dies alles war wie ein schlechter Witz. Eine gefühlte Ewigkeit war alles nach Plan verlaufen. Alles entspannt. Doch plötzlich häuften sich die Pannen. Eben noch war sein Tommaso in dieses Verfahren geraten, und der verfluchte Richter hatte ihn nicht freisprechen wollen. Zuerst hatte der sich zwar kaufen lassen, letztlich aber doch noch zu seinem Gewissen gefunden. Wo verdammt noch mal blieb heutzutage die Ehre?

Als Nächstes hatte der alte Mann ihn gestern Abend beim Prüfen der Waffe beobachten müssen, und jetzt gab es womöglich sogar noch eine Zeugin für dessen Liquidation. Eine Riesenscheisse war das!

Bestrafte Gott ihn? Was hatte er falsch gemacht?

***

Ausser Atem stand Daniel an der Polizeiabsperrung und konnte Anna nirgendwo sehen. Er wollte zu Annas Wohnung hinübergehen, als Forster auf ihn zukam.

«Hallo, Herr Garvey.»

Daniel nickte zur Begrüssung. Mehr hatte er für Forster nicht übrig. Dessen Gesicht erinnerte ihn immer noch daran, dass sie letzten Herbst in einer polizeilichen Einvernahme ziemlich heftig aneinandergeraten waren. Und zwangsläufig kamen Daniel Gedanken an seinen Bruder Brian, dessen Leichnam der Polizei abhandengekommen und seither verschollen geblieben war.

«Ich habe Frau Berger zu sich nach Hause geschickt. Es ist besser so. Sie wohnt ja gleich um die Ecke.»

Forster kniff die Augen zusammen, um sich vor dem grellen Sonnenlicht zu schützen. Schweiss lief ihm über das Gesicht, als ob er soeben klatschnass unter der Dusche hervorgetreten wäre.

«Ich habe mit ihr vereinbart, dass ich in zwanzig Minuten zu ihr rübergehe und ein paar Fragen zu Anton Huber stellen werde.»

«Was ist passiert?»

Forster ignorierte die Frage und hielt selbst eine bereit. «Kannten Sie Huber?»

«Nur flüchtig. Er ist Annas Nachbar. Sie hat mir zwar schon früher von ihm erzählt, aber gestern habe ich ihn zum ersten Mal getroffen. Wir hüten seinen Hund, weil es ihm nicht wirklich toll geht. Ging.»

«Was hatte er?»

«Er sollte wegen seinem Knie zu einem Untersuch gehen. Folgen einer Operation. Er litt an Schmerzen, die ihn ziemlich stark gequält haben.»

«Hat Frau Berger auch gesagt, und es geht ihr wohl nicht besonders gut. Sie sollten sich um sie kümmern.»

Daniel entfernte sich, und keine zwei Minuten später stand er vor Annas Wohnung. Die Luft war kühl, und die Wohnungstür stand offen.

«Ich bin es.» Er ging hinein.

Keine Antwort.

«Anna, ich bin es.»

Es blieb ruhig.

Bodo kam aus der Küche und knurrte in Daniels Richtung. Der Hund schonte sein linkes Vorderbein und setzte es kaum auf den Fussboden auf. Den Kopf hatte das Tier gesenkt und den Blick auf Daniel gerichtet.

«Alles okay, Bodo?»

Daniel ging zu ihm hin, in die Hocke und tätschelte den Hund. Doch der knurrte weiter in Richtung der Wohnungstür.

«Anna? Was ist mit dem Hund los?»

Stille.

Daniel ging durch die Zimmer. Sie war nicht da.

Er rief noch einmal nach ihr und erhielt keine Antwort.

«Wo ist Anna?», fragte er Bodo. Doch der blieb still und wollte seine Pfote immer noch nicht auf den Boden aufsetzen.

Ob das Tier bereits verstanden hatte, dass sein Herrchen nun definitiv ausser Dienst stand?

«Was ist mit deiner Pfote?»

Natürlich sprach der Hund kein Wort mit ihm.

Anna konnte bloss noch im Keller sein, denn weitere Räume hatte sie nicht gemietet.

Er wollte die Wohnung verlassen, da entdeckte er ihr Mobiltelefon. Es lag neben der Tür, halb von einem Schuh verdeckt, der sonst immer fein säuberlich neben seinem Doppel im Eingangsbereich stand. Das war so gar nicht Annas Art. Die Nachricht von Hubers Tod musste sie ziemlich hart getroffen haben. Verständlich also, dass dabei die Ordnung nicht erste Priorität hatte.

Er hob das Mobiltelefon auf. Der Bildschirm war zersprungen, das Gerät war ihr wahrscheinlich hinuntergefallen.

Daniel legte es neben ihre Handtasche auf die Kommode im Flur und erkannte, dass Annas Tasche leer war. Der Inhalt lag auf der Kommode verstreut, als ob sie nach etwas Bestimmtem gesucht hätte. Ihren roten Lippenstift entdeckte er auf dem Fussboden zwischen den Schuhen.

Daniel ging runter in den Keller, aber da war sie nicht. Also blieb nur eine Möglichkeit: Er hatte sie verpasst.

Zurück an der Polizeiabsperrung verlangte er nach Forster. Es dauerte einige Minuten, bis dieser im weissen Spurenschutzanzug aus Hubers Haus kam.

«Wollten Sie nicht bei Frau Berger drüben warten?»

«Sie ist nicht da. Nur Hubers Hund, und der scheint verletzt zu sein. Das Tier hinkt auf einem Bein.»

«Mir ist nichts dergleichen aufgefallen, als sie mit dem Hund hier bei mir war.»

Das mit dem Hund irritierte Daniel nicht weiter. Ihn überraschte mehr, dass Anna ihn zu sich gerufen, ihm aber vor dem Weggehen keine Nachricht hinterlassen hatte.

Für Daniel gab es eine Vermutung, die ihn erschaudern liess. «Hat sie den toten Huber gefunden?»

«Nein. Wir waren lange vor Frau Berger hier.» Forster blickte sich um. «Ich darf eigentlich nichts sagen. Aber Sie erfahren es sowieso, wenn ich mit Frau Berger spreche, und in ein paar Stunden wird es in allen Nachrichten sein. Huber wurde getötet. Ein Nachbar hat uns alarmiert, weil seine Haustür offen gestanden hat und er auf mehrmaliges Klingeln und Rufen nicht zur Tür gekommen ist.»

«Getötet? Sind Sie sich da sicher?»

«Bei einem Einschuss im Hinterkopf bin ich mir eigentlich immer sicher. Erstens erlöst sich keiner beim Suizid von hinten, und zweitens fällt die Waffe neben den Leichnam auf den Boden. Hier fehlt die Tatwaffe ganz.»

Daniel verstand und war von Forsters Offenheit wie vor den Kopf gestossen.

«Weiss Anna von diesen Umständen?»

«Nein, ich habe ihr bloss gesagt, dass ich sie nicht zu Huber lassen kann. Und sie hat die Kriminaltechniker in den Spurenschutzanzügen gesehen. Da wird jedem schnell klar, dass etwas nicht stimmt.»

Daniel blickte sich um. Zwischen den Gartentoren an der Quartierstrasse standen sich neugierige Nachbarn die Beine in den Bauch. Sie diskutierten und gafften, während die Sonne bereits gnadenlos vom Himmel brannte.

«Vielleicht ist Anna ja einfach kurz an die frische Luft gegangen», sagte Daniel, obwohl ihm dies bei dieser Hitze ziemlich unpassend vorkam.

Drüben in der Wohnung schlich Bodo immer noch desorientiert durch die Räume und humpelte.

«Weisst du, wo A-n-n-a ist?»

Keine Reaktion. Der Hund blickte ihn ausdruckslos an. Daniel versuchte Bodo am Bein anzufassen. Der Hund knurrte vor einer Berührung und zeigte seine Zahnreihen.

«Dann eben nicht, alter Knabe. Dein Problem.»

Daniel prüfte sein Mobiltelefon. Er hatte keinen Anruf verpasst.

Er wählte die Telefonnummer in seinem Büro.

Keine Reaktion. Da war sie also nicht. Es hätte ihn auch überrascht, sie dort zu finden.

Er wählte die Nummer von seiner eigenen Wohnung, auch da ging Anna nicht an den Apparat.

Er schrieb ihr einen Zettel, brachte Annas Wohnungsschlüssel zu Forster rüber und fuhr mit Bodo zum Tierarzt an der Industriestrasse.

Im Wagen war es grässlich heiss, und trotz offener Fenster war es kaum auszuhalten. Für diese Strapaze hielt sich Bodo erstaunlich gut. Er sass auf der Rückbank, als ob er schon immer da hingehört hätte.

Später brauchte der Hund eine ganze Weile, bis er den Weg vom Auto zur Tierarztpraxis zurückgelegt hatte, und noch länger hatte es gedauert, bis er endlich so ruhig hinhalten wollte, dass die Ärztin das Röntgenbild hatte schiessen können.

Daniel glaubte, in den Augen des Hundes Trauer zu erkennen, aber womöglich bildete er sich dies auch nur ein.

8

Frankie stand in der grün gepinselten Holzhütte, die ein Irrer am steilen Abhang auf unterschiedlich lange Stelzen gestellt hatte, damit sie nicht zwanzig Meter in die Schlucht des Mänibaches hinunterrutschte. Er und seine Männer waren von Bäumen und Vogelgesang umgeben.

Die Luft hier oben direkt am Waldrand und der Schlucht war merklich kühler als unten in der Stadt.

Er sah sich um und fragte sich, ob dies wirklich ein guter Ort war, um den Deal durchzuziehen. Für seinen Geschmack lag diese Hütte viel zu nahe bei seinem Wohnort, aber Ventimiglia hatte ihm versichert, dass es perfekt sei.

«Sie brauchen sich keine Sorgen zu machen», stimmte Rossi ein. «Hier kommt keiner her. Die Hütte steht leer, und die Nachbarn hier oben interessiert nicht, was ausserhalb des eigenen Gartenzauns geschieht, solange es ruhig vonstattengeht.»

Zwischen den Männern waren acht ablange Holzkisten aufgetürmt. Das Holz im klassischen Armeegrün.

«Sieht nach ziemlich schweren Kisten aus, und Sie wissen, dass ich nicht wegen olivgrünem Holz hier bin.»

Während Rossi eine der Kisten öffnete und zur Seite trat, fragte Frankie sich, ob es wirklich gut war, sich auf einen Waffendeal mit einem Gesetzeshüter einzulassen. Korrupt hin oder her, diesen Rossi konnte er nicht nur deshalb nicht riechen, weil der korrupt und ein Bulle war, sondern weil ein typischer Opportunist vor ihm stand. Dieser Kerl passte sein Verhalten gerade dem seinen an, und dies gefiel Frankie gar nicht. Die Zeit würde kommen, da sich der Bulle dem Nächsten wie ein Chamäleon anpassen würde, um seine eigene Haut zu retten. In Frankies Welt war Vertrauen alles, und er konnte dem Bullen nicht vertrauen. Dazu fehlte bei Rossi ein greifbares Charakterprofil.

Ventimiglia nahm ein Sturmgewehr zur Hand, versicherte sich, dass es entladen war, und zog den Abzug.

Klick.

Als Nächstes öffnete der stille Italiener das Verschlussgehäuse der Waffe, studierte die eingefettete Mechanik im Innern und nickte Frankie zu.

«Ist die Ware vollständig?»

Rossi nickte übereifrig.

«Total achtundvierzig Stück. Jedes bestückt mit drei Magazinen und sechzig Schuss.»

«Ich hoffe nicht, dass wir jede Kiste prüfen müssen», murrte Frankie.

«Ich ziehe Sie bestimmt nicht über den Tisch. Die Ware ist vollständig, und die Munition ist mein Geschenk an Sie. Als Zeichen meines guten Willens.»

Guter Wille? Frankie kam gleich die Galle hoch. Korrupter Bulle und guter Wille. Das war ein ganz schlechter Witz.

«Wieso schenken Sie mir die Munition?»

«Das ist ein Geschenk, weil wir das erste Mal zusammenarbeiten.»

«Ich bin gerührt. Mir hat noch nie einer Geschenke gemacht.» Frankie erinnerte sich an die kleine, hemmungslose Cherry Kiss, die ihm schon so manches geschenkt hatte, nachdem er ihr eine Line offeriert hatte. Aber im Allgemeinen waren Geschenke doch nur kostenlose Eintrittskarten in Zwänge und Abhängigkeiten.

«Woher haben Sie so viel Munition?»

«Um genau zu sein, sind es zweitausendachthundertachtzig Schuss.»

Offensichtlich war der Mann auch noch ein Klugscheisser.

«Immer wenn ich das Schiesskino im Keller des Polizeigebäudes betreut habe, fiel etwas unter den Tisch, wenn Sie verstehen, was ich meine. Zehn Schuss hier, zwanzig da. Kein Mensch prüft die Bestände im Schiesskeller der Polizei. Der Polizei vertraut jeder, also zählt auch keiner nach. Wäre ja ganz schön dumm, wenn die Polizei sich selber nicht mehr trauen kann.»

Rossi grinste und schob grosskotzig den Kaugummi im Mund hin und her.

Frankie wollte es hinter sich bringen.

«Okay. Sie sagten, Sie wollen dafür zweihunderttausend. Bleibt es dabei?»

Rossi nickte.

«Kriege ich einen Skonto, weil ich sofort bezahle?»

«Mein Angebot bleibt dasselbe. Zweihunderttausend, und die Munition ist umsonst.»

«Ist kein Trinkgeld. Aber ja», entschied sich Frankie und sah in Ventimiglias Richtung. «Du prüfst, ob alles da ist. Nur damit wir sicher sind, dass nicht zufällig etwas in der Asservatenkammer seiner Freunde liegen geblieben ist. Ich will, dass du die Zündstifte überprüfst.»

Ventimiglia nickte und machte sich an die Arbeit.

«Danach erhält Signor Rossi seine Bezahlung, und ihr seht zu, dass ihr nicht weiter auffallt.»

Frankie ging an Rossi vorbei.

«Buona giornata, Signor Rossi.»

«Ihnen auch, und falls Sie wieder Bedarf haben sollten, bin ich gerne Ihr Ansprechpartner. Die Asservatenkammer ist gross.»

Da war Frankie sich sicher. Die Asservatenkammer hatte gewiss noch so manches zu bieten: Stoff, Waffen und wertvolle Gegenstände. Die Frage war nur, wie heiss die Ware war, die dort lagerte. Darüber hinaus sah er in Rossi keinen Partner, und die Frage des Vertrauens stand weiterhin im Raum. Bulle blieb Bulle, egal, ob korrupt oder nicht.

Frankie verliess die Hütte, stieg nach ein paar Schritten in den Wagen, und sein Fahrer brachte ihn durch das Wohnquartier weg.

***

Ventimiglia wandte sich von den Waffenkisten ab und sah zu Rossi. Hinter dem korrupten Polizisten ragte Makani wie ein Monolith fast bis zur Decke der Hütte empor. Der Hawaiianer war beinahe doppelt so breit wie der korrupte Bulle und wartete geduldig, bis auch für ihn Arbeit anfiel.

«Eine gute Lieferung», bemerkte Ventimiglia. «Was, wenn einer bemerkt, dass dieses Zeug fehlt? Kann man auf Sie schliessen?»

«Definitiv nicht. Es gibt keine Zutrittskontrollen oder Kameras, und als ich diese Kisten rausgeschafft habe, war bei uns die Hölle los. Keiner hat nach links oder rechts gesehen.»

«Sicher?»

Rossi grinste selbstgefällig. «Absolut sicher.»

«Also kommen wir zum Abschluss des Deals. Das ist gute Ware. An eine solche Lieferung gelangt man nicht alle Tage. Die Bezahlung haben Sie sich verdient.»

Rossis Augen funkelten beim Gedanken an die zweihunderttausend.

«Aber man kriegt nicht immer, was man sich verdient hat.»

Statt Geld gab es für Rossi einen Schlag mit Makanis gewaltiger Faust gegen seinen Nacken. Das Knacken der Nackenwirbel war nicht so laut, wie Ventimiglia es sich vorgestellt hatte. Dennoch, wie eine von den Fäden abgeschnittene Marionette sackte Rossi in sich zusammen und machte weder eine Bewegung noch ein Geräusch.

Ventimiglia und Makani verstauten eine Waffenkiste nach der anderen im Laderaum ihres schwarzen Mercedes Sprinter und gingen zurück in die Hütte. Sie streiften sich Handschuhe über, öffneten das Fenster zur Seite des Bachtobels und warfen den leblosen Körper in die Schlucht hinab.

Von weit unten war der dumpfe Aufschlag des Leichnams auf dem Waldboden zu hören.

Ein korrupter Bulle weniger.

Ventimiglias Ferienflaute war definitiv vorüber. Er hätte nicht gedacht, dass bei ihm derart bald wieder Hochsaison herrschte.

Frankie De Luca war aktiv wie selten, und Ventimiglia spürte, dass es nicht der letzte Gruss dieses Sommers sein würde.

***

Bodo war nicht verletzt, aber er schonte seinen Lauf selbst dann noch, als sie die Tierarztpraxis wieder verliessen. Nichts gebrochen und dafür wieder draussen in der Sonne, die nun gegen Mittag auf der Haut brannte.

Daniel hatte immer noch keine Nachricht von Anna. Nicht auf dem Mobiltelefon, keine Kurznachricht und auch keine E-Mail. Das war so gar nicht ihre Art. Er rief bei Annas Eltern an, aber auch die hatten nichts von ihr gehört.

Ihm blieb nichts anderes, als abzuwarten, bis sie sich wieder meldete. Dennoch kam ihm das Ganze unpassend vor. Hund verletzt, Wohnungstür offen und Anna weg. Ohne Mobiltelefon und Schlüssel weggegangen.

Es war gleich zwölf Uhr, und der Hunger quälte ihn. Er fuhr mit Bodo quer durch die Stadt und setzte sich mit ihm im Restaurant Brandenberg unter das Blätterdach der Platanen an einen Tisch. Bis auf einen einzelnen Tisch, wo drei Kerle vor ihren Biergläsern sassen wie die Giraffen am Wasserloch, war in der Gartenwirtschaft fast nichts los. Normalerweise war es hier unter den Bäumen selbst im Hochsommer angenehm kühl, doch in diesen Tagen galten die Gesetze der Natur nicht. Es war heiss und der Wind warm wie der Luftstrom eines Haartrockners. Der Kellner brachte Bodo unaufgefordert eine Schüssel Wasser. Der Hund klatschte sich mit der Zunge Wasser in den Rachen, und Daniel tätschelte dessen Flanke.

«Immerhin hast du dir nichts gebrochen, alter Knabe. Wieso du hinkst, willst du mir nicht sagen?»

Bodo sah ihn nicht einmal an und war darauf konzentriert, selbst das verschüttete Wasser vom Asphalt aufzulecken.

Daniel bestellte sich Weisswürste mit Kartoffelsalat und einen grossen Eistee, dann prüfte er sein Telefon.

Der Akkustand lag bei über sechzig Prozent, und der Empfang war einwandfrei.

Verdammt, Anna. Wohin hast du dich verkrochen?

Er studierte eine Weile und wählte die Nummer, die er sich vor bald einem Jahr gespeichert hatte.

«Forster.»

«Noch einmal Garvey. Ich wollte nachfragen, ob Sie unterdessen zu Anna Kontakt hatten.»

«Ich war vorhin bei ihr drüben. Sie war nicht da.»

Daniel behagte es nicht, dass Forster sich in Annas Wohnung aufgehalten hatte. Forster war immer noch jener Ermittler, der ihn im letzten Herbst mit Fragen gelöchert hatte. Doch dies verblasste zur Nebensache, weil er sich um Anna langsam richtig Sorgen machte. «Können Sie nach ihr Ausschau halten, solange Sie noch da oben im Quartier sind?»

«Darf ich einen anderen Vorschlag machen?»

Wie hätte es anders sein können? Forster hatte immer das letzte Wort, und anscheinend ging ihm noch etwas durch den Kopf. Genau so hatte er ihn letzten Herbst kennengelernt.

«Jeder Vorschlag ist willkommen, solange er hilft, sie zu finden.»

«Falls Frau Berger nicht demnächst auftaucht, würde ich gerne im Anschluss an unsere Spurensicherung hier bei Huber mit einem Kollegen der Kriminaltechnik auch kurz bei ihr drüben vorbeischauen. Nur um sicherzugehen, dass wir nichts übersehen.»

Dies war ein Faustschlag in Daniels Magengrube. Genau in dem Moment stellte der Kellner die Weisswürste vor ihm auf den Tisch. Er wandte seinen Blick von dem Essen ab, um mit der Konzentration bei Forster bleiben zu können.

«Wieso Kriminaltechnik? Was genau wissen Sie?»

«Machen Sie sich nicht zu viele Gedanken. Aber Frau Berger wollte in ihrer Wohnung warten und hat keine Nachricht hinterlassen. Und der Hund schien verletzt zu sein. Ich will bloss nichts verpassen, das ist alles.»

Daniel zögerte. «Was genau suchen Sie?»

«Verstehen Sie mich nicht falsch», schob Forster nach. «Wir fassen nichts an, und wir nehmen nichts mit. Ich will nur alles geprüft haben. Immerhin arbeiten wir hier am Tatort eines Kapitalverbrechens. Frau Berger kannte den Toten und ist nun selber verschwunden, obwohl ich mit ihr abgesprochen hatte, dass sie in ihrer Wohnung auf mich warten sollte.»

Daniel verstand, was Forster damit meinte, fühlte sich mit dessen Erklärung aber auch nicht besser.

Verdammt. Sie brauchte sich doch bloss kurz bei ihm zu melden. So schwierig konnte das doch nicht sein.

«Okay. Tun Sie es. Wenn Sie mit Ihrer Arbeit fertig sind, können Sie sich wieder bei mir melden. Ich werde Annas Schlüsselbund bei Ihnen abholen.»

Nach dem Gespräch stocherte Daniel lustlos in seinem Kartoffelsalat herum, und er wusste nicht, was ihm mehr den Appetit verschlagen hatte: die Hitze oder dass er sich um Anna sorgte.

Bodo lag wie erschlagen neben dem Tisch und hechelte im Schatten wie ein alter Luftfilter.

Daniel gab dem Kellner ein Zeichen, dass er bezahlen wollte. Doch der Kellner übersah ihn, und stattdessen trat ein Fremder an seinen Tisch.

Der Mann war nicht besonders gross, dafür kräftig gebaut. Er schätzte ihn auf über sechzigjährig, und die Augen waren …

Verdammt sollten diese Augen sein.

Das war kein Fremder, sondern sein Onkel Conor Garvey. Der Teufel in Person hatte die Erdoberfläche betreten.

Daniel schoss hoch, und sein Stuhl krachte scheppernd nach hinten. Er ballte die Fäuste und war auf alles gefasst.

«Hi, Daniel.»

Conors nordirischer Dialekt war selbst in diesen beiden Worten unüberhörbar und wie eine Faust in sein Gesicht.

«Du verdammter …»

Eine Hitzewallung schoss in Daniels Kopf, und sein Herz hämmerte wie verrückt.

Erst Furcht, dann Hass. Gefolgt von Trauer und zum Schluss einfach nur blinde Wut.

Vor Daniels innerem Auge blitzte eine Erinnerung auf. Er war wieder der kleine Junge, der sich im Kleiderschrank seiner Eltern versteckt hatte. Angst überfiel ihn. Ein grässliches Engegefühl bei jedem Atemzug. Er kriegte kaum Luft, und in den Ohren rauschte das Blut.

Das Bild eines Grabsteins mit verwelkten Blumen.

Seine Mutter weinend und vor dem Grabstein, im nassen Gras kniend.

«Ich muss dich sprechen, Daniel.»

«Scher dich zum Teufel!», schrie Daniel, und der Tod war nicht weniger präsent als damals vor vielen Jahren.

Die Köpfe der drei anderen Gäste in der Gartenwirtschaft hatten sich zu ihnen umgedreht, und Bodo stand dicht bei Daniels rechtem Bein. Der Hund knurrte wie ein Dieselmotor.

«Wenn du diesen Tag überleben willst, verschwinde ganz schnell zurück nach Belfast.»

«Bitte, Daniel. Ich will –»

«Du Stück Dreck hast hier nichts verloren!» Daniels Stimme bebte, und um sie herum war es still wie im Theater.

«Du hast allen Grund, wütend auf mich zu sein. Aber ich bin hier, weil ich von Brians Tod erfahren habe. Ich wollte nach dir sehen, weil –»

Wie konnte dieses Stück Scheisse es wagen, Brians Namen laut auszusprechen.

«Ach, du willst helfen? Jetzt, wo alle tot sind? Hast du vergessen, warum mein Vater tot ist? Ist es das? Muss ich deiner Erinnerung auf die Sprünge helfen? Wo waren denn du und deine tollen Freunde, als Mom dringend Hilfe gebraucht hat?»

«Es tut mir leid.»

«Ja, jetzt tut es dir leid. Suchst du Vergebung? Bei mir? Suche sie anderswo!»

Daniel ging auf Conor los und stiess ihn derart heftig von sich weg, dass der rückwärtstaumelte und sich gerade noch an einem Stuhl festhalten konnte. Sonst wäre Conor Garvey wohl auf dem Rücken gelandet und Daniel auf ihm drauf.

Trotz seiner unbändigen Wut hatte Daniel diese Machtdemonstration ganz gezielt platziert, denn einem wie Conor Garvey machte man besser gleich klar, dass er sein Potenzial nicht würde entfalten können. Daniel wusste nur zu gut, wo es enden konnte und wen er vor sich hatte. Er durfte Conor Garvey keinen Schritt nach vorn erlauben. Selbst auf dem Rücken liegend war sein Onkel noch immer die rechte Hand des Todes.

«Es ist ganz einfach. Ich komme nicht zu euch hoch, also verschwinde du gefälligst von hier. Und eines kannst du mir glauben. Dies ist die einzige Chance, die du kriegst, um in einem Stück von hier wegzugehen. Wenn du noch einmal in meinem Leben auftauchst, bist du der Nächste, auf den sie in Belfast im Pub ein letztes Mal die Gläser heben. Falls überhaupt irgendein Arsch bereit ist, auf dich zu trinken.»

«Daniel …»

«Ich habe keine Angst vor dir und genauso wenig vor deinen Leuten. Glaube mir, ich habe meine Hausaufgaben gemacht und kenne jeden von euch. Egal, wen du schickst, das nächste Mal bin ich der Grund eurer *Troubles*. Verschwinde in das Drecksloch, aus dem du gekommen bist. Eine zweite Warnung wird es nicht geben.»

Conor entschuldigte sich bei dem verdutzten Kellner mit einem *«So sorry»*, das aus einer anderen Welt stammte. Er ging, ohne zurückzuschauen, und Daniel liess ihn nicht aus den Augen, bis er weg war.

Daniel hatte sich all die Jahre geschworen, nie mehr zurückzublicken, keinen Gedanken mehr an Belfast zu verschwenden. Doch genau heute hatte er seinen Kampf gegen die Erinnerungen verloren. Er stellte seinen Stuhl wieder auf und sank bleischwer in die Stuhllehne. Die Wut, die sich in all den Jahren angestaut hatte, wandelte sich in Trauer. Zum ersten Mal seit langer Zeit sah er Vaters Gesicht vor sich und war nicht in der Lage, sich zu rühren.

Die Vergangenheit hatte ihn eingeholt, und dies ausgerechnet am Tag, an dem Anna nicht an seiner Seite war. Mit zittrigen Händen bediente er sein Mobiltelefon.

Noch immer keine Nachricht von Anna.

Bodo stand neben ihm und blickte zu ihm hoch. Der Hund gab ein leises Winseln von sich und beäugte Daniel misstrauisch, den Kopf halb gesenkt, die Rute an ein Hinterbein gezogen.

Es dauerte, bis Daniel wieder sprechen konnte, und er kraulte Bodos Nacken.

«Na, Hund? Wie gefällt dir meine Welt?»

Doch eigentlich waren Conor und Nordirland gar nicht seine Welt. Genau darum war er nie in die Heimat seines Vaters zurückgekehrt.

9

Gegen halb ein Uhr klingelte Forsters Telefon, auf dem Display stand «EZ». Bitte nicht noch mehr Fälle.

Wenn die Einsatzzentrale ihn suchte, konnte dies nur eines bedeuten. Der Kollege von der Zentrale bestätigte Forsters Vorahnung.

«Ein aussergewöhnlicher Todesfall. Direkt unterhalb der Volière am See.»

«Etwas Spezielles?»

«Mit Sicherheit. Junge Frau, keine dreissig und vermutlich aus dem Milieu. Deshalb das Kripo-Aufgebot.»

Tod im Milieu? Verdammt. War es noch nicht genug? Alle waren in den Ferien, er fast allein im Dienst, und jeder Fall, der reinkam, war heiss wie das Wetter. Ein Tod im Milieu würde wieder eine Obduktion geben, und er sah voraus, wie die nächste Folgeabklärung langsam Form annahm. Arbeit, mehr Arbeit, noch mehr Arbeit.

Scheisse, es war doch gar nicht Vollmond. Warum war so viel los?

Er witterte einen Ausweg.

«Kannst du für mich Brack kontaktieren? Er könnte zur Abwechslung mal Rossi rausschicken. Ich habe alle Hände voll zu tun. Richter vom Dach, Tötungsdelikt Guggitalring und dieser Sache mit der verschwundenen Frau muss ich in den nächsten Stunden auch irgendwann nachgehen.»

«Weiss ich doch. Ich wollte ja auch Rossi aufbieten, nur ist der heute nicht zum Dienst erschienen.»

«Echt super», brummte Forster. So ein Glück konnte nur er haben. «Ich bin gleich da.»

Tod im Milieu? Wenn dem tatsächlich so war, würde er es mit schwierigen Zeitgenossen zu tun bekommen. Also steckte er seine Dienstwaffe in das Holster und verliess das Büro. Als er durch die elektrische Schiebetür raus auf den Vorplatz ging, schlug ihm eine Hitzewelle entgegen, wie er sie in dieser Stadt noch nie erlebt hatte.

***

Daniel liess die Gartenwirtschaft hinter sich und war mit den Gedanken weit weg. Nur zwei Fragen bestimmten seine Gedanken.

Wo steckte Anna?

Wieso tauchte Conor ausgerechnet jetzt auf?

Bodo trottete friedlich neben ihm her, während der schwarzweiss gefleckte Hund auf der gegenüberliegenden Strassenseite sein Herrchen fast von den Füssen riss. Der Köter geiferte in Bodos Richtung und legte sich derart schwer in die Leine, dass ihm die Zunge blau anlief.

Verdammter Borderline Collie, dachte sich Daniel und war sogar stolz auf Bodo. Denn der blickte nur in des anderen Richtung und ging weiter neben ihm her, als ob es nichts zu sehen gegeben hätte. Keine hundert Meter weiter an der Chamerstrasse schoss ein Linienbus hochtourig wie ein Truppentransporter an ihnen vorbei. Fast wie ein grünes Armeefahrzeug, das Frischfleisch an die Front lieferte. Auch hier blieb Bodo tadellos ruhig.

«Guter Hund.»

Verdammt, was für ein Scheisstag. Er hatte nur mit Anna zusammen sein wollen. Stattdessen passte er auf einen Hund auf, der ständig hechelte und aus dem Mund stank wie ein Komposthaufen. Zu alldem begann er auch noch damit, mit dem Tier zu sprechen.

***

Kurz vor ein Uhr erreichte Forster das Seeufer. Die Szenerie hätte nicht skurriler sein können.

Das weisse Zelt der Kriminaltechnik war über einer Parkbank an der Uferlinie aufgestellt worden, das Zelt zum See hin offen, und auf der Bank sass eine tote Frau, als ob sie einfach entspannt in die Ferne blicken würde. Auf ihrer Stirn sah Forster sogar noch Schweissperlen. War es möglich, dass sie noch transpirierte?

Er erkannte die Tote sofort. Fast alle von der Zuger Polizei hatten sie schon mal einer Personenkontrolle unterzogen, ihr ein, zwei Gramm Koks abgenommen oder sie und ihre Freier auf die Nachtruhe hinweisen müssen. Forster hatte sie sogar mal als Opfer befragt, weil ein Freier gewalttätig geworden war. Der Grobian hatte sie wegen ihres damaligen Werbeslogans für sein Eigentum gehalten.

Warum bloss kurze Glücksmomente? Buche mich für deine Ferien.

Das hatte damals auf ihrer Homepage gestanden, und der geile Banker mit seiner Impulskontrollstörung hatte geglaubt, dass ihm die Bezahlung für eine ganze Woche erlaube, über sie zu bestimmen wie über eine Leibeigene. Das Ganze hatte in einer heftigen körperlichen Auseinandersetzung geendet, und sie war damals die klare Verliererin gewesen. Blaues Auge, geplatzte Oberlippe und jede Menge blaue Flecken und Striemen.

Der prügelnde Banker war eingelocht worden, und sie, die nun tot hier sass und die alle nur Cherry Kiss oder Cherry nannten, bediente direkt nach der Opfereinvernahme auf dem Parkplatz vor dem Polizeigebäude den nächsten Freier in seinem Lotus. Das gab es selbst im sauber herausgeputzten Zug, auch wenn das Milieu hier selten in die Öffentlichkeit hinaustrat.

Doch heute hatte Cherry definitiv ausgedient. Sie sass zusammengesunken auf der Bank und schien durch das offene Zelt hinaus über die Mauer in den See hinunterzublicken. Von unterhalb der Mauer blickte eine Stockente aus dem Wasser zur Kriminaltechnik hoch.

Für Forster vermittelte die Szenerie den Eindruck, als hätte sie im Zelt der Kriminaltechnik eben noch einen Diskretjob erledigt und den Vorhang zum Lüften aufgemacht.

Forster kam sich schäbig vor, in diesem Fall genau hinzusehen, obwohl seine Arbeit dies von ihm verlangte.

Cherry trug keine Schuhe, und ihre Lederhotpants waren so knapp bemessen, dass er instinktiv wegblickte. Oben trug sie ein knappes Bikinioberteil, das nicht in die schicke Stadt Zug passte.

Selbst tot hatte sie ein hübsches Gesicht, und er fragte sich, warum sie überhaupt jemals anschaffen gegangen war. Sie hätte die reichsten Männer der Stadt um den Finger wickeln oder die Laufstege in New York und Paris erobern können. Doch offensichtlich war dies nicht der für sie vorbestimmte Weg gewesen. Stattdessen hatte sie mit ihrem Körper in der Stunde gleich viel verdient wie ein Junganwalt – was auch nicht zu verachten war.

Grübel machte Fotos aus allen Blickwinkeln, wie üblich zwar, doch in diesem Fall wirkte das deplatziert.

Über das Gesicht der Toten krabbelte eine fette Fliege, und Forster verscheuchte sie.

«Hast du das da gesehen?» Forster zeigte auf die Flasche, die halb auf der Parkbank, halb in ihrer Hand lag. «Vieille Orange» von Etter. «Ein verdammt guter Tropfen, aber das passt nicht.»

«Warum denn nicht? Ich würde jedenfalls viel lieber mit so einem Tropfen in der Hand abtreten als mit billigem Wodka oder diesem überzuckerten Mist, den die Jungen im Ausgang trinken.»

«Ich will damit nur sagen, der ‹Vieille Orange› passt nicht recht hierher, denn ihr Milieuname ist Cherry Kiss. Zu Cherry hätte ein Zuger Kirsch eigentlich viel besser gepasst.»

«Du kennst sie?»

«Nicht so, wie ihre Kunden sie kannten. Sie ist aktenkundig. Mehrfach. Jeder zweite Banker und Rohstoffhändler der Stadt dürfte sie kennen. Sie hat vor allem die junge Elite mit den weissen Hemden und Sportwagen bedient. Glaube mir, wann immer ein Neureicher es richtig krachen lassen wollte, egal, weswegen, Rohstoff- oder Börsendeals, die gefeiert werden sollten, Cherry war garantiert nicht weit und sorgte für einen würdigen Höhepunkt auf der Feier.»

Grübel drehte das Fisheye-Objektiv auf die Nikon, bis der Verschluss klickte, und er folgte Forsters Ausführungen.

«Eigentlich heisst sie Leonie Böhnimann. Wenn sich nichts geändert hat, reicht ihr Revier vom Parkhotel bis zum ‹Rathauskeller› und hoch bis zum Rötelberg. Sie lässt nur die zahlungskräftige Klientel ran.»

«Das kann ich mir gar nicht vorstellen.»

«Was denn?»

«Diese Aufmachung passt doch nicht im Geringsten in die teuren Restaurants und Hotels. Wenn sie eine Edelprostituierte war, wieso dann dieser Billignutten-Look?»

«Glaub mir, es passt perfekt. Du würdest staunen, auf was die reichen Pinkel stehen. Für manch einen sind nur die Extreme gut genug.»

Forster war fasziniert vom Umstand, dass der Leichnam nicht umgekippt war.

«Sie sitzt da wie eingeschlafen. Bist du dir sicher, dass sie tot ist? Hat der Amtsarzt den Tod festgestellt?»

«Sehe ich wie ein Anfänger aus? Die ist so fertig wie jeder auf dem Friedhof. Schau dir ihre Füsse an.»

Tatsächlich. An den Füssen hatten sich bereits die ersten Totenflecken gebildet.

«Wie lange ist sie tot?»

«Kann ich im Moment nur grob schätzen. Fleckenbildung, Zeitpunkt des Meldeeingangs, ich würde auf maximal eine Stunde tippen. Allenfalls sogar weniger, denn wir waren verdammt schnell hier.»

«Ab wann treten die Totenflecken auf?»

«Dass ihr Ermittler und Staatsanwälte euch das nicht merken könnt. Unglaublich. Es sind etwa dreissig Minuten, aber es kommt auf die Umstände an.»

«Sie hat noch einzelne Schweissperlen auf der Stirn. Wie kann das sein?»

«Keine Ahnung. Habe ich auch noch nie gesehen. Vielleicht ist diese schwülfeuchte Luft heute derart gesättigt, dass gar nichts mehr verdunsten kann.» Grübel zeigte auf ihr Gesicht. «Riech mal an ihr.»

Forster trat einen Schritt zu ihr hin, konnte aber nichts riechen.

«Näher zum Gesicht, du Angsthase. Die ist tot. Sie fasst dir schon nicht in die Hose.»

Grübel lachte laut, und Forster fand das wenig amüsant. Manch einer, der viel an Tatorten war, verlor bei der Arbeit irgendwann den natürlichen Respekt vor dem Tod. Dies war eine Methode, den Tod und seine oftmals scheusslichen Blüten nicht an sich herankommen zu lassen. Selbstschutz.

Forster neigte sich näher zu ihrem Gesicht und konnte es riechen.

Ein feiner Hauch von Orange.

Das passte tatsächlich zum «Vieille Orange», und die Flasche in ihrer Hand war nur noch halb voll.

«Gibt es Hinweise auf die Todesursache?»

«Noch nicht. Wir sollten die Rechtsmedizin informieren.»

Diese Idee passte Forster ganz gut, denn wenn die Zürcher an einen Tatort kamen, wusste man, dass gründlich gearbeitet wurde. Für ihn selbst hatte dies den angenehmen Nebeneffekt, dass er sich getrost zurücknehmen konnte, und genau das war es, was er jetzt brauchte. Die anderen Fälle waren Last genug.

«Rufst du mich an, sobald du etwas für mich hast?»

«Klar. Geh du nur zu deinen anderen Fällen. Ich komme mit ihr hier gut klar.»

Forster nickte dem jungen Streifenpolizisten zu, der im Schatten neben seinem Wagen stand und die Passanten immer wieder zum Weitergehen anhielt.

Auf dem Weg zum Auto spielte Forsters Kopf ihm einen Streich. Er glaubte, noch immer Cherry Kiss' Orangenbrand riechen zu können, und es geisterte unweigerlich die Erinnerung an ihre Hotpants durch seinen Schädel.

Meine Güte! Er musste dieses Bild aus seinem Kopf verbannen. Eine Tote in Hotpants machte den Tag nun auch nicht besser.

Obwohl er gar nicht schnell gegangen war, erreichte er sein Auto ziemlich ausser Atem, und sein Hemd klebte ihm am Rücken.

***

Frankies Magen knurrte, als die schlanke Dame ihm die Pappardelle al Limone mit zwei Scampi und einem Petersilienzweig on top servierte.

Was für ein herrlicher Tag dies doch war. Das «La Parmigiana» war mit Businessleuten und Expats voll besetzt. Alles Leute, die assen und teuren Wein tranken. Sie fluteten Frankies Kasse mit schnell verdientem Geld, und je mehr von ihnen kamen, desto besser liessen sich auch hier ein, zwei falsche Rechnungen dazwischenschmuggeln, ohne dass es gleich auffiel.

Die Petersilie auf seinem Teller war Teil ihrer Kommunikation. Das grüne Kraut lag zwischen den beiden Scampi, also hatten die beiden Toten nicht in Bezug zueinander gestanden. Das war ein wesentlicher Teil der Mitteilung.

Frankie lächelte entspannt, als er das erste Exemplar kaute und an den Polizisten dachte. Rossi. Ein korrupter Bulle weniger war ein Dienst an der Menschheit. So gesehen war er eine zweite Mutter Teresa. Er, Frankie De Luca, hatte der Menschheit dadurch gedient und einen korrupten Bullen beseitigen lassen. Welch ein Tag!

Beim zweiten gekochten Meerestier dachte er zum letzten Mal an Cherry Kiss. Keine Frage, es hatte nie eine hübschere Frau gegeben als Cherry, und kein anderes der Mädchen, die für ihn gearbeitet hatten, war ertragreicher gewesen als sie. Er schluckte das zart-süsse Fleisch hinunter und erinnerte sich an ihren Hüftschwung, wenn sie die Strasse hinunterging. Die Kleine hatte ihn mehr enttäuscht als alle anderen. Ihm einen Kunden pro Woche zu verheimlichen, das hätte er ihr noch durchgehen lassen. Doch bei einem pro Tag war ihm der Geduldsfaden gerissen. Hübsch hin oder her, sie war zu weit gegangen und zu einem schnell erledigten Job für Ventimiglia geworden.

Nach dem Essen ging Frankie in sein schwach beleuchtetes Büro hoch, das im Stockwerk über dem «La Parmigiana» untergebracht war. Fausto Ventimiglia wartete bereits auf ihn.

«Und? Singt die Frau mit dem Hund?»

«Noch nicht. Aber das wird sie bald tun.»

«Du musst mehr Druck aufsetzen.»

«Ich weiss. Irgendwie mag ich sie, doch keine Sorge, sie wird sehr bald darum betteln, uns alles zu erzählen.»

«Bald reicht nicht. Wir haben keine Zeit für ihre Spielchen, Fausto. Wir sind kultivierte Menschen, nur ist meine Geduld am Ende. Sie sagt uns, was sie weiss. *E basta!*»

«Ich kümmere mich darum, Boss.»

«*Ma presto!* Ich muss wissen, ob sie etwas über den Tod des alten Mannes weiss. Falls ja, müssen wir wissen, mit wem von den Bullen sie ihr Wissen geteilt hat, und dann eliminierst du sie der Reihe nach. Verstehst du?»

«Ja, Boss. Glaube mir, ich muss vorsichtig vorgehen, sonst kann sie plötzlich gar nichts mehr sagen. Sie würde dir übrigens gefallen. Sie hat das Temperament einer Sizilianerin. Seit sie unten eingesperrt ist, flennt sie zwar, hält aber dicht wie ein Profi und hat einen ziemlich wilden Blick drauf. Sie sagt uns nicht mal ihren Namen.»

«*Mamma mia!* Ihr kennt ihren Namen nicht?»

«Sie sagt ihn nicht, aber wir wissen natürlich schon, wer sie ist. Wir waren ja in ihrer Wohnung.»

Frankie zeigte auf Ventimiglias Bein. «Wie geht es mit dem Hundebiss?»

«Keine grosse Sache. Der Köter hat mich nicht so erwischt wie ich ihn.»

Frankie nickte anerkennend. Ventimiglia war ein guter Mann.

«Also los jetzt. Ich verlasse mich auf dich. Du bringst sie zum Reden. Und tu ihr bald mal weh, sonst zieht sich das noch ewig hin.»

Ventimiglia nickte, und Frankie wusste, dass es für diesen Auftrag keinen Besseren gab als Fausto Ventimiglia. Unter dessen Aufsicht hatte noch jeder den Mund aufgemacht.

10

Im Laufe des Nachmittags wuchs Daniels Sorge. Er hatte Anna an jedem erdenklichen Ort gesucht, und er war erfolglos geblieben. Sie war nicht zu Hause, nicht im Büro und auch nicht bei ihren Eltern zu erreichen gewesen. Fehlanzeige auf voller Linie. Selbst bei ihrer Frauenärztin und im Spital hatte er nach ihr gefragt, doch die überfreundliche Dame an der Telefonzentrale des Spitals hatte ihn für vermisste Personen an die Polizei verwiesen. Klugscheisserin.

Daniel blieb nichts anderes übrig, als Forster erneut zu kontaktieren. Der Ermittler nahm den Anruf nach dem ersten Klingeln entgegen.

«Unsere Leute waren in Frau Bergers Wohnung. Nach Einbruch sah es nicht aus. Das Mobiltelefon kann ihr selber runtergefallen sein, und die Handtasche kann sie auch selber auf den Kopf gestellt haben. Vielleicht hatte sie etwas darin gesucht, und dabei könnte ihr das Handy runtergefallen sein.»

«Ich komme nicht dahinter, wohin sie in dieser Situation ohne Schlüssel und Telefon gegangen sein könnte.»

«Ich verstehe Ihre Sorge, Herr Garvey. Versprochen, wir halten weiter nach ihr Ausschau. Im Moment gibt es keinen Grund zur Besorgnis, und um ganz sicherzugehen, achte ich bei allem darauf, ob es eine Verbindung zu Hubers Tod gibt. Versprochen. Falls ich etwas herausfinden werde, erfahren Sie es sofort. Es gibt im Augenblick zwar keine Hinweise, wo sie sein könnte, aber das ändert sich sicher bald.»

Daniel driftete in Gedanken ab.

Huber tot, Anna verschwunden, und wie aus dem Nichts war Conor Garvey aus dem Hochsicherheitstrakt aufgetaucht. Konnte das alles Zufall sein?

Er wusste nicht, was er denken sollte.

«Sind Sie noch am Apparat?»

«Ja. Ich frage mich nur, ob ich etwas übersehe.»

«Zermartern Sie sich nicht den Kopf. Ich habe Sie beide erlebt. Frau Berger kann gut auf sich selber aufpassen. Bleiben Sie nur immer schön für sie erreichbar, und wir bleiben an der Sache dran. Als Nächstes übermittle ich allen Dienstkollegen im Kanton Frau Bergers Foto, dadurch geht es meist ganz schnell.»

«Sie haben ein Foto von Anna?»

«Ich werde jenes verwenden, das wir letzten Herbst gemacht haben, als Sie beide festgenommen wurden und bei mir zur Einvernahme waren.»

Daniel erinnerte sich nur zu gut an jenen Morgen. Die Polizei hatte sie beide abgeführt, und wenige Tage später waren sie ein Paar. Nicht gerade eine Hollywoodromanze, aber das war ihre Geschichte, und sie war genauso echt, wie sein eigenes Leben immer wieder mit Überraschungen dahergekommen war.

«In ein paar Minuten wird jeder Polizist in der Stadt ihr Foto vor sich haben. Unsere Leute kriegen ihr Bild direkt auf die Diensttelefone zugestellt. Wir finden sie also sicher schnell.»

Irgendetwas sagte Daniel, dass Forster zu euphorisch war. Er wollte ihn beruhigen, und dies war eine anständige Geste. Vielleicht hatte Forster recht, und es war tatsächlich alles okay, den Umständen entsprechend halt. Dennoch wollte es nicht gelingen, das schlechte Gefühl aus der Magengrube zu vertreiben. Ihm war klar, dass er ohne Anna kein richtiges Leben hatte. Sie war sein Grund, morgens aufzustehen. Allein das Wissen, dass sie nicht da war, machte ihn schwach wie den kleinen Jungen von damals. Der Junge, der sich zwischen den Kleidern seiner Eltern versteckt hatte.

Er erinnerte sich an den Kleiderschrank und die Dunkelheit. Aber die Umstände mit dem Kleiderschrank lagen in derart verschwommene Erinnerungen eingebettet, dass er mit diesem Bild nichts anfangen konnte.

***

Ventimiglia stieg die Treppe in den Keller von Frankies Haus hinab. Makani folgte ihm und schloss die schwere Tür auf.

Die Frau hatte sich in eine Ecke zurückgezogen und sass auf dem nackten Betonboden. Sie sah ihn mit verheulten Augen an, und er erkannte in ihrem Blick den Hass.

«Machen Sie es sich leicht, Anna. Ich darf Sie doch so nennen?»

Keine Reaktion der Frau ausser ein weiterer Blick, den sie ihm zuwarf und der ihm sagte, dass er ihr besser nicht den Rücken zuwenden sollte.

«Sagen Sie mir, was Sie der Polizei erzählt haben, und ich verspreche, danach lasse ich Sie sofort in Ruhe. Deal?»

Die Frau sagte kein Wort. Sie musterte ihn und Makani aus den Augenwinkeln und ignorierte sie beide.

Ventimiglia ging zu ihr hin und neben ihr in die Hocke. Er schob ihr eine verschwitzte Haarsträhne aus dem Gesicht, und sie wich mit dem Kopf zurück.

«Erzählen Sie es mir. Ich bitte Sie darum.»

Doch sie schaute ihm wortlos in die Augen. Ihr Blick war hasserfüllt, und in dem Moment war ihm klar, dass sie den Mund nicht aufmachen würde. Nicht ohne eine ganz anständige Portion Schmerz.

Ventimiglia holte aus und knallte ihr eine erste Ohrfeige ins Gesicht, die so laut klatschte, dass das Geräusch zwischen den Betonwänden hallte.

Das hatte zwar gesessen, dennoch machte sie keinen Mucks und sah ihn noch nicht einmal an. Sie hielt nur schützend einen Arm vor das Gesicht und einen vor ihren Körper. Das musste man ihr lassen, sie verfügte über gesunde Instinkte.

«Nehmen Sie mir dies nicht übel. Es war bloss eine Warnung. Nur ein Vorgeschmack, damit Sie sich vorstellen können, was auf Sie zukommt, wenn Sie weiter dichthalten. Ich habe den Auftrag, an die Informationen in Ihrem Kopf zu kommen, und glauben Sie mir, ich kriege, was ich will, selbst wenn ich mit meinen Händen in Ihren Kopf hineinmuss, um es herauszuholen.»

Sie schwieg beharrlich.

«Mit Ihrem Verhalten machen Sie alles nur noch schwerer. Wenn Sie mit mir sprechen, kann es für Sie viel einfacher sein. Wollen Sie das? Wollen Sie es angenehmer haben?»

Sie hatte Tränen in den Augen, aber sie sah ihn nicht an, und sie sagte kein Wort.

Miststück.

Ventimiglia erhob sich und ging zurück zur Kellertür, wo Makani den Türrahmen ausfüllte wie ein Korken den Flaschenhals.

«Sie werden eine Nacht in völliger Stille verbringen. Keiner wird Sie stören, damit Sie viel Zeit zum Nachdenken haben. Falls Sie doch noch reden wollen, klopfen Sie an eines der Heizungsrohre. Mein grosser Freund», er zeigte auf Makani, «wird Sie anhören. Erzählen Sie ihm, was Sie zu erzählen haben.»

Die Frau blickte verstohlen zu Makani und wieder vor sich auf den Betonfussboden.

«Keine Sorge. Er beisst nicht. Er ist nur kräftig geraten. Für diese Nacht ist er Ihr Beschützer. Aber mit mir treiben Sie keine Spielchen. Sollten Sie morgen nach dem Frühstück immer noch nichts sagen, schneide ich Ihnen zu jeder vollen Stunde einen Finger ab. Überlegen Sie sich bis dahin bitte, mit welchem Finger ich anfangen soll.»

Die Frau zitterte, und ihr hastiger Atem war zu hören. Immer noch sagte sie kein Wort.

«Mein Tipp: Wählen Sie für den Anfang einen der beiden kleinen Finger. Da sind die Schmerzen erträglicher.»

Ventimiglia verliess den Kellerraum. Er konnte sich nicht vorstellen, dass sie nach dem ersten Finger still bleiben würde. So abgebrüht war sie nicht. Und falls doch, hatte es jedenfalls noch keinen gegeben, der vier Finger lang bei Bewusstsein geblieben war.

Ein Jammer um ihre hübschen Händchen, doch wenn Frankie es wollte, bekam Frankie es auch.

***

Die Sonne war hinter den Horizont gewandert, der Himmel im Westen hellblau, im Osten makellos dunkelblau, und im Süden zauberte der Saharastaub einen trüborangen Schleier in die Alpen. Forster lag auf dem Klappliegestuhl auf seinem Balkon und döste vor sich hin. Endlich war es ruhig. Keine Anrufe und kein Dienstchef, der etwas von ihm wollte. Die Bierflasche stand leer neben ihm auf dem Fussboden, und eine zweite Flasche wollte nicht von selbst zu ihm kommen.

Auf dem Dachgiebel des Nachbarhauses sass eine Amsel, und statt dass das Tier sein Abendlied sang, hielt es den Schnabel weit offen und flehte nach kühler Luft. Als Forster sich vor ein paar Minuten hingelegt hatte, waren es noch immer dreissig Grad gewesen, und der schwache, warme Wind liess nicht nach.

Sein Mobiltelefon klingelte. Schon wieder die Einsatzzentrale. Mittlerweile trug er es mit Fassung.

«Was gibt's?»

«Ein Jugendlicher ist beim Männerbad im Dunkeln vom Dach einer Fischerhütte ins Wasser gesprungen. Seither wird er vermisst.»

«Vom Dach des Bootshauses? Jenes von Fischer Speck?»

«Genau.»

«Da ist doch das Wasser keine zwei Meter tief, und der Dachgiebel wird gut vier Meter hoch sein.»

«Ich weiss. Deshalb wird er wohl auch vermisst.»

«Scheisse! Die Hitze schlägt den Leuten aufs Gehirn.» Forster überlegte. «Und was hat das mit der Kripo zu tun? Können nicht eine Streife und ein Bootsführer nach dem Vermissten suchen?»

«Wir wissen, dass sie zu zweit auf dem Dach des Bootshauses waren. Die beiden müssen sich in das Bootshaus geschlichen haben und sind von da irgendwie aufs Dach gelangt. Eine Streife ist vor Ort, und die sagen, es müsse zum Hausfriedensbruch gekommen sein. Anders kommst du da gar nicht auf das Dach. Und der Zweite soll den Ersten aus Jux sogar geschubst haben, weil der sich nicht getraut habe zu springen. Wir haben im dümmsten Fall also eine fahrlässige Tötung.»

«Und diesen Zweiten haben sie?»

«Ja, der sitzt im Streifenwagen und weint um seinen Freund.»

«Das glaube ich ja nicht. Also, sie sollen weiter nach dem Ersten suchen und den Zweiten befragen. Ich sehe da im Moment nichts für die Kripo. Ihr könnt mich wieder anrufen, wenn wir die Aussage auf Papier haben.»

«Die zwei waren keine vierzehn. Ich nehme an, da muss ich für die Einvernahme die Eltern finden.»

«Siehst du? Das klappt ja auch ohne die Kripo ganz gut», sagte Forster und beendete das Gespräch. Er sank in den Liegestuhl zurück und schüttelte den Kopf. Was trieb die Menschen nur immer wieder dazu, solchen Blödsinn zu machen?

Forster sah zum Himmel hoch und fragte sich, warum es keine höhere Macht gab, die Kinder und Jugendliche wenigstens vor der eigenen Dummheit bewahrte.

Schräg gegenüber auf dem Hausdach hechelte die Amsel weiter nach Luft, bewegte sich kaum und sah sich bloss um. Mit Singen war immer noch nichts. Der Tag verlor seine letzten Farben, während es nicht kühler werden wollte.

***

Daniel wusste nicht mehr, was er tun konnte. Er hatte überall noch einmal nach Anna gesucht. Im Büro, in ihrer Wohnung, bei ihren Eltern. Mit der Ankunft der Nacht war seine Sorge um sie in Angst umgeschlagen. Angst, dass ihr etwas zugestossen sein könnte. Angst, die ihm unablässig einflüsterte, dass nichts gut war.

Selbst Forster hatte keinen Hinweis auf Annas Verbleib. Das Einzige, was ihm zur Ablenkung diente, war der letzte Rundgang mit Bodo. Sie schlenderten um das in die Jahre gekommene Landis-&-Gyr-Gebäude, dessen Wände die Hitze des Tages abstrahlten. Kein Wunder, wurde es nachts nicht mehr kühl in der Stadt, wenn jedes Haus und jede Strasse wie ein Speicherofen weiterheizte, während der Unterhalt von Bäumen der Stadt zu teuer oder lästig war, weil im Herbst einer das Laub zusammennehmen musste.

Bodo schnüffelte uninteressiert an der südwestlichen Hausecke.

Hatte Annas Verschwinden mit Conors Auftauchen zu tun? Das machte nicht wirklich Sinn, denn Conor blieb zwar, was er war, aber weshalb hätte er es auf Anna abgesehen haben sollen? Es gab keinen Bezug zwischen den beiden, und er konnte sich nicht vorstellen, weshalb Conor nach zwanzig Jahren hinter dem Stacheldraht von Maghaberry Anna etwas hätte antun sollen. Sie war nie Teil der *Troubles* der Familie Garvey gewesen. Es gab keinen Grund, sie in diese Sache hineinzuziehen.

Tatsächlich war er selbst heute Mittag gegenüber Conor aggressiver aufgetreten als umgekehrt. Wenn schon, so hatte *er* allen Grund dazu, Conor die Gurgel umzudrehen und nicht Conor ihm. Somit gab es bloss noch eine Möglichkeit.

Huber.

Annas Verschwinden musste mit ihm zu tun haben. Huber war einst ein hohes Tier beim Militär gewesen. Womöglich trug er Geheimnisse mit sich herum, die einen Mord wert waren. Nur was hatte Anna damit zu tun? Zur falschen Zeit am falschen Ort? Diese Gedanken jagten Daniel eine Angst ein, der er kaum dagegenhalten konnte.

Bereits vor einem Jahr hatte er nicht glauben können, dass Brian, sein einziger Bruder, tot war. Nun bei Anna war der Gedanke, dass ihr etwas zugestossen sein könnte, noch quälender, denn sie war alles, was er in seinem Leben noch hatte. Alles, was diesen Planeten erträglich machte.

Daniel kamen beinahe die Tränen, doch es gelang ihm, sich abzulenken.

«Riecht die Hausecke gut, Bodo?»

Der Hund ignorierte ihn und schnupperte weiter.

Hatte er ganz einfach einen Fehler gemacht, dass Anna sich nicht bei ihm meldete? Ein unbedachtes Wort gesagt?

Eigentlich schloss er dies aus. Gestern war zwischen ihnen alles gut gewesen. Nein, alles war ganz wundervoll gewesen, bis sie heute früh weinend angerufen hatte.

Hinter dem Gebäude kreuzte Daniel ein junges Paar in schicken Kleidern, sie mit Klobürstenfrisur, er solariumbraun. Er schob einen Kinderwagen vor sich her, der wie ein Ufo aussah. Im Wagen lag wider Erwarten kein Kleinkind, sondern eine dieser überfütterten Französischen Bulldoggen mit Fledermausohren. Die Frau war keine vierzig und geliftet, als ob ihr ein Traktor die Haut zu den Ohren gezogen und eine geschwollene Lippe zurückgelassen hätte.

Das Paar grüsste freundlich, und Bodo schnupperte in Richtung der überbehüteten Fledermaus im Kinderwagen.

«Vergiss es», flüsterte Daniel im Gehen. «Du hast vier Beine, um selber zu gehen.»

Abermals erwischte er sich dabei, wie er mit dem Hund sprach. Bisher war es ihm ein Rätsel gewesen, wie die Leute mit ihren Haustieren sprechen konnten, obwohl klar war, dass die pelzigen Freunde ganz sicher keine langen Sätze verstanden. Offensichtlich verfiel man in diesen Modus, wenn man allein war.

«So, Schluss mit Jammern», sagte er zu sich selbst. Bodo blickte fragend zu ihm hoch. «Ich will nicht mehr einfach nur herumsitzen. Jetzt nehmen wir zwei die Dinge in die Hand.»

Wir zwei? Scheisse. Er sprach für sich und den Hund.

Forster hatte sich in den letzten Stunden als ziemlich anständiger Kerl entpuppt, aber Daniel hatte sein Leben zu lange allein gemeistert, um ihm, geschweige denn sonst wem zu vertrauen. Erst recht wollte er sich auf keinen anderen verlassen, wenn es dabei um Anna ging.

Er hatte einen Plan. Er wollte genau dort anfangen, wo Anna verschwunden war und wo die einzig erkennbaren Anknüpfungspunkte vorhanden waren. Nach diesem Vorgehen hatten sie im letzten Herbst die Spuren seines Bruders nachvollziehen können. Er war da losgelaufen, wo sein Bruder aufgetaucht war, und seinen spärlichen Spuren gefolgt. Damit waren sie erfolgreich gewesen. Den Spuren bis zu deren Ende folgen und sich immer gut umsehen. Blieb zu hoffen, dass diese Methode auch dieses Mal zum Ziel führen würde.

Eines erschien ihm ziemlich klar. Nicht Conor Garvey war der Ausgangspunkt seiner Suche, sondern der alte Militärkopf im Rollstuhl.

Der Himmel war schwarz, und nur ganz im Westen war noch Dunkelgrau am Horizont erkennbar. Daniel kletterte von der Dachrinne zum schräg gestellten Fenster im ersten Obergeschoss, und kurz darauf stand er in Hubers Schlafzimmer. Seine Augen gewöhnten sich an den beinahe dunklen Raum.

Er schlich durch das Zimmer und raus in den Flur. Das erste Obergeschoss bot nichts, was für ihn interessant gewesen wäre. Da gab es bloss ein schlicht eingerichtetes Gästezimmer und über den Flur einen Raum, der abgesehen von einem Bügelbrett und einer Arbeitsfläche leer stand. Daneben ein kleines Badezimmer.

Nichts zu Anna. Er ging behutsam die Treppe hinunter ins Erdgeschoss und horchte nach jedem Schritt nach Geräuschen, die es nicht gab. Erst als er sich ganz sicher war, dass er allein war, wagte er es, im Erdgeschoss in den Flur zu treten und von da in die Küche. Daniel machte die Taschenlampe an und schirmte den Lichtkegel mit der Hand ab.

Auch in der Küche gab es nichts zu sehen. Keine Pfannen oder Gläser in der Spüle, alle Messer im Messerblock versorgt, keines schien zu fehlen, und der kleine Küchentisch war leer.

Nichts wies auf ein Verbrechen hin und ebenso wenig auf die durchgeführte Spurensicherung.

Vom Flur aus ging Daniel weiter in Hubers Arbeitszimmer, aber auch hier zeugte nichts von den Ereignissen der letzten Stunden. In den Regalen standen die Bücher sauber geordnet, und Daniel hatte den Eindruck, dass sich alles an seinem Platz befand. Selbst die Schreibstifte waren ordentlich aufgereiht.

Die Bücher in den Regalen befassten sich mit der Schweizer Armee, dem Zweiten Weltkrieg und dem Réduit. Selbst der Jom-Kippur-Krieg und das Zuger Gebirgsfüsilier-Bataillon 48 waren vertreten. Huber hatte sich anscheinend nicht generell für Geschichte, sondern vielmehr für die Militärgeschichte interessiert. Doch diese Erkenntnis brachte ihm Anna auch kein Stück näher. Seine einzige Erkenntnis war, dass Huber sich nicht mit den Meilensteinen der Literatur auseinandergesetzt hatte. Kein Schiller oder Goethe, kein Kafka und auch weder Hemingway noch Dürrenmatt. Dafür alles über die schrecklichste Sünde der Menschheit. Krieg.

Ein Müffeln lag in der Luft.

Daniel schlich sich hinüber in das Wohnzimmer, und ihm war sofort klar, dass dies der Tatort sein musste. Hier herrschte ein schwerer Geruch vor. Der muffige Hauch von Schlachthof und Blut.

Er hob die Taschenlampe, um den Raum zu überblicken. Der Rollstuhl des alten Mannes stand am Fernrohr, das immer noch aus dem Fenster in die Welt hinaus gerichtet war. Auf dem Boden verteilt standen nummerierte Plastikhütchen, daneben erkannte Daniel teils Blutspritzer, teils lag neben den Hütchen auch einfach nichts. Er mutmasste, dass die Polizei hier Schuhabdrücke oder Patronenhülsen sichergestellt haben könnte. Aber davon war nichts mehr zu sehen. Die Dinge waren wohl alle eingetütet und in ein Labor gebracht worden.

Er blickte zum Fernrohr und erkannte daran Flecken. War das Blut?

Hatte Huber am Fernrohr gesessen, als er erschossen worden war? Oder hatte die Wucht der Kugel das Fernrohr mit Hubers Blut besudelt?

Daniel hatte einen Kloss im Hals. Das hatte der alte Mann nicht verdient. Hubers Leichnam war zwar weg, dennoch konnte er nachvollziehen, welche Atmosphäre an einem Tatort herrschen musste, wenn alle um den Toten herumstanden und dieser Geruch in der Luft lag.

Der Geruch des eingetrockneten Blutes hatte sich in seinen Nebenhöhlen festgesetzt, und selbst als er begann, durch den Mund zu atmen, nahm er den Geruch noch wahr.

Was hatte Forster gesagt? Schuss in den Hinterkopf?

Daniel hob die Taschenlampe und beleuchtete kurz das Fenster, daneben die Wände und den Boden. Alles war mit Blutspritzern übersät, und um den Rollstuhl herum hatte sich eine grosse Blutlache gebildet, die keiner aufgewischt hatte. Huber hatte zweifellos im Rollstuhl gesessen, als es ihn erwischt hatte. Keine Frage, der Schütze hatte irgendwo da gestanden und den Abzug gedrückt, wo er sich gerade selbst zwischen den nummerierten Hütchen der Spurensicherung befand. Der Schuss war also in Richtung dieser Wände und des Fensters abgegeben worden.

Jede Faser in Daniels Körper schrie danach, diesen Ort sofort zu verlassen, und er wollte dem Gefühl nachgeben, weil er hier nichts sah, das ihm helfen konnte, Anna zu finden. Aber eines wollte Daniel noch tun. Zu Ehren des Brigadiers? Oder tat er es aus reiner Neugier? Daniel schritt vorsichtig über die Blutmuster am Boden hinweg, stellte sich neben die grosse Blutlache beim Rollstuhl und beugte sich zum Okularring des Fernrohrs hinunter. Er schaute in das hell erleuchtete Wohnzimmer eines modernen Hauses, das irgendwo im Dunkeln am Hang oben thronte. In dem Gebäude waren keine Personen zu sehen und auch keine besonderen Ereignisse. Also wich er vom Fernrohr zurück, ohne in die Blutspuren zu treten.

Der Tatort hatte ihm nichts verraten, was zu Anna führen konnte. Kein einziger Hinweis, nur das Gefühl im Magen, dass dies alles nicht real war.

Daniel zog sich enttäuscht aus dem Wohnzimmer zurück und blickte noch einmal zum Rollstuhl.

«Hoffentlich hast du es in den Himmel geschafft, alter Mann.»

Beim Voyeur-Spielen von hinten erschossen. Was für ein

Jammer. Ihm kam Hitchcocks «Fenster zum Hof» in den Sinn, in dem ein Fotograf mit dem Teleobjektiv in der grässlichen Sommerhitze einen Nachbarn bei verdächtigem Verhalten beobachtet. Plötzlich steht der Protagonist selbst im Fokus, weil der verdächtige Nachbar bemerkt, dass …

«Verdammt!»

Daniel hielt inne.

Ging gerade die Phantasie mit ihm durch, oder konnte es so einfach sein?

Er trat vor, mied die Blutspuren auf dem Fussboden und blickte noch einmal durch das Fernrohr. Ein Mann mit südlichem Teint sprach auf einen anderen ein, und dieser zweite hätte perfekt in eine Folge von «Magnum» gepasst. Hawaiihemd, muskelbepackt wie der grüne Hulk und das Gesicht so charakteristisch, dass er unweigerlich an eine Pazifikinsel mit Palmen und Türkiswasser denken musste.

War das die Lösung? Kaum. Oder doch? Huber, der Voyeur wider Willen, der etwas beobachtet hatte, das im Verborgenen hätte bleiben sollen?

Daniel betrachtete eine Weile das stark vergrösserte Geschehen. Er sah nichts, was nicht auch in normalen Haushalten geschah. Ein ganz normales, ja eher sogar emotionsloses Gespräch zwischen Mr. Nice Guy und Hawaiihemd. Mehr gab es nicht zu sehen. Er fragte sich, was er nun mit seiner Vermutung anfangen konnte.

Daniel hatte einige Minuten reglos in der Dunkelheit verharrt. Er hatte es sich reichlich überlegt, bevor er Forsters Nummer wählte. Noch immer stand er zwischen den Blutspritzern und den nummerierten Hütchen.

«Haben Sie Frau Berger gefunden?»

Daniel sprach mit gedämpfter Stimme: «Nein, ich habe eine Frage an Sie. Es ist wichtig.»

«Was ist dermassen dringend …»

«Wie verlässt die Polizei einen Tatort?»

«Bitte wie? Alles gut mit Ihnen?»

«Ja, alles gut. Bitte sagen Sie mir, wie wird ein Tatort zurückgelassen?»

«Ich spreche mit Ihnen ganz sicher nicht über Polizeitaktik und Tatortarbeit.»

«Sagen Sie mir bitte wenigstens Folgendes: Als die Spurensicherung heute bei Huber war, haben Ihre Kollegen da alles genau so zurückgelassen, wie sie es angetroffen hatten?»

«Im Grunde ja. Was an einem Tatort nicht eingetütet wird, bleibt meist, wie es war. Weshalb fragen Sie?»

«Wenn alles so geblieben ist, wie es war, müsste Hubers Fernrohr jetzt noch genau so ausgerichtet sein wie vor dem Eintreffen der Polizei. Richtig?»

«Ich habe am Tatort zwar ein Fernrohr gesehen, aber ich weiss nicht, ob ich Ihnen folgen kann.»

«Anna und ich waren gestern bei Huber, um den Hund abzuholen. Da zeigte das Fernrohr in seinem Wohnzimmer hinunter in die Stadt. Es war auf das Seeufer zwischen Katastrophenbucht und Schützenmatt gerichtet, und er hat uns erklärt, dass das Fernrohr sein Fenster zur Welt sei, solange er nicht richtig gehen könne.»

«Und was hat es damit auf sich?»

«Hubers Fernrohr weist den Blick nun nicht mehr zum Seeufer, sondern den Berghang hoch in eine ganz andere Richtung. Nämlich in das Wohnzimmer einer modernen Villa. Ich habe gegoogelt, wer da oben am Bützenweg in dieser Villa wohnt. Das ist ein Italiener namens Francesco De Luca. Irgendein Gastro-Unternehmer. Ich frage mich nur, wie sich ein Restaurantbesitzer ein solches Haus leisten kann.»

Stille in der Leitung.

«Forster? Sind Sie noch da?»

«Ich bin mir nicht sicher, ob ich Sie richtig verstehe. Sagen Sie mir bitte, dass Sie sich nicht in Hubers Haus aufhalten.»

«Um genau zu sein, stehe ich in seinem Wohnzimmer. Sie müssen herkommen und sich dies ansehen.»

«Was fällt Ihnen ein? Das ist ein Tatort. Sie können doch nicht einfach das Polizeisiegel an der Tür missachten und einen Tatort betreten.»

Daniel war klar, dass das Gespräch gleich komplett entgleisen würde, aber er sagte es trotzdem, weil es der Wahrheit entsprach. «Ich habe das Polizeisiegel nicht angefasst und die Haustür auch nicht. Ich bin durch ein schräg gestelltes Fenster im ersten Stock reingegangen. Das Fenster war nicht richtig zu.»

«Ja verdammt! Das Fenster war wegen dem Gestank offen, Sie Idiot! Bei diesen Temperaturen kann man einen Tatort nicht unbelüftet zurücklassen. Doch das ist keine Einladung für Hobbydetektive. Sie verpissen sich auf der Stelle von dort und fassen nichts an!»

Forsters Stimme war bedrohlich laut geworden. Daniel war klar, dass er hier nicht hingehörte, Forsters Wortwahl erstaunte ihn dennoch.

«Kein Problem. Ich habe nichts berührt und bin so gut wie weg.»

Forster tobte am anderen Ende der Leitung, und Daniel nahm das Telefon vom Ohr weg.

«Nur noch eine letzte Frage. Bitte.»

«Was denn noch?»

«Was unternehmen Sie wegen diesem De Luca? Werden Sie gleich jemanden bei dem vorbeischicken?»

Aber das Gespräch verlief so, wie er es erwartet hatte.

«Gehen Sie nach Hause und überlassen Sie das uns. Sofort!»

«Ich bitte Sie doch nur …»

Forster hatte bereits aufgehängt. Daniel war es egal, ob Forster tobte oder nicht. Nur Anna war wichtig, sonst gar nichts.

Auf dem Heimweg zum Park Tower fuhr er durch die Innenstadt, die gleich leer gefegt war wie ein Gebiss nach der Dentalhygiene. Keine Partys und keine Exzesse. Die Leute mussten sich alle vor ihre Ventilatoren und Klimageräte zurückgezogen haben.

Zu einem Teil erfreute sich Daniel daran, Forster verärgert

zu haben, aber Freude wollte nicht recht aufkommen, denn als er zu Hause ankam, war der Hund immer noch allein in seiner Wohnung. Von Anna gab es immer noch kein Lebenszeichen.

***

Forster wählte Patrick Wickarts Nummer. Er kannte dessen Macken seit einer Ewigkeit. Er würde den Anruf entgegennehmen und sich dabei mit einer Hand über die Glatze fahren.

«Na, wie geht's dir?»

«Weisst du eigentlich, wie spät es ist?»

Forster sah auf seine Uhr. «Genau dreiundzwanzig Uhr und siebenundfünfzig Minuten. Hast du bereits geschlafen?»

«Schön wär's. Bei dieser Sauhitze ist das unmöglich. Wir haben im Schlafzimmer fast dreissig Grad. Ich schwitze sogar auf der Glatze, und unsere Jüngere will ums Verrecken nicht im eigenen Bett schlafen. Sie hat wieder vom Wolf unter ihrem Bett geträumt. Das ist immer das Ende unserer Nachtruhe.»

«Das sind Sorgen.»

«Wem sagst du das.»

«Dir. Themawechsel. Überwacht ihr den Italiener noch?»

«Frankie die Ratte?»

«Genau den.»

«Seit Monaten nicht mehr. Wir haben gegen diese verdammte Kanalratte nie auch nur einen Beweis gefunden. Die Wirtschaftsermittler waren sogar in seinem Restaurant und haben die Bücher gefilzt. Sie haben aber nichts gefunden. Ohne verdeckten Ermittler kommst du nicht an ein solches Kaliber heran. Frankie De Luca hat eine Mauer des Schweigens um sich errichtet. Keiner kennt ihn, keiner weiss etwas. Ich würde wetten, sein Betthäschen weiss noch nicht einmal, was er arbeitet. Omertà oder wie auch immer die Italiener es nennen.»

«Wer von unseren Papiertigern war auf De Lucas Fall angesetzt?»

«Campari Soda.»

Forster lachte laut. «Ganz toll. Dann überrascht es mich nicht, dass die Ermittlungen nur im Archiv geendet haben. Campari wird auf halbem Weg zum Ziel eingenickt oder in die Pause geschlurft sein.»

«Was willst du eigentlich von Frankie De Luca?»

«Ich will, dass du ihn ab sofort wieder obsen lässt.»

«Weshalb sollte ich, wenn es ohnehin zu nichts führt?»

«Warte es nur ab.»

Forster erzählte Wickart von dem Anruf, den er vor wenigen Minuten beendet hatte.

«Heilige Scheisse! Du meinst aber nicht jenen Garvey, der im letzten Herbst meine Leute verarscht und den entführten Knaben gefunden hat?»

«Kennst du etwa noch einen zweiten Garvey?»

«Der läuft immer noch frei herum? Das kann ja heiter werden. Da bin ich aber gespannt, wer den Kürzeren zieht. Ich wette, dass er sich an Frankie der Ratte ganz fürchterlich die Zähne ausbeissen wird.»

«Das sehe ich genauso. Aber nehmen wir mal an, dass Garvey Frankie De Luca tatsächlich aus der Reserve locken wird. Wäre es nicht praktisch, wenn wir auf der Lauer lägen und nur abwarten müssten, bis die beiden sich an die Gurgel gehen? Es könnte ja sein, dass deine Leute das ganz zufällig mitkriegen und aufzeichnen können. Mit etwas Glück provoziert er De Luca so lange, bis der sich zu unüberlegten Reaktionen hinreissen lässt. Ihr wärt live dabei und alle Kameras voll auf die beiden gerichtet. So kriegen wir Frankie De Luca endlich mal in einen Raum mit Gitterstäben.»

«Hoffentlich erwischen wir auch den Nordiren. Meine Leute haben mit ihm noch eine grössere Rechnung offen.»

«Das dachte ich mir. Wann könnt ihr mit der Obs loslegen?»

«Falls du willst, morgen früh. Bei uns ist es im Moment ruhig wie in Camparis Fällen. Sommerloch. Vor einer Woche waren wir noch an einem Dealer dran, aber der ist prompt für die Familienferien in die Heimat gefahren.»

«Nigeria oder Balkan?»

«Ganz kalt. Für einmal ist nichts mit Klischeefall. Ein stinknormaler Füdlibürger aus Erfurt, der Koks vertickt und zweimal die Woche seine Frau betrügt.»

«Ein Deutscher dealt bei uns mit Koks? Was ist denn das Neues?»

«Ich habe mich auch schon gefragt, wie tief unser grosser Kanton im Norden gesunken ist, dass die bei uns dealen. Doch es ist eine neue Realität. Die Bundeskanzlerin hat anscheinend nicht für jeden im Land eine gute Lösung gefunden. Zurück zu Garvey und De Luca. Ich informiere meine Leute, und du machst für uns alle Infos bereit, die du hast, damit wir hinterher lückenlos rapportieren können. Noch einmal entwischt uns dieser Garvey nicht.»

«Mir wäre es recht, wenn ihr vor allem De Luca gut im Auge behalten könnt.»

«Klar. Wir werden beiden einen zweiten Schatten verpassen.»

Forster beendete das Gespräch. Endlich lief etwas nach Plan, und er selbst musste nicht einmal einen Finger krümmen. Wenn es gut kommen sollte, bekam er auf diesem Weg gleich alle in den Griff. Und falls sie erfolglos bleiben sollten, war immer noch der Fahndungsaufruf zu Anna Berger aktiv geschaltet.

Diesmal standen auch die Chancen besser, Garvey unter Kontrolle zu halten, weil die Kollegen von der Observierung sehr genau wussten, mit wem sie es zu tun hatten. Ein zweites Mal würde Daniel Garvey ihnen nicht um die Ohren rennen. Ausserdem war es so sicher wie das Weihwasser in der Kirche, dass Daniel Garvey das Potenzial hatte, um Frankie De Luca aus der Reserve zu locken. Die Frage war vielmehr, wie viel Glas er dabei zerbrechen würde.

11

Als Daniel in Richtung seines Radioweckers blinzelte, war es zehn nach zwei. Das orange Licht der Strassenlaternen drang durch die Vorhänge. Er hatte sich eine Ewigkeit im Bett gewälzt. Geschlafen hatte er nicht mehr als eine halbe Stunde. Die Sorgen um Anna waren allgegenwärtig und liessen ihn nicht zur Ruhe kommen. Bodo ging es ähnlich. Der Rüde fand keine passende Ecke zum Liegen und gab bei jeder Bewegung genervte Laute von sich.

Daniel nahm das Laptop zu sich ins Bett und tat, was er von Anna gelernt hatte: googeln, was das Internet zu Francesco De Luca hergab. Er fand erstaunlich viel über den Italiener heraus, aber je mehr er gelesen hatte, desto grösser wurden seine Sorgen um Anna.

De Luca war vor sicher fünfundzwanzig Jahren in Zug aufgetaucht und hatte kurz darauf die Francescos Gastro GmbH gegründet. Das Stammkapital der GmbH belief sich anfänglich auf fünfzigtausend Schweizerfranken, heute waren es zweihunderttausend. Da war also etwas gegangen. In den nuller Jahren tauchte die De Luca Immobilien AG im Handelsregister auf, und er war der einzige Verwaltungsrat mit Einzelunterschrift gewesen. Vor einigen Jahren erst der Höhepunkt. Die Polizei hatte De Lucas Büros durchsucht, weil man den Verdacht hegte, er könnte für die ’Ndrangheta Geld gewaschen haben. Die Polizei suchte nach Beweisen, blieb aber erfolglos. In der Politik wurden damals Stimmen laut, die behaupteten, dass in der Schweiz gar keine mafiösen Strukturen bestehen würden. Die fehlgeleiteten Beamten stünden hier einem angesehenen Investor auf den Füssen herum, den man bloss vergraulen würde und der die Arbeitsplätze künftig woanders anbieten könnte. Die Presse wusste sogar, dass der Kanton Zug De Luca bei der Verfahrenseinstellung mit über dreissigtausend Franken für seine Verteidigungskosten hatte entschädigen müssen.

Bei einem weiteren Zeitungsartikel erinnerte sich Daniel an den Inhalt, weil der eben erst am Radio kommentiert worden war. De Lucas Sohn hatte wegen eines Sexualdelikts auf der Anklagebank gesessen, und der Gerichtspräsident des Strafgerichts hatte ihn in praktisch allen Anklagepunkten freigesprochen, obwohl alle Welt von einer Verurteilung ausgegangen sein soll. Und wie als Dressing über den ganzen Salat hatte derselbe Richter sich gestern das Leben genommen.

Wenn Daniel alles richtig interpretierte, war De Luca definitiv ein Mann, mit dem man sich nicht anlegen wollte. Geld, Erfolg und womöglich tatsächlich Verbindungen zu einem italienischen Mafiaclan. Alles schlechte Voraussetzungen, um De Luca auf die Füsse zu treten. Bei so einem Menschen musste man vorsichtig sein. Sehr vorsichtig sogar. Dennoch beabsichtigte er, De Luca zu besuchen, falls Anna sich nicht bald melden würde.

Die eine Frage quälte Daniel noch immer. War es purer Zufall gewesen, dass Hubers Fernrohr in De Lucas Wohnzimmer gezeigt hatte? Oder hatte Huber sich für De Luca interessiert, weil er von der Geschichte mit dem Freispruch und dem Suizid des Richters gelesen hatte?

Wieso war Anna verschwunden? Sie hatte mit alldem ja gar nichts zu tun gehabt.

Daniel blickte nicht durch. Aber er hatte einen Plan. Zwar war es kein perfekter, doch es musste schnell gehen.

«Du bleibst für ein bis zwei Stunden alleine hier», sagte er zu Bodo. «Schaffst du das?»

Der Hund sah nur kurz zu Daniel, trottete in die nächste Zimmerecke, wohl in der Hoffnung, dass dort der Boden noch ein bisschen kühler sei.

Daniel dachte seinen Plan durch und fand ihn selbst nicht so richtig gut. Hätte seine verstorbene Mutter gewusst, was er vorhatte, um Anna zu finden, hätte sie einmal mehr damit eingestimmt: «Daniel Bradley Garvey. Lass das sein, bevor du dir wehtust.»

Oder Mom hätte nichts gesagt, weil sie gewusst hätte, wie wichtig ihm Anna war. Egal. Er schob die Gedanken an seine Mutter von sich. Sein Entschluss stand fest. Noch eine Stunde Ruhe, dann sollte es losgehen.

***

Kurz nach sieben Uhr morgens klingelte Forsters Telefon. Er wusste, dass Wickart mit seinen Leuten auf der Lauer lag.

«Seid ihr an Garvey dran?»

«Wir haben mit der Obs begonnen. Bei der Zielperson rührt sich nichts. In seiner Garage müssten eigentlich zwei Fahrzeuge stehen. Wir haben aber nur seinen alten Saab angetroffen. Vom VW-Bus, mit dem er seine Kundenaufträge ausführt, fehlt jede Spur.»

«Ihr müsst den Bus finden.»

«Nur die Ruhe, das werden wir.»

Forster beendete das Gespräch, verliess sein Büro und ging laut fluchend zu den Toiletten. Auf dem Flur kreuzte er Campari Sodas Weg zur Kaffeemaschine.

«Hast du Stress?»

«Scher dich um deinen eigenen Scheiss», keifte Forster und verschwand im Herrenklo. Er setzte sich auf eine Kloschüssel und fragte sich, ob Daniel Garvey auch irgendwann mal schlafen und aufs Klo gehen musste. Oder war er doch eher mit den Eichhörnchen genetisch verwandt und deshalb immer in Bewegung? Langsam glaubte Forster, dass Garvey ganz gezielt auf Achse war, um ihm das Leben schwer zu machen.

Trotz all der Berufserfahrung von Wickart und seinen Leuten war es unmöglich, einem Kerl einen GPS-Sender unter den Wagen zu hängen, wenn der nie still hielt.

Forster fragte sich, ober er Daniel Garvey nach dem Gespräch von letzter Nacht ganz einfach anrufen und fragen sollte, wo er sich heute so herumtreibe. Einen guten Vorwand für ein paar Fragen hätte er ja durchaus gehabt.

Haben Sie von Frau Berger gehört?

Nein?

Wie geht es Ihnen selber?

Wo sind Sie? Nur um sicherzugehen, dass Sie nicht wieder einen Tatort kontaminieren.

Forster hasste seinen Beruf immer mehr. Warum kreuzte sich sein Weg zum zweiten Mal mit jenem des Duos Garvey und Berger? Das musste eine Strafe des Universums sein.

***

Daniel hatte seit fünf Uhr in seinem VW-Bus auf der Lauer gelegen. Es hatte ewig gedauert, bis in der kubischen Villa alle Lichter ausgingen und kurz vor sieben Uhr ein Wagen mit verdunkelten Scheiben aus der Garage geschlichen kam und davonbrauste. De Lucas Haus machte einen verlassenen Eindruck, und Daniel stand schneller in De Lucas Garage neben dem schwarzen McLaren, als er erwartet hatte.

Alarmanlage? Fehlanzeige. De Luca fühlte sich wohl sehr sicher. Egal, wie solide das moderne Haus aus Stahlbeton auch gebaut worden war, die Katzentür blieb die Schwachstelle. Die Plastikklappe für die Mieze war so in eine Tür mit Milchglas eingebaut worden, dass Daniel mit einer einfachen Drahtschlinge den inneren Türgriff hatte erreichen und betätigen können.

Da das Haus in einen steilen Abhang betoniert worden und die Zufahrt nur von oben möglich war, wies es eine Besonderheit auf, die man selten sah. Von der Strasse her gelangte man ebenerdig in die Garage, und die Wohnräume befanden sich in den zwei darunterliegenden Stockwerken.

Daniel schlich so leise wie nur möglich die erste Treppe hinunter. Er wollte kein Risiko eingehen. Man konnte schliesslich nie wissen, ob nicht doch jemand schlief oder in der Badewanne lag.

Im Stockwerk direkt unterhalb der Garage gelangte er von einer Indoor-Golfanlage mit unverschämt guter Aussicht auf den Zugersee in das weite Wohnzimmer, auf welches Hubers Fernrohr gezeigt hatte. Ausser dass es hier nach richtig viel Geld stank, fiel Daniel bloss eine Spielzeugpuppe auf. Die blondhaarige Puppe sass auf dem Sofa, als ob sie ferngesehen hätte. Anscheinend hatte De Luca eine noch ziemlich kleine Tochter.

Auf dem Weg durch die Küche musste Daniel einsehen, dass seine eigene Küche dagegen ein Witz war. Seine hätte gleich mehrfach in diese hier gepasst.

Er war mit dem oberen Wohnbereich durch. Kein Hinweis auf Anna. Also ging er vorsichtig ein Stockwerk tiefer und schlich an der Wand des Flurs entlang. Links eine Ankleide mit Verbindungstür zu einem Badezimmer mit Sauna, rechts zwei Schlafzimmer, eines davon ein Mädchenzimmer mit rosa Bettdecke, Spielzeugponys und einer Garderobe mit Mädchenkleidern wie für eine Filmdiva.

Daneben lag ein Arbeitszimmer mit halb geschlossenen Lamellenstoren, sodass der Sommer nicht richtig in diesen Raum gelangen konnte. Der Schreibtisch war aufgeräumt wie im Möbelhaus, und auf den Regalen gab es nichts ausser Modellautos – irgendwelche Sammlerstücke – und historische Artefakte: primitiv gefertigte Pfeilspitzen, in Plexiglaskuben gegossen, eine goldene Münze und auf einer Kommode der Kopf eines Römers, aus weissem Marmor gehauen. Aber Hinweise auf Anna fand er auch hier keine.

Daniel öffnete eine Schranktür und blickte in eine Reihe edler Massanzüge und Herrenhemden. Alles piekfein aufgereiht, fast zwanghaft ordentlich.

Er wollte das Arbeitszimmer gerade verlassen, als er oben im Haus das Gehen einer Tür und zwei Männerstimmen hörte.

Mist!

Daniel sah sich um und wollte schnell ins Freie gelangen. Fehlanzeige. Die Lamellenstoren konnte er nicht ausreichend schnell hochdrehen, das hätte Lärm verursacht.

Zurück in den Flur konnte er auch nicht eilen, denn die Stimmen kamen bereits näher, und von der Treppe ertönten die Absätze ihrer Schuhe.

Das waren nicht zwei Männer. Er konnte drei Stimmen unterscheiden.

Ihm blieb kein anderer Ausweg. Daniel öffnete die Schranktür, kauerte sich zwischen die Hemden und Anzüge und zog die Tür hinter sich zu. Er war im Dunkeln und wagte es kaum, richtig durchzuatmen.

Er erinnerte sich an früher, als er ein Kind war. Als seine Eltern noch in Nordirland lebten. Damals hatte er sich auch in einem Kleiderschrank versteckt und war lange dringeblieben. Bei diesen Erinnerungen stellten sich seine Engegefühle ein, nur nicht mehr ganz so schlimm wie früher. Seit er im letzten Herbst in Luftschächten herumgekrochen war, kamen ihm Fahrstühle und selbst dieser Kleiderschrank komfortabel geräumig vor. Seine Toleranzschwelle war angestiegen. Zum guten Glück.

Aus Wortfetzen wurden ganze Sätze, und die Männerstimmen drangen nun aus dem Arbeitszimmer in den Kleiderschrank vor. Sie waren sehr nahe, Daniels Puls ging hoch.

Bitte nicht die Schranktür öffnen. Nicht diese Tür.

«Sind wir den Verkäufer los?»

«Ja, Boss. …ne Probleme. …er …ann uns die Tour …icht mehr vermasseln.»

Die Stimmen waren derart nah, dass einer der drei Männer direkt vor seinem Versteck stehen musste. Nun konnte er jedes Wort verstehen.

«Makani hat den Bullen erledigt, wie du es gewollt hast. Danach haben wir die Waffenkisten verladen und ihn aus der Hütte in die Schlucht geworfen. Es gab keine Zeugen. Er liegt im Bachbett, wo ihn keiner sehen kann, und wartet darauf, dass die Raben ihm die Augen aus dem Schädel hacken.»

Daniel traute seinen Ohren nicht. Einen Polizisten in eine Schlucht geworfen? Keine Zeugen? Scheisse! In was war er hier hineingeraten?

«*Perfetto.* Endlich läuft es wieder nach Plan.»

«Brauchst du mich noch? Falls nein, kümmere ich mich um andere Dinge.»

Ja, geht nur, jubelte Daniel innerlich. Wenn einer der drei ging, dann brauchte er bloss noch abzuwarten, bis die anderen beiden auch wieder verschwinden würden.

Seine Knie begannen zu schmerzen. Er kauerte immer noch reglos zwischen den Herrenhemden, und seine Beine waren auch keine zwanzig mehr. Bewegungen und Entlastung für seine Gelenke lagen aber nicht drin, denn die Kleiderbügel hätten Geräusche machen und ihn verraten können.

«Geh ruhig. Es gibt noch viel zu tun.»

Eine erste gute Nachricht für Daniel. Doch sofort folgte die schlechte. Sein Mobiltelefon vibrierte in seiner Brusttasche und gab bei den Berührungen mit seinem Kugelschreiber Geräusche von sich.

Brrr. Brrr. Brrr.

So schnell er konnte, zog er das Telefon heraus und drückte mit aller Kraft auf den Einschaltknopf, um den Anruf wegzudrücken. Flüchtig erkannte er gerade noch, dass Forster der Anrufer gewesen war. Der verdammte Ermittler war nie da, wenn man ihn brauchte, und störte dafür im dümmsten Moment.

Er biss auf die Zähne und wagte keinen Atemzug.

Hatten sie ihn gehört?

Nein.

Oder doch?

Die Stimmen im Arbeitszimmer waren verstummt.

Die Sekunden der Ungewissheit wollten nicht vergehen.

***

Forster wählte Wickarts Nummer und hielt sich kurz. «Ich kann Garvey nicht erreichen.»

«Das ist tatsächlich nicht gut», bestätigte Wickart. «Das bedeutet wohl, dass wir ab jetzt Anna Berger und den Nordiren suchen.»

Viele Möglichkeiten sah Forster nicht.

«Ich versuche es weiter auf seinem Handy, und ihr sucht seinen verdammten VW-Bus. Fahrt jeden von De Lucas möglichen Standorten an. Irgendwo muss er ja sein.»

Jeder, der mal bei der Obs war, hatte Zielpersonen aus den Augen verloren und mit etwas Grips wiedergefunden. Kopfzerbrechen bereitete Forster dagegen die Tatsache, dass Garvey und Berger sich nicht wie übliche Zielpersonen verhielten. Die zwei waren schlimmer als ein Sack Flöhe.

***

Daniel hatte bis sieben gezählt, kauerte noch immer zwischen den Hemden und sah in das Licht hinaus. Er konnte seinen Blick nicht vom Lauf der Pistole lösen.

«Raus da!», bellte eine Stimme, und der mit der Waffe riss ihm das Telefon aus der Hand.

Umständlich schaffte Daniel es aus der Hocke hoch und trat mit erhobenen Händen vor den Kleiderschrank.

Ihm stand ein sicher zwei Meter grosser Kerl gegenüber, braun gebrannt, breit wie ein Fels, und irgendwie sah er nach Fidschi oder Samoa aus. Kein Zweifel, er hatte ihn durch Hubers Fernrohr gesehen.

Den Mann hinter dem Koloss erkannte er. Als Daniel diese Nacht gegoogelt hatte, war er auf dessen Foto gestossen. Der Typ hatte bloss mehr Grau an den Schläfen, war ein paar Jahre älter geworden. Vor ihm stand Francesco «Frankie» De Luca.

«Wer sind Sie, und was tun Sie in meinem Haus?»

Daniel fiel auf die Schnelle keine Erklärung ein, die vernünftig hätte klingen können. Wie auch. Es gab keine.

Er wollte gerade etwas sagen, da rammte ihm der Übermensch seinen linken Haken in die Magengrube.

Daniel krümmte sich und schnappte nach Luft.

«Ich frage nicht noch einmal. Wer sind Sie, und wer schickt Sie?»

Daniel hob schützend eine Hand und versuchte sich aufzurichten und zu sprechen. Das war alles andere als einfach bei den Schmerzen in seinem Bauch.

«Ich bin … Die Wäscherei schickt mich. Mein Chef wollte, dass ich die Bügelfalten überprüfe.»

Eine dümmere Antwort war ihm nicht eingefallen, aber es spielte ohnehin keine Rolle, was er sagte. Die Situation liess sich nicht mehr retten, und zur Strafe für seinen dummen Spruch knallte der Hüne ihm die nächste Faust ins Gesicht. Daniel ging in die Knie und wusste nicht, wo oben und unten war.

Sein Kopf war taub, und der Schmerz in seiner Nase war kaum auszuhalten. Er griff sich ins Gesicht, das Blut tropfte ihm von Nase und Mund über die Finger.

Er blinzelte ins Gesicht des Samoaners – oder was auch immer der war. Aus irgendeinem Grund – vielleicht, weil ihm der Faustschlag das Gehirn durchgeschüttelt hatte – erinnerte er sich an den Werbeslogan «Willkommen in der Stadt Zug, wo 134 Nationen zusammenleben».

Samoa hätte man definitiv von der Liste streichen sollen.

Das Plakat mit diesem Spruch hing regelmässig an der Stadtgrenze an einer Plakatwand. Nur hatte noch nie einer nachgefragt, ob diese hundertvierunddreissig Nationen auch wirklich friedlich zusammenlebten. Die Stadt hätte ruhig darauf hinweisen können, dass man sich vor dem Koloss von Samoa hüten sollte.

«Ich gebe auf. Einen Moment. Ich muss …»

Mehr brachte Daniel nicht heraus und kam nur mit viel Mühe auf die Füsse.

«Letzte Chance. Warum bist du hier?», warf De Luca ihm entgegen.

«Wegen der Frau.»

Die Männer schwiegen.

«Sie ist etwa so gross und hat dunkle, lange Haare. Und als ihr sie euch geschnappt habt, sah sie ziemlich verheult aus.»

De Luca und der dritte Mann im Raum tauschten einen kurzen Blick aus den Augenwinkeln und schwiegen.

Bingo. Die zwei wussten sehr wohl, was Sache war.

«Wer behauptet, dass die Frau, die du suchst, hier in meinem Haus sein soll?»

«Du selber, du Schlaumeier. So schnell verrät man sich mit einem Blick zum Kollegen. Ich rate mal. Du hast also den Auftrag gegeben, und die zwei Herren hier haben sie sich geschnappt. Aber hey, alles cool. Ich und die Frau gehen und stören euch nicht weiter.»

Die drei Typen lachten laut, und Daniel war sich vollends im Klaren, dass er die drei in keiner Weise beeindruckte. Blutverschmiert und schwankend stand er da, und sein Handy vibrierte erneut, dieses Mal in Samoas Hand. Der Hüne schaute auf das Display.

«Das ist mein Partner mit dem Kontrollanruf. Wenn ich nicht innert sechzig Sekunden antworte, schickt er die Polizei her.»

Samoa musterte Daniel und schüttelte den Kopf. Er liess das Telefon auf den Boden fallen und zertrat es, bis es still und das Display dunkel blieb.

«Das war deine Lebensversicherung, du Loser. Die wollten dir mitteilen, dass sie dir heute im Schadenfall kündigen.»

Die drei Männer lachten sich halb tot.

«Schön. Du suchst dein Mädchen. Wer bist du?», wollte der dritte Mann wissen.

«Das sage ich dir, wenn ich die Frau sehen kann. Ich will mich vergewissern, dass es ihr gut geht.»

Eine starke Verhandlungsposition war das nicht, und Daniel wusste dies.

De Luca schaltete sich wieder ein. «Was hast du da drin im Kleiderschrank von unserem Gespräch mitbekommen?»

«Welches Gespräch?»

Sie starrten ihn an.

«Ich höre nicht besonders gut. Egal. Ich will nur die Frau, und ihr habt für immer Ruhe vor uns.»

«‹Für immer› gefällt mir gut», sagte De Luca nüchtern und stellte Augenkontakt mit Samoa her.

Noch bevor Daniels müder Kopf verstand, was sich zusammenbraute, donnerte aus Samoas Richtung die nächste Faust in sein Gesicht, und er wusste nicht mehr, ob er noch stand oder bereits auf dem Boden lag. Die Stimmen der Männer klangen wie durch dicke Wände, und einer zog ihn an den Hosenbeinen durch das Arbeitszimmer.

Dunkelheit.

***

Forster konnte weder ruhig sitzen noch stehen und hatte abermals Wickart am Draht.

«Ich kann Garvey immer noch nicht erreichen.»

«Bei uns auch nichts Neues. Meine Leute haben an ihren beiden Wohnorten und an seinem Arbeitsort Position bezogen. Es ist eine Frage der Zeit, bis wir ihn haben.»

Forster war mit dieser Antwort nicht zufrieden. «Vergiss nicht, mit wem wir es zu tun haben. Daniel Garvey tickt nicht gleich wie unsere üblichen Pappenheimer. Mir wäre es wohler, wenn wir zu seinem Mobiltelefon eine Standortsuche durchführen. Dadurch wüssten wir sofort, wo er steckt.»

«Vergiss es. Das ist es nicht wert. Der taucht sicher bald auf.»

«Was, wenn wir wieder zu spät kommen?»

«Vergiss nicht, dass Garvey selber gar nicht als vermisst gilt. Wir können nicht einfach eine Standortsuche durchführen, als ob er aus einer Gefahrenlage heraus vermisst würde.»

«Das kann man später zurechtbiegen. Bei Garvey zählt jede Minute, und das weisst du auch. Stattdessen zögerst du wie ein Kollege kurz vor der Pensionierung. Was ist mit dir nur los, dass du plötzlich päpstlicher als der Papst vorgehst? Lässt du nichts anbrennen, weil du in unserem Verein noch Karriere machen willst?»

«Ich starte ganz sicher keine Standortsuche, nur weil du nicht warten kannst. Wenn jemand kapiert, dass es um Garvey geht, kochen alle bereits, bevor Fakten auf dem Tisch liegen. Mach du doch die Standortsuche, falls du dich getraust. Ich garantiere dir, du wirst keine zwei Tage später dumme Fragen beantworten müssen.»

«Warum geben wir denen keine dummen Antworten?»

«Nein, nicht *wir*. Wenn schon, kannst du diesmal den Kopf alleine hinhalten. Ich habe mir letzten Herbst alles Erdenkliche anhören müssen, weil du mich in deine verkackte Aktion hineingezogen hast. Ausserdem machst du mir gerade einen ziemlich angespannten Eindruck. In deiner Verfassung solltest du keine Entscheidungen treffen.»

«In meiner Verfassung? Willst du mir blöd kommen? Ich bin völlig entspannt, aber hast du im Journal der Infozentrale nachgelesen, welche Fälle Brack mir alle zugeteilt hat?»

«Ich weiss, er hat eine Schraube locker. Aber halte jetzt erst mal deine Füsse still. Geh heute Mittag richtig gut essen, und falls wir bis nach dem Mittag Kontakt zu Garvey haben, ist alles gut. Falls nicht, können wir uns überlegen, wie wir einen Zacken zulegen.»

«Ich habe kein gutes Gefühl. Wenn Garvey und Berger wieder unter dem Radar fliegen …»

«Gönne dir Ruhe und geh essen. Trink ein kühles Bier und denk nach. Danach hören wir uns.»

Wickart beendete den Anruf, und Forster wusste, dass sein Kollege von der Polizeischule recht hatte. Erzwingen konnte man in diesem Beruf gar nichts. Nur weil Brack als Dienstchef weder Ferienpläne noch Fallzuteilung im Griff hatte, brauchte dies tatsächlich nicht sein Problem zu sein. Er schwor sich, alles ganz entspannt anzugehen.

12

Vor Daniels Augen tanzten gezirkelte Kunstschneeflocken in der Luft. Die Bilder auf seiner Netzhaut wurden wieder scharf, und das Schneegestöber löste sich auf.

Er sass auf kühlem Beton in einem Kellerraum. Schwaches Licht und an der gegenüberliegenden Wand eine ganze Menge Heizungsrohre. Abgesehen davon gab es in diesem Raum bloss einen Ausguss mit Wasserhahn und Siphon.

Anna kniete neben ihm und sprach wie ein Maschinengewehr auf ihn ein.

«Bitte, Anna. Nicht so laut. Mein Schädel platzt gleich.»

«Wie schlimm ist es?»

Daniel zeigte mit der Hand ein Solala und studierte die Blutspuren auf seinem T-Shirt, das vor Kurzem noch weiss gewesen war. Es war eine Menge Blut, und trotz pochender Nase roch er das Müffeln des Kellerraumes.

«Wie sehe ich aus?»

Anna sagte nichts, und er wusste selbst, dass dies nicht sein bester Tag war. Seine Nase brummte wie ein Hornissennest, und er fühlte sich, als ob ihn einer mit dem Hammer bearbeitet hätte. An Mund und Kinn ertastete er sein Blut, das langsam eintrocknete.

«Was haben sie mit dir gemacht?»

Daniel ordnete seine Gedanken. «Samoa hat mir eine reingehauen. Ich glaube, ich hab zwei- oder dreimal eingesteckt und bin k. o. gegangen. Sie haben mich erwischt, als ich mich im Haus verstecken wollte.»

«Dich erwischt?»

«Ja, ich weiss. Ist mir noch nie passiert. Daran ist allein Forster schuld. Er hat mich im dümmsten Moment auf dem Handy angerufen. Sie haben mich ertappt, und Samoa hat mich durch den Fleischwolf gedreht.»

«Ich weiss, welchen du meinst. Ich glaube, der ist von Fidschi oder so.»

«Liegen Fidschi und Samoa nicht direkt nebeneinander?»

«Das ist ein Unterschied. Zuger sind schliesslich auch keine Zürcher oder Deutschen.»

War das jetzt wichtig?

«Du siehst nicht besonders gut aus. Ist dein Kopf wirklich okay?», wollte Anna wissen.

«Ja. Ich brauche nur einen Moment. Langsam wird es wieder klarer. Was ist mit dir?» Er zeigte auf ihren Bauch, der noch zu flach war, um das Geheimnis zu verraten.

«Alles gut, glaube ich. Wieso hast du so lange gebraucht, mich zu finden?»

«Lange? Wie hätte ich schneller sein können? Dein Telefon liegt ja bei dir zu Hause, da konnte ich dich schlecht über Find My iPhone orten.»

Anna kullerten Tränen über die Wangen. «Es ist mir runtergefallen, als sie mich gepackt haben, und jetzt wollen sie mir jede Stunde einen Finger abschneiden, bis ich ihnen sage, was sie wissen wollen.»

Sie weinte, und Daniel nahm sie in die Arme. Er fuhr ihr sorgsam über die Wangen und bemerkte zu spät, dass er sie mit seinem Blut vollschmierte.

«Was wollen sie von dir wissen?»

«Sie glauben, ich hätte der Polizei etwas über Hubers Tod erzählt. Aber ich weiss ja gar nichts. Ich habe selber erst kapiert, was bei Huber passiert ist, als ich die Kriminaltechniker in ihren weissen Anzügen gesehen habe.»

Daniel erzählte ihr vom Kopfschuss, von dem Forster ihm berichtet hatte, und von der fehlenden Waffe. Anna weinte und schluchzte wie ein Kind.

«Sie haben mich geschnappt, als ich in meine Wohnung zurückgehen wollte. Bodo hat einen von ihnen gebissen, aber der hat ihn getreten.»

«Bodo geht es gut. Er ist okay.»

«Bist du sicher?»

«Ich weiss es, weil ich mit ihm beim Tierarzt war. Er hat ein bisschen was abbekommen, ist aber nicht schlimm. Nichts gebrochen. Er wartet in meiner Wohnung auf uns.»

Annas Gesicht hellte sich auf, und Daniel erzählte ihr von Hubers Fernrohr und wie er hierher in De Lucas Villa gefunden hatte.

«Wie kommen wir hier raus?»

Daniel sah sich um. Ein Fenster gab es nicht, und die Tür war zu solide gebaut, um sie wie in einem billigen Film aus dem Rahmen zu treten.

«Die lassen uns nicht freiwillig gehen. Wir haben ihre Gesichter gesehen, und ich weiss definitiv zu viel.»

«Was weisst du?»

«Bis zu dem Moment, als sie mich im Kleiderschrank erwischt haben, habe ich ihr Gespräch belauschen können. Mit diesen Typen ist nicht zu spassen. Die haben einen Polizisten auf dem Gewissen. Doch dafür ist jetzt nicht der richtige Zeitpunkt. Wir müssen hier sofort raus.»

«Nur wie?»

«Viele Möglichkeiten haben wir nicht. Es gibt nur diese eine Tür, und die einzigen Fluchthelfer sind die, die uns hier reingebracht haben.»

«Ich verstehe nicht.»

«Du sagtest, du sollst an die Heizungsrohre klopfen, falls du mit ihnen sprechen willst.»

«Ich weiss doch gar nichts über Hubers Tod.» Sie zog ihre Hände an den Körper, als ob der Folterknecht mit der Kneifzange bereits vor ihr stünde.

«Tu es, Anna. Klopfe an die Rohre und überlasse mir den Rest.»

«Was hast du vor?»

«Uns läuft die Zeit davon. Du klopfst an die Rohre, und wenn es hässlich wird, schaust du weg.»

Daniel ging zum Ausguss, setzte sich hin und trat mit beiden

Füssen kräftig gegen den Kipphebel unterhalb des Ausflusses, mit dem man den Ausgussstöpsel schliessen und das Wasser zurückhalten konnte. Beim ersten Tritt verbog sich der Hebel zwar, hielt aber stand. Daniel trat mit aller Kraft noch mal dagegen, und das Metall brach ab.

Er wiegte den Stab in den Händen hin und her. Das Metallstück war gut zwanzig Zentimeter lang, einen knappen Zentimeter dick und an der Bruchstelle scharfkantig.

Sein Plan konnte aufgehen, wenn er schnell war. Verdammt schnell. Und es würde sich nur eine einzige Gelegenheit bieten. Falls überhaupt.

Er nickte Anna zu, und die klopfte gegen ein Heizungsrohr. Das metallene Geräusch hallte durch das Haus.

***

Bis zum Mittagessen wollte Forster sich ausschliesslich mit dem Fall des Richters befassen. Zum Tatort Huber hatte er ohnehin noch nichts von der Spurensicherung gehört, und von Garvey hatte er die Nase voll. Die Spurensicherung war mit Arbeit überladen, und er selbst versuchte es bewusst zu geniessen, sich für eine halbe Stunde oder eine ganze nur mit einem einzigen Fall beschäftigen zu müssen.

Er sass in seinem Büro und studierte die Tatortfotos am Bildschirm. Das erste Bild zeigte Richter Barths Kopf auf der Kühlerhaube des Land Rover Defender. Das Kühlerblech war eingedrückt, und die Arme des Richters hingen über Kühlergrill und Radkasten, als ob sie den Beweis für die Schwerkraft hätten erbringen wollen.

Forster vergrösserte das Bild und studierte die Hände des Richters. Da gab es nichts zu sehen. Sauber, bis auf das bisschen Blut, das an einem Arm und einem Zeigefinger runtergelaufen und auf den Asphalt getropft war.

Grübel von der Spurensicherung hatte nichts gefunden, das auf einen Kampf hingewiesen hätte. Die Fingernägel waren nicht eingerissen oder blutunterlaufen, die Handgelenke zeigten keine Druck- oder Fesselmale. Nichts, das die letzten Sekunden im Leben des Richters beleuchtet hätte.

Ein paar Bilder später folgten die Fotos des Instituts für Rechtsmedizin. Diesen Teil der Dokumentation schenkte Forster sich, weil er sich den Tag nicht mit Bildern von Innereien und Blut und den Analysen des Mageninhalts versauen wollte. Stattdessen las er noch einmal in der Kopie des Abschiedsbriefs.

Meine liebe Familie
Es tut mir leid. Vergebt mir, aber ich kann nicht mehr, darum muss ich euch verlassen.

Forster wurde aus dem Text nicht schlau. Er hatte in all den Jahren schon manchen Abschiedsbrief gesehen, aber der hier passte nicht in diese Sammlung. Manch einer schrieb gar keinen Abschiedsbrief, andere verfassten zum letzten Mal einen kleinen Roman. Diejenigen, die er gelesen hatte, waren meistens an die Ehepartner oder Freundin gerichtet gewesen – oder an die Kinder. Eines hatten diese letzten Worte alle gemeinsam. Die Namen der Liebsten hatten immer in der Anrede oder auf dem Umschlag gestanden. Forster konnte nicht nachvollziehen, was lebensmüden Menschen durch den Kopf ging, aber sicher war, dass ihnen die Namen ihrer Liebsten wichtig waren. Allenfalls ein Zeichen der letzten Ehrerweisung oder des Abschieds. Vielleicht war die direkte Ansprache einfach nur die einzig richtige Einleitung für die letzten Worte.

Meine liebste Maria.
Meinen lieben Töchtern Lea und Sandrina.

An solche Formulierungen glaubte Forster sich erinnern zu können. Aber wer schrieb »Meine liebe Familie«? Das klang unpersönlich. Distanziert. Und dennoch, dies alles sagte nichts darüber aus, ob er es hier mit einem echten Suizid oder einem verschleierten Delikt zu tun hatte.

Forster las den Brief ein weiteres Mal und blieb an diesen beiden Sätzen hängen.

Es tut mir leid. Vergebt mir …

Was hatte dem Richter leidgetan? Und was sollte ihm die Familie vergeben? Hatte ihm der Suizid oder etwas ganz anderes leidgetan? Hatte der Hüter über Recht und Ordnung selbst ein dunkles Geheimnis mit sich genommen?

Forster lehnte sich in den Bürostuhl zurück und zog rechts unter der Sitzfläche am Hebel. Die Rücklehne neigte sich nach hinten, und er starrte eine Weile zur kahlen Bürodecke hoch, die Schuhe auf dem Schreibtisch.

Zum ersten Mal nahm er an sich wahr, dass er innerlich bebte. Es war, als ob Strom durch ihn fliessen würde, und er wusste, dass dies am Ärger über Brack und Campari Soda lag. Er konnte die beiden nicht mehr ertragen. Er war einfach nur noch fertig mit alldem hier. Sein Frust hatte solche Ausmasse angenommen, dass es seine grösste Freude gewesen wäre, den beiden Dienstkollegen mal richtig um die Ohren zu hauen.

War er reif für eine Auszeit?

War die Zeit für einen anderen Job gekommen? Hier jedenfalls fühlte er sich zum Fliessband-Erfüllungsgehilfen der Strafjustiz degradiert, der einen Fall um den anderen runterspulte, als ob es dabei um Massenproduktion gehen würde. Keiner schien sich mehr für die Menschen zu interessieren, die hinter all den Fällen steckten. Klar, man konnte ihnen allen unmöglich gerecht werden, und ja, einige davon waren ausgewachsene Scheisskerle, die es nach ihren Straftaten nicht verdient hatten, dass sich einer mit ihnen abgab. Doch früher war die Arbeit anders gewesen. Man hatte nicht zeitgleich derart viele Fälle zu stemmen, dass man sich im Jahr darauf nicht einmal mehr an die Namen der Opfer und der Täter erinnern konnte. Heute dagegen spürte er in seinem Beruf überwiegend korrosive Energien.

Aber er konnte sich auch nicht vorstellen, den Job hinzuschmeissen. Wozu konnte die Welt da draussen einen wie ihn überhaupt gebrauchen? Nach knapp zwei Jahrzehnten mit Einvernahmen und Verhaftungen konnte er nichts anderes. Er ging wie ein Roboter frühmorgens mit der Waffe aus dem Haus und schloss diese abends wieder weg, nur um sicherzugehen, dass sie am nächsten Tag noch schussbereit da war, falls eine böse Überraschung auf ihn wartete. Die Tage waren farblos, einer wie der andere, und wozu dies alles gut war, hatte er längst vergessen. Das Traurige dabei war, dass ihm keine Branche einfallen wollte, in der sie auf einen wie ihn gewartet hatten, erst recht nicht mit Mitte fünfzig. Die eine oder andere Nische mochte es für Ex-Polizisten geben, aber er hatte keine Lust, als übermüdeter Nachtwächter oder Problembeseitiger für einen Konzern oder eine Grossbank zu enden. Dazu steckte noch zu viel Berufsstolz in ihm.

***

Als die Tür zum Keller aufschwang, lag Daniel reglos auf dem Betonboden, die Augen einen winzigen Spalt geöffnet, den Kopf halb zur Tür gedreht. Vor seinem Gesicht auf dem Boden verschmiertes Blut, ein Arm neben sich, auf dem anderen Arm lag er drauf.

«Bitte helfen Sie ihm», schluchzte Anna. «Er bewegt sich nicht.»

Samoa stand im Türrahmen und studierte Daniel aus der Ferne. Daniel konzentrierte sich darauf, die Augenlider nicht zu bewegen und flach zu atmen.

«Weg von ihm!», bellte der Koloss in Annas Richtung, und sie wich eingeschüchtert in eine Ecke zurück.

Samoa bewegte sich in Daniels Richtung, aber der Hüne war nicht dumm. Er stellte sich nicht neben Daniel, sondern zu dessen Füssen, wo dieser ihn unmöglich erreichen konnte.

Der Koloss trat Daniel kräftig gegen einen Knöchel. Aber der Schmerz war nichts im Vergleich zum Pochen in seiner Nase, und so gab er keinen Mucks von sich.

Ein Auge trocknete ihm langsam aus. Jetzt bloss nicht blinzeln, dachte er sich und wandte seinen Blick nicht vom grau gepinselten Betonboden ab.

Der Samoaner trat gegen Daniels Oberschenkel und traf ihn dermassen fies, dass Daniel am liebsten laut geflucht hätte. Er konnte weiterhin nichts tun. Der Hüne stand am falschen Ort, immer noch ausserhalb von Daniels Blickwinkel und ausser Reichweite seiner Hände.

Völlige Ruhe. Nur Annas Schluchzen.

Offenbar studierte Samoa Daniels Reaktionen, und der wagte es nicht, zu atmen. Nur eine falsche Bewegung konnte ihn verraten und brachte ihm sogleich den Nachteil, dass er auf dem Boden lag und Samoa über ihm stand. Sein Plan war doch nicht so toll.

Sekunden, die sich wie eine Ewigkeit anfühlten. Samoa ging um Daniel herum, senkte den Oberkörper und musterte sein Gesicht.

Noch ein quälender Moment der Stille, ohne zu blinzeln, obwohl es im linken Auge zwickte und brannte. Ohne zu atmen, obwohl die Lungen nach Luft flehten. Daniel wartete, bis Samoa sich bewegte, und genau dies tat er. Um ganz sicher zu sein, holte Samoa mit einem Bein aus und wollte ihn gegen die Rippen treten.

Der wuchtige Fuss schwang nach vorn, und Daniel rollte sich auf die rechte Seite. Der Tritt verfehlte ihn.

Daniel schnellte auf seine Knie hoch, führte eine explosive Bewegung mit dem rechten Arm aus, und Samoa mit seiner Körpermasse hatte keine Chance auszuweichen.

Er rammte dem Exoten den abgebrochenen Metallhebel in die Innenseite des Oberschenkels und sprang auf die Beine.

Samoa schrie nicht. Er studierte lediglich den Metallhebel, der in seinem Bein steckte, und blickte zum Ausguss rüber. Er war nicht dumm und wusste sofort, wo Daniels behelfsmässige Waffe hergekommen war – und dass sie einen Fehler gemacht hatten. Sie hätten ihn niemals unbeaufsichtigt in diesem Raum lassen sollen.

Samoa zog sich den Metallstab aus dem Bein, und die Oberschenkelarterie spritzte das Blut in schnellen Stössen über den Boden.

«*You son of a …*», sagte Samoa überraschend gefasst.

Daniel nützte das Moment und schoss nach vorn. Er rammte seinem Widersacher die rechte Faust in die Kehle und trat ihm das blutende Bein unter dem Körper weg.

Samoa schlug schwer auf dem Betonboden auf, fasste sich an die Gurgel und röchelte.

«Los!» Daniel reichte Anna die Hand. «Nichts wie weg!»

Als sie an Samoa vorbeieilten und den Türrahmen erreichten, klangen Samoas Atemversuche wie eine Wasserpumpe auf dem Trockenen.

Daniel wollte die Tür hinter sich und Anna schliessen, doch Samoa kam noch einmal auf die Beine. Er schwankte auf sie zu.

Mit aller Kraft trat Daniel ihm zwischen die Beine und schob die Tür zu.

Anna drehte den Schlüssel im Schloss, dann eilten sie so leise, wie es ihnen möglich war, eine kurze, schmale Treppe hoch und in einen Flur.

Daniel wusste sofort, wo sie sich befanden. Dies war das Stockwerk, auf dem er sich vor seinem K.-o.-Schlag im Kleiderschrank versteckt hatte.

Aus dem Flur vor ihnen und den Räumen auf diesem Stockwerk hörte er weder Stimmen noch Geräusche.

Freie Bahn. Hoffentlich.

Sie schlichen in einen Raum, der wie ein Heimkino aussah. Fünf Reihen mit Ledersesseln standen vor einem riesigen Display und warteten auf Gäste.

«Schau da, Daniel», flüsterte Anna. «Das ist Cora.»

Sie zeigte auf eine Puppe mit blondem Haar, die auf einem der Ledersessel in der ersten Reihe sass. Es war die gleiche Puppe wie jene, die er oben im Wohnzimmer gesehen hatte. Nur trug diese Puppe hier ein anderes Kleidchen.

«Bitte wie?»

«Cora hat sooo viele Dinge zu erzählen», äffte Anna flüsternd einen Werbespot nach.

«Geht's dir nicht gut? Sei still und komm hier lang.»

Er zog sie durch eine Tür in den nächsten Raum.

Badezimmer mit Fenster.

Perfekt.

«Schliess die Tür ab», flüsterte Daniel, und sie tat es mit zittrigen Händen. «Höre mir ganz genau zu.»

«Glaubst du, der Typ, Samoa, ist er okay?»

«Nein, das glaube ich nicht, Anna. Ist mir aber auch egal, denn er ist nicht unser Freund. Du musst dich jetzt konzentrieren.»

Anna nickte. Ihr Blick war bei ihm.

«Wir stellen uns beide auf den Rand der Badewanne. Auf drei öffne ich das Fenster, wir springen raus in den Garten und rennen nach rechts.»

«Bist du sicher, dass –»

«Ja, bin ich. Rechts von uns liegen andere Häuser mit Gärten, und anschliessend folgt der kleine Wald am Bach. Wir müssen so schnell wie möglich Deckung in diesen Gärten finden. Einen Sichtschutz zwischen uns und diesem Haus. Verstehst du? Raus aus ihrem Blickfeld.»

Anna nickte. «Aber ich bin viel langsamer als du.»

«Egal, nicht denken, Anna. Auf drei raus und nach rechts. Hast du das?»

Sie lehnte sich nach vorn wie ein Skirennfahrer am Start.

Drei Sekunden später landeten ihre Füsse auf dem Rasen, sie hielten sich scharf rechts und rannten auf eine grüne Thujahecke zu. Daniel schob Anna hindurch und blickte zu De Lucas Haus zurück.

Bei den Fenstern im oberen Stockwerk traf sein Blick jenen des dritten Mannes, der mit dabei war, als Samoa und De Luca ihn im Arbeitszimmer erwischt hatten.

Sie blickten sich einen Moment lang in die Augen, und keiner bewegte sich. Daniel zeigte ihm seinen gestreckten Mittelfinger, drehte sich um und tauchte Anna hinterher durch die Hecke. Er eilte mit ihr an der Hand durch einen Garten und über eine Aussentreppe nach unten.

«Du musst schneller laufen. Sie haben uns bemerkt.»

***

Ventimiglia hatte mehr aus Zufall aus dem Fenster im obersten Stockwerk geschaut und gesehen, wie die zwei durch die Hecke verschwunden waren. Kurz darauf rannte auch er durch den Garten des Nachbarn und die Treppe hinunter. Unten auf der Quartierstrasse sah er sich um. Die beiden waren ausser Sichtweite, aber weit konnten sie noch nicht sein.

Links oder rechts? Er wusste es nicht.

Er griff zum Mobiltelefon und machte den kürzesten Anruf seines Lebens.

«*Urgente!* Sofort runter auf die Quartierstrasse.»

Ventimiglia sah noch einmal in beide Richtungen und erkannte aus den Augenwinkeln hinten am Bützenweg zwischen einer Hecke und dem Waldrand eine Bewegung. Er rannte los.

Die zwei hatten dreissig, vierzig Meter Vorsprung. Das war nicht viel.

Während seines Sprints nahm er Frankies Anruf entgegen, liess diesen jedoch nicht zu Wort kommen. Als dessen Sicherheitschef gab er die Kommandos – zumindest so lange, bis die Situation unter Kontrolle war.

«Die zwei sind entkommen. Frag nicht … Du musst sofort von der Bildfläche verschwinden.» Er keuchte. «Zu deiner Sicherheit.»

«Was ist passiert?»

Ventimiglias Atem reichte nicht für einen Sprint und das Telefonat zugleich, also drosselte er sein Tempo.

«Sie müssen Makani ausser Gefecht gesetzt haben.»

Drei Atemzüge.

«Aber ich bin an ihnen dran.»

Keuchen.

«Habe alle ...», seine Lungen brannten, «... aufgeboten.»

«Ich reisse dem Elefantenbaby von Hawaiianer den Kopf ab», brüllte De Luca ins Telefon.

«Nicht nötig.» Das Atmen fiel Ventimiglia immer noch schwer. «Makani ist hin. Aber ich habe ... keine Zeit. Wir müssen ... die zwei ... erwischen. Bevor sie ... die ... Polizei erreichen. Sonst ... haben wir ein Riesenproblem.»

«Finde die zwei und mach sie kalt. Sonst hast du das Problem mit mir.»

De Luca hatte das Gespräch genervt abgeklemmt, und Ventimiglia beschleunigte. Hinten am Waldrand, wo die Quartierstrasse eine steile Kurve zum oberen Abschnitt des Bützenwegs beschrieb, blieb er stehen und sah sich um. Er suchte die Umgebung nach Bewegungen ab.

Nichts, verdammt.

Immerhin, die Strasse brauchte er nicht hochzulaufen. Da oben wimmelte es jeden Moment von Frankies Leuten. Also blieben den beiden nur noch zwei Richtungen. Durch den Garten links von ihm und runter zur Zugerbergstrasse oder geradeaus durch den Wald und über den Bach ins nächste Wohnquartier.

Ventimiglias Mobiltelefon vibrierte.

«*Ciao.* Wo seid ihr?» Er hörte zu, was der andere sagte. *«Perfetto.»*

Ventimiglias Leute waren schneller als die Polizei an ihrem besten Tag. Sechs Mann verteilten sich am oberen Bützenweg.

«Zuletzt habe ich die zwei am nördlichen Ende des Bützenwegs gesehen. Ich folge ihnen, ihr schwärmt aus. Zwei sollen hoch zum Wald und alles überblicken. Schick den Rest der

Männer westlich und nördlich in die Strassen. Sie müssen noch ganz nahe sein.»

Ventimiglia drückte den Anruf weg und spähte noch einmal durch das Wohnquartier.

Der Schweiss lief ihm über das Gesicht, und noch immer sah er nichts von den zweien. Er ging bis an die Begrenzung der Hochwasserverbauung des Mänibachs und blickte sich nach allen Seiten um.

Nichts rührte sich. Nicht drüben bei den Gebäuden der Liebfrauenschwestern und ebenso wenig unten an der Zugerbergstrasse. Er versuchte, sich ihr Tempo vorzustellen. Die Frau war nicht wirklich schnell gewesen. Der Mann hatte sie hinter sich hergezogen. Sie war der Bremsklotz. Bis runter zur Haarnadelkurve an der Zugerbergstrasse konnten sie es noch nicht geschafft haben. Somit blieb eigentlich nur eine Möglichkeit.

Ventimiglia rannte durch den terrassierten Garten in Richtung der Stadt. Er eilte über perfekt getrimmten Rasen und scherte sich nicht um den Mann, der am Südende des Grundstücks Rosen schnitt und sich nach ihm umdrehte.

Durch eine Baumreihe erreichte er den nächsten Garten, sah sich eilig um, aber auch hier waren die beiden nicht.

Am Nordende dieses Gartens liess er sich über eine zwei Meter hohe Mauer hinunter auf die Füsse fallen und trat auf die Mittellinie der Zugerbergstrasse. Er sah in beide Richtungen. Immer noch nichts.

Nicht im Norden, nicht im Süden, auch nicht auf der Treppe, die dem Bachbett entlang bergab führte. Die zwei waren wie vom Erdboden verschluckt.

Entkommen sein konnten sie noch nicht. Er war viel schneller als die Frau, und dennoch waren sie ausser Sichtweite. Wenn sie nicht nach oben in den Wald geflohen waren, wo ohnehin seine Leute auf der Lauer lagen, gab es wiederum bloss zwei Möglichkeiten.

Sie versteckten sich in einem der Gärten oder im Bachbett.

Ventimiglia stand auf der Brücke, welche die Zugerbergstrasse über den Mänibach führte. Er spähte das Bachbett den Berg hoch und hinunter. Nichts. Keine Bewegung und keine Geräusche ausser dem Rauschen des Wassers.

Wenn er das Tempo der beiden richtig einschätzte, konnten sie keine fünfzig Meter Vorsprung haben. Er musste direkt an ihnen dran sein, aber warum sah er sie nicht?

Ventimiglia blickte noch einmal talwärts über das Brückengeländer in das Bachbett. Ihm ging ein Licht auf.

In Fliessrichtung rannte er einige Treppenstufen talwärts, überwand das Treppengeländer und liess sich in die v-förmige Bachverbauung hinuntergleiten. Das kalte Wasser flutete seine Lederschuhe, und er spähte auf einige Meter Distanz zur dunklen Röhre, die das Wasser unter der Brücke hindurchleitete. Er suchte nach einer Bewegung.

***

Daniel und Anna lagen in der glitschigen Röhre in der Dunkelheit. Nur an den beiden Enden der Röhre war grelles Licht zu sehen. Daniels Klaustrophobie meldete sich wie ein treuer Freund. Die Röhre war ziemlich eng, und er lag flach auf dem Rücken in der Mitte der Wasserrinne. Das kalte Wasser drängte sich in seine Kleider und an seinem Körper vorbei. Anna lag schräg über ihm und krallte sich in seinem rechten Arm fest.

Von Weitem wuchs ein Donnern an, und die Räder eines Fahrzeugs ratterten über die Brückenlager. Das Fahrzeug entfernte sich, nur das Rauschen und die Kälte des Wassers blieben zurück – und das Hämmern in seinem Kopf.

Annas Hand zuckte, und sie presste eine Hand auf Daniels Mund.

Er blickte zu ihr, konnte ihr Gesicht in der Dunkelheit aber nicht erkennen.

Mit der anderen Hand stiess sie mehrmals gegen seinen Oberarm. Ohne ein Wort. Daniel verstand. Er hob den Kopf leicht an und schaute in Fliessrichtung zu seinen Füssen.

Da, wo das Wasser die Röhre hinaus ins Tageslicht verliess und talwärts rauschte, sah er eine Bewegung am Röhreneingang. Er erkannte nicht mehr als einen vagen Umriss.

Daniel wagte nicht, sich zu bewegen. Er hielt den Atem an, und seine Arme zitterten im kalten Wasser.

Die Gestalt am Ende des Wasserrohres regte sich. Dann verharrte sie mitten in der Öffnung der Röhre. Daniel versuchte, die aufkommende Panik zu unterdrücken, und überlegte, ob sie nach oben aus der Röhre fliehen konnten. Er wusste, sie wären sowieso zu langsam.

Konnte man sie sehen?

Nur das Rauschen des Wassers und Dunkelheit. Keine Geräusche.

«Kommt raus!», gellte die Stimme in ihre Richtung. «Los! Rauskommen!»

Sie erstarrten. Daniel drückte Annas Hand, und sie hielt ihn weiterhin fest. Er hoffte, dass sie es verstand. Jetzt nur keine Geräusche machen.

Eine gefühlte Minute lang bewegte sich keiner, und nichts passierte.

Wieder die Stimme.

«Ich seh euch ganz genau.»

Sie machten keinen Mucks, und in Daniel schwoll Panik an. Wenn der Kerl mit einer Waffe hier reinballern sollte, hatten sie keine Chance. Oder er brauchte bloss einen Zweiten an das andere Ende der Wasserröhre zu beordern, und sie waren fällig.

Daniel suchte nach einer Lösung, doch der Schatten vor der Wasserröhre verschwand von selbst aus dem Blickfeld.

Sie sassen in der Falle. Wenn sie Glück hatten, wähnte der Typ da draussen sie anderswo. Aber wenn sie Pech hatten, besorgte er sich Verstärkung.

War sein Verschwinden nur ein Trick, um sie aus ihrem Versteck zu locken?

Daniel zitterte wie ein nasser Hund. Das Wasser des Baches hatte ihn innert weniger Minuten ausgekühlt. Draussen diese Hitze, und er konnte langsam seine Hände und Füsse nicht mehr spüren. Lange konnten sie hier nicht mehr bleiben. Er sah schon die Schlagzeile: «Mann erfriert während der Hitzewelle».

So absurd es war, so schnell musste er hier raus, um nicht zu unterkühlen. Er sah in beide Richtungen zu den Enden der Röhre und sprach leise, direkt in Annas Gesicht: «Wir müssen hier raus.»

Sie krallte sich nur noch heftiger an ihm fest.

***

Ventimiglia stellte sich wieder auf die Brücke und wählte die Chatgruppe, in der sich seine Vertrauten tummelten. Er hielt sich das Mobiltelefon ans Ohr.

«Hat jemand Sichtkontakt?»

Alle verneinten.

Ventimiglia sah sich um und erkannte Massimo, der ein Stück weiter unten auf die Zugerbergstrasse trat und sich nach allen Seiten umblickte. Sie nickten sich zu, und Massimo verschwand hinter der Überbauung Liebfrauenhof aus seinem Blickfeld.

«Schwärmt in die Quartierstrassen aus. *Subito!* Sie können nicht weit sein. Stellt euch an die Strassenkreuzungen, damit ihr in alle Richtungen sehen könnt.»

Ventimiglia überlegte und wusste, dass er seine Leute heute besonders motivieren musste.

«Derjenige, der sie erwischt, kriegt vom Boss zehntausend und ein Essen für zwei im ‹La Parmigiana›. Bietet alle auf, denen wir vertrauen können. Jeder muss sich auf eine Kreuzung stellen. Die zwei dürfen die Innenstadt nicht erreichen. Erst recht keinen Polizeiposten.»

Ventimiglia eilte in Fliessrichtung des Mänibachs die lange Treppe hinunter und stellte sich unten an die Hauptstrasse. Hier sah er bis hinunter zur Kirche St. Michael.

Wenig später rollte Ruggero in seinem schwarzen Alfa Romeo Stelvio vorbei, und Damiano auf dem Beifahrersitz reckte sich nach allen Richtungen, um über die Hecken in die Gärten zu sehen.

Er wählte Damianos Nummer. «Bezieht unterhalb der Kirche Position.»

«*Capito*», gab Damiano zurück, und der Alfa brauste los.

13

Forster schlug mit der Faust auf seinen Schreibtisch, und der Bleistift neben der Tastatur machte einen Hüpfer.

«Wieso?»

Auch das noch. Wickart hatte richtig gelegen.

Er hätte einfach zuwarten sollen. Doch stattdessen hatte er sich hinreissen lassen. Er hatte das Tool gestartet, Daniel Garveys Telefonnummer eingetippt, und zack, einen Schlag ins Wasser produziert. Garveys Mobiltelefon war entweder ausserhalb des Empfangsbereiches oder ausgeschaltet. Vielleicht war auch der Akku leer, doch das spielte keine Rolle. Forster hatte die Notsuche aktiviert und wusste kein bisschen mehr als zuvor. Dafür wusste das Polizeikader bald, dass er diese Abfrage durchgeführt hatte.

Garvey blieb verschwunden, und er würde sich in den nächsten Tagen für diese Notsuche erklären müssen. Wickart hatte recht gehabt. Es war tatsächlich nicht klar gewesen, ob Garvey auch vermisst wurde. Es verhiess zwar nichts Gutes, dass Garvey sich für Frankie De Luca interessierte. Aber das war kein Grund für die Standortabfrage seines Telefons.

Ein Scheisstag, nein, eine Scheisswoche war das. Manchmal hatte er den Eindruck, dass die Ermittlungen desto eher in die Sackgasse liefen, je mehr er sich anstrengte. Sein Kopf glühte vom Nachdenken und von der Hitze des Tages. Er ging zum Waschraum und wusch sich Gesicht und Nacken mit kaltem Wasser. Sein Spiegelbild sah übermüdet aus, und das war er irgendwie gar nicht selbst. Ein Kerl blickte ihm entgegen, der ihm fremd war.

War es das Wetter, das ihn fertigmachte? Ja, auch, aber nicht nur dies.

Er war mit alldem hier einfach nur durch, müde von der Arbeit. Es war nicht diese Müdigkeit, die man von einer harten

Woche kannte. Es war eine Müdigkeit, die immer mit ihm ging, und sie war dreimal so gross, wenn er sich zuvor über Brack oder Campari Soda aufgeregt hatte.

Er hatte keine Ahnung, an welchem Punkt seine Ermittlungen standen. Die einzige Erkenntnis der letzten Minuten war, dass Garvey ausser Empfang war und dass dies keinen Sinn machte. Denn der vermisste seine Partnerin. Folglich hätte er eigentlich darauf achten müssen, jederzeit erreichbar zu sein. Welcher vernünftige Mensch liess bei dieser Ausgangslage die Anrufe auf die Sprachbox umleiten? Sein Bauchgefühl sagte ihm, dass Garvey bereits wieder Ärger angezettelt hatte. Wo steckte er?

Nur zur Sicherheit wählte er die Nummer von dessen Mobiltelefon, doch es war bloss die nervtötende Stimme, die erklang. «Der gewünschte Teilnehmer ist vorübergehend nicht erreichbar. Bitte rufen Sie später wieder an.»

«Huerä Seich!», fluchte er vor sich hin. Er hätte auf Wickart hören sollen.

Seine Armbanduhr sagte ihm, dass es zu früh für das Mittagessen war. Dennoch verliess er das Polizeigebäude an der Aa, ging runter zum See und vertrat sich die Beine. Er hoffte, dadurch Distanz zur Arbeit zu gewinnen, doch das war ein Irrtum. Kaum stand er am See, ging Grübels Anruf ein.

«Was gibt's?»

«Du wirst staunen. Da bin ich mir sicher.»

«Mach's kurz. Ich habe keine Lust auf Ratespiele und auch nicht auf diese verdammte Hitze.»

«Also, die Prostituierte unten am See.»

Forster wischte sich mit der Hand den Schweiss von der Stirn. «Cherry Kiss.»

«Ja, die meine ich. Ihr Tod war kein natürliches inneres Geschehen.»

«Sondern?»

«Sie wurde erdrosselt.»

Einmal mehr war ein junges Leben für nichts verschwendet

worden. Prostitution und Tötungsdelikt. Diese Kombination war zwar keine Seltenheit und dennoch immer wieder eine Überraschung.

«Bist du dir sicher?»

«Die Rechtsmedizin ist sich sicher. Sie hat am Hals zwar keinerlei Strangmarken gefunden, aber der Leichnam weist dezente Stauungsblutungen in den Augenlidern und der Mundschleimhaut auf.»

«Ist das sicher, oder könnten die Einblutungen auch woanders herrühren?»

«Nein. Das Zungenbein ist eingedrückt worden. Die obduzierende Ärztin meinte, das Spurenbild spreche dafür, dass sie mit etwas sehr Weichem erdrosselt worden sei. Und der Täter hat anständig Druck auf ihr Zungenbein ausgeübt.»

«Gibt es noch andere Erkenntnisse?»

«Im Moment nicht. Aber das ist doch mehr als gar nichts.»

«Wir suchen also einen Tatort und ein weiches Strangulationswerkzeug.»

«Ganz genau, und ich würde auf einen flauschigen Pullover oder Schal tippen. Oder ein ähnliches Strangwerkzeug. An ihrem Hals fanden wir Fasern, die an Angorahaare erinnern. Es könnte auch Synthetik sein. Wir müssen die Analyse abwarten.»

«Gibt es weitere Spuren?»

«Ja, aber die sind noch nicht ausgewertet. Ich habe Fingerabdrücke und DNA an der Vieille-Orange-Flasche sichergestellt.»

Forster wurde sich bewusst, dass im Fall von Cherry Kiss die Arbeit gerade erst begann. Zeugeneinvernahmen, Hausdurchsuchung beim Opfer, Tathergangsanalyse und je nach Beweislage sogar ein Zeugenaufruf.

«Bis wann sind die Spuren ausgewertet?»

«Morgen. Du weisst ja, bei Tötungsdelikten geht es immer ganz fix. Ein Team ist für die Spurensicherung in ihrer Wohnung, bis jetzt haben sie allerdings nichts entdecken können, das auf ein Gewaltdelikt hinweist. Und einen passenden Angorapulli oder -schal oder was auch immer haben sie bisher nicht gefunden.»

Forster bedankte sich für die Infos und ging ein paar Schritte dem Seeufer entlang. Weit wollte er nicht mehr gehen. Die Temperatur lag schon vormittags bei knapp dreissig Grad, und der Südwind trocknete selbst die Schweissflecken auf seinem Hemd. Und die Hitze staute sich in seinem Kopf.

Im Fall Cherry Kiss bestätigte gewissermassen die Regel die Regel. Bei Tod im Milieu und erst recht bei jungen Leuten wurde fast immer eine Obduktion durchgeführt, und dies völlig zu Recht, weil Gewalt im Milieu keine Seltenheit war. Aber wo er nach dem Täter suchen sollte, war ihm schleierhaft.

Forster ging in Richtung des Leichenfundorts bei der Parkbank am See und hielt auf dem Weg von der Katastrophenbucht bis zu den Volièren Ausschau nach Überwachungskameras. Erfolglos. Es gab keine. Er konnte nicht einmal eine Kameraattrappe ausmachen.

Auf dem Rückweg wollte er bei Wickart nachfragen, ob seine Leute eine Spur von Garvey oder von dessen VW-Bus hatten. Auch da meldete sich die Sprachbox.

***

Nur zögerlich getrauten sich Daniel und Anna aus dem Bachbett. Mehrere Male war ein schwarzer SUV vorbeigebraust, und sie hatten sich in Deckung begeben.

Sie mieden asphaltierte Wege, weil Daniel vom Wasser des Baches tropfte wie ein nasser Hund und eine verräterische Spur hinter sich herzog.

Am Ende der Schwertstrasse eilten sie auf den Friedhof und gingen zwischen den Reihen der Grabsteine nach Norden. Bei einer Gruppe alter Bäume nahmen sie die Treppe runter zur Stadt und raus auf die Strasse.

«Du siehst aus wie nach einem Survivalcamp», sagte Anna.

«Hoffentlich sieht uns so keiner. Wir fallen bestimmt von Weitem auf.»

Daniels Arme fühlten sich vom Bad im Bach eiskalt an. Er sprach kein Wort, beobachtete seine Umgebung und ging neben Anna her in Richtung Innenstadt. Das Tempo hielten sie absichtlich tief, damit sie über Kraftreserven verfügten, falls es zu einer weiteren Begegnung mit De Lucas Leuten kommen sollte.

Beim Schulhaus Kirchmatt überquerten sie den Pausenplatz, folgten einem Wirrwarr von Betontreppen und bogen links in einen Weg ab. Das Wegschild verriet, dass sie in das Chrottengässli abgebogen waren. Kröten waren jedoch keine zu sehen, und das war auch besser so. Die armen Tiere wären auf dem heissen Asphalt sofort verdampft.

Sie folgten dem Weg hinab in Richtung des alten Zeughauses, links ein Herrenhaus mit riesigem Garten und Obstbäumen, rechts die Baumreihe am Bohlbach.

«Wie geht es dir?», fragte Daniel Anna besorgt.

Anna nickte. «Alles gut.»

«Mit euch beiden?»

«Ja, wirklich. Alles bestens. Ich fühle mich gut. Nur gestresst.»

Beide hielten verkrampft Ausschau nach Männern, denen sie nicht in die Hände fallen wollten. An der oberen Ecke des Gartens des Pfarrhauses gönnten sie sich im Schatten eines Busches eine kurze Pause.

«Wenn wir unten in den Gassen sind, machen wir Arbeitsteilung. Ich behalte immer die Bereiche zwischen ein und sechs Uhr im Auge und du zwischen sechs und zwölf Uhr.»

Anna brauchte einen Moment. «Also ich von vorne über links bis nach hinten?»

«Genau. Stelle dir ein Zifferblatt vor, auf dem du in der Mitte stehst. Sechs bis zwölf Uhr.» Daniel sah sich um und konnte niemanden sehen. Offenbar mieden die Leute bei diesem Wetter das Freie. «Wir werden weiterhin zügig gehen, aber nicht rennen. Wenn wir rennen, fallen wir sofort auf, und unsere

Kraft sparen wir uns besser für den Notfall auf. Falls wir in Bedrängnis geraten sollten, suchen wir einen Ort, wo viele Leute sind. Egal, ob Restaurant oder Bäckerei, Hauptsache, es sind Menschen da.»

Sie nickte, und Daniel plante weiter.

«Wir gehen hinüber zur Burg Zug, runter auf den Kolinplatz und direkt zum Polizeiposten am Kolinplatz.»

Sein Kopf brummte, und in der Nase pochte noch immer der Schmerz. Aber es hätte schlimmer kommen können, denn sie waren frei und bis jetzt unentdeckt.

«Also. Noch ein paar Sekunden Pause, dann gehen wir weiter.»

Daniel sah sich um, und genau als er östlich am Pfarrhaus vorbei zur Kirche hinübersah, erschien am Ende des Wegs eine Person. Ein Mann in dunklen Kleidern und mit Baseballmütze auf dem Kopf. Er sah in ihre Richtung und blieb stehen.

Daniel schätzte die Distanz auf gut fünfzig Meter und drückte Annas Hand. «Nicht bewegen. Nur hinsehen.»

Kaum drehte sie sich um und sah zu dem Mann, kam dieser langsam auf sie zu.

Ein greller Pfiff ertönte, und der Mann gestikulierte jemand anderem zu. Der Fremde gab Zeichen, dass jemand anderes das Pfarrhaus umrunden solle. Und schon rannte der Kerl auf sie zu.

Daniel stürmte hinter die Hecke des Pfarrhauses und zog Anna hinter sich her. Doch nach wenigen Schritten zog Anna in eine andere Richtung.

«Nicht da runter. Da laufen wir dem anderen direkt in die Arme.»

Sie wand sich aus Daniels Griff um ihr Handgelenk und eilte nach rechts über die kurz geschnittene Wiese. Sie lief ungebremst durch eine Blätterwand von Haselstauden und anderem Gestrüpp. Daniel jagte ihr nach.

Im Schutz der Blätter taumelte er und rutschte eine lehmige Böschung hinunter, Anna hinterher. Sie wateten durch das kühle

Wasser des Bohlbachs, und Daniel folgte Anna in Fliessrichtung. Die Luft am Bach war kühl, und Daniels Augen gewöhnten sich langsam an das Zwielicht unter dem Blätterdach.

Sie winkte ihn zu sich und flüsterte ihm zu: «Ich habe eine Idee. Folge mir so leise wie nur möglich.»

Anna watete im Wasser des Baches voran und gelangte nach wenigen Metern an einen Ort, der Daniel schlagartig Angstschweiss auf die Stirn trieb.

«Bist du verrückt?»

Sie schüttelte den Kopf und wies ihn an, voranzugehen.

«Da gehe ich sicher nicht rein», zischte er. «Keine Chance.»

Daniel stand direkt vor dem Schlund in die Unterwelt. Ein schwarzes Loch lag vor ihm, keine eins sechzig hoch, gut einen Meter zwanzig breit, und das Wasser des Baches verschwand darin in völliger Dunkelheit. Der betonierte Stollen führte das rauschende Wasser in den Boden, und der Bach floss hier offensichtlich unter dem Pfarreizentrum hindurch.

«Ich bin doch nicht verrückt», sperrte er sich noch einmal dagegen, doch Anna zeigte energisch in das dunkle Loch. Sie war nicht umzustimmen. «Ich weiss, dass deine Klaustrophobie sich meldet. Egal. Dies ist das einzig nahe Versteck, das keiner kennt.»

Er stand erst am Eingang zu diesem Tor zur Hölle, und das Atmen fiel ihm bereits schwer.

«Der Bach geht hier in den Tunnel und kommt neben der Zuger Burg wieder aus dem Boden. Ab da verläuft der Bach etliche Meter in einer Schneise im Boden. Das ist perfekt für uns, denn solange wir uns im Bachbett bewegen, kann uns keiner sehen.»

Widerwillig ging Daniel drei Schritte in den Stollen hinein, und Anna folgte ihm. Nach wenigen Metern war es stockdunkel. Er konnte weder ihr Gesicht noch die Betonwände sehen, an denen er sich vorantastete. Er ging ein paar Schritte und sah zurück. Das Licht des Eingangs in den Stollen war bereits zu einem kleinen Leuchtfeld geschrumpft. Reflexartig beschleunigte sein Atem, und die Muskeln in seinem Schultergürtel spannten sich mit aller Kraft an. Ein paar Schritte weiter konnte er kaum mehr atmen.

«Das reicht. Wir warten hier, bis sie weg sind, dann können wir zurückgehen.»

Anna blieb dicht bei ihm stehen. «Geht nicht. Wir müssen weiter. Die haben uns dahinten verloren und werden uns auch genau dort suchen.»

«Ich muss hier raus. Das ist die Hölle.»

«Musst du nicht. Du hörst mir ganz genau zu. Der Stollen hat gut dreissig Meter vor uns einen vergitterten Luftschacht. Direkt bei den Überresten der alten Stadtmauer. Da kommt Licht rein, und du kannst dich aufrecht hinstellen.»

Daniel atmete wie nach einem Hundert-Meter-Lauf.

«Komm. Nur diese paar Meter. Schliess deine Augen. So ist es nicht anders, als ob du gebückt und bei Tageslicht mit geschlossenen Augen über einen grossen Platz gehen würdest. Ich halte deine Hand, falls das hilft.»

So taten sie es, und es half keinen Dreck. Daniel sog die Luft ein wie ein Schwerstabhängiger die nächste Linie. Er war sich völlig im Klaren, dass es hier drin genügend Luft zum Atmen gab. Es zog sogar ein kühler Wind durch den Stollen, aber seine Reflexe rangen weiter verzweifelt nach Atem, und in seinem Kopf drehte sich die Welt immer schneller.

Hinter sich konnte er das Licht nicht mehr sehen. Offenbar hatte der Tunnel eine leichte Biegung beschrieben.

«Siehst du?», meldete sich Anna. «Da vorne ist der Luftschacht.»

Tatsächlich. Ein schwaches Licht drang vor ihnen in den Stollen und beleuchtete das Moos an den Wänden. Aus einem Riss im Beton wuchs sogar Farn.

«Wieso kennst du dich hier aus?»

«Leise. Wenn wir beim Luftschacht sind, kann man uns oben auf der Strasse hören.»

Anna zog ihn weiter durch den engen Tunnel, und Daniel

dachte an eine baumlose Küste am blauen Meer, und er summte Katie Meluas «If You Were A Sailboat». Es gab nichts, das gegen seine Panik half. Katie Melua war machtlos.

«Ich kenne diesen Tunnel seit der fünften Klasse. An seinem Ende liegt das Schulhaus Burgbach, und direkt am Bach war unser Pausenplatz. Als Kinder war dieser Stollen unsere Mutprobe.»

Daniel wollte sich nicht vorstellen, was genau eine Mutprobe hier drin bedeutete.

Sie erreichten den Lichtschacht. Drei bis vier Meter über ihnen drang das Sonnenlicht in den oberen Teil des Schachtes, und an den Wänden wucherte wildes Grün. An dieser Stelle hätte Daniel den Stollen gern verlassen, aber das war nicht möglich. Ein schweres Eisengitter versperrte den Weg. Hier kam keiner durch.

Verdammt.

«Atme kurz durch», flüsterte Anna. «Danach gehen wir weiter.»

«Was glaubst du, was das Problem bei Panikattacken ist? Ich atme zu viel Luft ein, darum ist mir nicht gut.»

«Pssst!» Wenige Schritte später doppelte sie flüsternd nach: «Willst du wissen, wie unsere Mutprobe ausgesehen hat?»

Er sagte nichts und ging weiter gebückt hinter ihr her.

«Lass mich damit in Ruhe. Ich will es nicht wissen. Können wir nicht schneller gehen?»

«Wir haben's gleich geschafft. Der Luftschacht liegt fast in der Hälfte des Weges.»

«Was?»

«Schhh! Leise.»

«Das war noch nicht einmal die Hälfte?»

«Nein, ist es nicht, und jetzt sei leise. Es passiert dir nichts. Der Stollen geht genau so weiter. Wir befinden uns unter der Strasse beim Obergerichtsgebäude, und vor uns liegt gleich die Mauer des Burggrabens. Es ist bloss noch die Länge eines Wohnblocks.»

Um sie herum war es wieder schwärzer als in jeder Leermondnacht. Und der Gedanke, dass ein ganzer Wohnblock auf diese Mauern drückte, machte es auch nicht besser. Von der gebückten Haltung schmerzte sein Rücken. Während er schier aussichtslos versuchte, seine Atmung zu verlangsamen, schwelgte Anna in Erinnerungen.

«Die Mutprobe hatte darin bestanden, in der Morgenpause ganz alleine hier alles hochzugehen, oben bei den Haselsträuchern einen Zweig oder ein Blatt abzubrechen und wieder runterzukommen. Beim ersten Mal machte ich mir vor Angst fast in die Hose. Nach dem zweiten oder dritten Mal war es nichts Besonderes mehr. Und um es den anderen auf dem Pausenplatz zu erschweren, gossen meine Schulfreunde und ich kurz vor einer anstehenden Mutprobe rote Farbe in den Bach. Wir erzählten Geschichten von Ratten, die gross waren wie Hunde und sich gegenseitig die Schwänze abbissen, weil sie hier drin nichts zu essen kriegen – ausser natürlich, wenn sich gelegentlich mal ein Kind hier hineinwagte.»

«Ganz toll. Die Ratten sind mir echt egal.» Er hielt kurz inne. «Gibt es hier welche?»

Anna kicherte und zog Daniel hinter sich her.

«Keine Ahnung. Komm weiter, wir haben es gleich geschafft.»

Er konnte nachvollziehen, wie es sich anfühlen musste, lebendig begraben zu sein. Du hast die Augen offen, siehst aber nicht das geringste Licht. Du lebst zwar, doch es gibt keine Geräusche von Menschen. Keine Automotoren, keine Kirchenglocken und auch keine Stimmen. Nur das monotone Rauschen des Wassers.

14

Aus dem ersten Obergeschoss des «La Parmigiana» blickte Frankie aus dem Halbdunkel durch die Lamellenstore in den Innenhof. Die Sonne stand hoch, und er hielt sich das Handy ans Ohr.

Er war ungeduldig und angespannt. Alles hing von den nächsten verfluchten Minuten ab.

«Wo seid ihr?», fragte er gehässig.

«Unterhalb der Kirche im Gebiet Pfarrhaus, Obergericht und Kantonsbibliothek. Wir haben uns bis hinüber zur Bohlstrasse und dem Höhenweg verteilt. Sie sind umstellt. An jeder Kreuzung steht einer bereit. Die kommen hier nicht raus.»

Bevor Frankie dies glauben konnte, wollte er es selbst erlebt haben.

«Sorge dafür, dass du recht behältst. Erreichen die zwei einen Polizeiposten, sind wir alle geliefert. Du genauso. Also gebt endlich euer Bestes!»

«Wir kriegen sie auf jeden Fall, Boss. Wir haben wirklich jede Gasse im Griff.»

Frankie vertraute darauf, dass, wenn Fausto Ventimiglia es so deutlich aussprach, er es auch so meinte. Fausto arbeitete seit über zwanzig Jahren für die Familie. Er leistete treue Dienste, aber heute reichte eine jahrzehntelange Bande nicht aus. Heute ging es um das höchste Mass an Konsequenz, das ein Mensch aufbringen konnte.

«Ich weiss, dass du gibst, was du kannst. Doch du musst alles, wirklich alles aus unseren Leuten herauspressen. Andernfalls war's das für uns hier im Steuerhimmel.»

Frankie machte eine Pause und dachte an die Heimat.

«Zu Hause würden sie dich den Caporegime nennen. Alle sehen zu dir auf, weil du sie erfolgreich orchestrierst. Nutze diesen Umstand und treibe sie an. Jeder muss alles geben.»

«Verstanden. Danke, Boss.»

«Sobald du die zwei hast, will ich sofort mittagessen. *Hai capito?*»

De Luca dachte an Scampi, beendete das Gespräch und setzte sich an seinen Schreibtisch. Er wusste, dass damit alles gesagt war. Es war gleich Mittag, sein Magen knurrte, und er wollte Spaghetti mit zwei verdammt grossen Scampi obendrauf. Dieses Mal ohne Petersilie zwischen den Tieren. Die zwei gehörten zusammen, und zwar auf der Flucht wie im Tod.

Er zog den USB-Stecker der externen Festplatte aus dem Computer und steckte das Gerät in die Innentasche seines Sakkos. Er startete das Festplattenbereinigungsprogramm, das damit begann, alle Daten zu überschreiben.

Man musste heutzutage vorsichtig sein. Die neuen Wirtschaftsermittler begnügten sich nicht mehr mit Papierakten. In diesen Zeiten wurde alles Digitale zuerst durchforstet, weil der Computer billiger und schneller arbeitete und Suchstichworte durchging, während all die Bullen und Beamten trödelten.

***

Nach einer gefühlten Ewigkeit wurde es vor Daniel hell, und Anna zog ihn zum Ausgang. Wo der Bach wieder ans Tageslicht hervortrat, hielten sie inne und gewöhnten ihre Augen an die Helligkeit.

Daniel blinzelte in Annas Richtung, hielt sich den Zeigefinger vor den Mund und flüsterte so leise, wie es ging, um das Gurgeln des Baches gerade noch übertönen zu können: «Wie weit waren wir in diesem Tunnel unterwegs?»

Anna schätzte die Distanz auf gut hundertfünfzig Meter.

«Somit sind De Lucas Männer ganz in der Nähe.»

«Das denke ich auch.»

«Wir müssen sofort weitergehen.»

Sie balancierten über die runden Steine durch das Bachbett und achteten darauf, nicht ins Wasser zu treten, weil sie keinen Lärm machen durften.

Der Bach verlief hier gut zwei Meter unterhalb des Umgebungsniveaus im Boden wie in einem Kanal. Im Bachbett wucherten Stauden und Dornenbüsche, und zu ihrer Linken ragte die alte Befestigungsmauer der Burg Zug in den Himmel. Hier konnten sie bloss sehen, wer direkt an den Rand des Kanals herantrat. Ein gutes Versteck, dennoch mussten sie sich beeilen. Jede Sekunde zählte.

Daniel vermutete, dass sie noch etwa zweihundert Meter weit gehen mussten, um ausserhalb des Suchradius von De Lucas Männern zu sein. Zumindest hoffte er dies.

Er war hier zwar früher schon durchgekommen, hatte aber diesen Bach und den Graben, in dem er floss, nie weiter beachtet. Die Altstadt hatte nie wirklich zu seinem Einzugsgebiet gehört, hingegen kannte sich Anna hier offensichtlich bestens aus.

«Wie weit fliesst der Bach in diesem Graben?»

«Maximal hundert Meter, und bei der Bar du Boeuf wird der Bach in eine zweite Röhre geleitet. Sie führt unter der Altstadt hindurch direkt in den See. Aber da kommen wir nicht durch. Das Rohr ist viel zu eng.»

Wo sich die Bar du Boeuf befand, wusste er, und hundert Meter waren besser als nichts.

«Also gehen wir bis ans Ende dieses Grabens. Hier drin sieht uns keiner. Unten bei der Bar wählen wir die Gasse zwischen den Häusern hindurch runter zum Kolinplatz. Dort müssen wir es lediglich über die Kreuzung schaffen und stehen direkt vor dem Polizeiposten. Das sind keine hundertfünfzig Meter.»

Er stellte sich den Weg vor und musste sich zurückhalten, dass er nicht plötzlich schneller ging.

«Was tun wir, wenn uns einer von diesen Typen sieht?»

«Wir rennen los. Mitten über die Kreuzung. Die Autos werden schon anhalten, und der Hundert-Meter-Weltrekord liegt bei unter zehn Sekunden. Wenn Bolt doppelt so schnell ist wie wir, schaffen wir dies alles in … Also ich denke, das sind maximal dreissig Sekunden bis zum Polizeiposten Kolin.»

«Glaubst du, wir schaffen das?»

«Wir haben gute Karten, weil De Lucas Leute uns weiter oben vermuten dürften. Haben wir erst einmal den Kolinplatz erreicht, stehen wir mitten in der Öffentlichkeit. Da kann uns keiner etwas tun, ohne dass es jeder sieht. Das Überraschungsmoment liegt auf unserer Seite.»

Sie erreichten die Sankt-Oswalds-Gasse, wo der Bohlbach in der engen Röhre im Boden verschwand. Hier stiegen sie über das Metallgeländer in die Gasse hoch und stellten sich hinter einen geparkten Lieferwagen. Anna machte auf ihn nicht den Eindruck, dass sie am Ende ihrer Kräfte wäre.

«Bereit?»

Anna nickte, und sie eilten in eine enge Gasse zwischen die Häuser der Altstadt.

***

Ventimiglia wollte nicht darauf vertrauen, dass sie die zwei umzingelt hatten. Etwas sagte ihm, dass die Frau kein Problem darstellte, sie den Kerl aber auf keinen Fall unterschätzen durften. So wie der Makani zugerichtet hatte, hatten sie es nicht mit einem gewöhnlichen Bürger von der Strasse zu tun.

Er wählte Damianos Nummer, der sofort ranging.

«Bist du im Auto?»

«Ruggero, ja, ich stehe daneben.»

«Wo genau?»

«Direkt vor dem Haupteingang des Obergerichts.»

«Uns läuft die Zeit davon. Sollten die zwei es in die Innenstadt schaffen, verlieren wir sie.»

«Das packen die nicht.»

Das glaubte Ventimiglia auch nicht, doch sie mussten es um jeden Preis verhindern.

«Du und Ruggero fahrt sofort runter zum Kolinplatz und verteilt euch. Sie dürfen den Polizeiposten nicht erreichen. Findet ihr sie, dann jagt ihr sie in eine Gasse, wo es weniger Zeugen gibt. Haltet sie um jeden Preis von der Polizei fern.»

Das nächste Risiko sah Ventimiglia darin, dass die zwei sich in der Innenstadt aufteilten und in Häusern und Geschäften verstecken konnten. Egal. Sie würden sie finden.

Bevor das Gespräch beendet war, hörte Ventimiglia, wie der Motor des Alfas aufheulte. Er selbst eilte in die Kirchenstrasse und ging links an der Burg Zug vorbei.

Er konnte förmlich spüren, dass sie nahe waren.

Er schob seine Hand unter sein Sakko und legte den Daumen auf den Sicherungshebel. Er brauchte nicht mehr als ein freies Schussfeld und maximal fünf Sekunden. Fünf Sekunden reichten für vier gut platzierte Projektile.

Mit der Glock auch auf zwanzig Meter kein Problem. Jedenfalls nicht für ihn.

***

Daniel eilte mit Anna an der Hand durch die enge gepflasterte Gasse zwischen Hotel Ochsen und einer Krypto-Bank hindurch und hinaus auf den Kolinplatz. Beim Kolinbrunnen überquerten sie den ersten Zebrastreifen und zwangen eine Autofahrerin in ihrem rosaroten Porsche Cayenne zu einem ruppigen Bremsmanöver. Die Frau hupte genervt, und sie erreichten die Fussgängerinsel in der Mitte der Kreuzung. Beim Überqueren der zweiten Strassenhälfte wollte Anna sofort losrennen, aber Daniel hielt sie an der Hand zurück.

«Nicht die Nerven verlieren.» Das konnten sie sich auch auf den letzten Metern nicht leisten. «Halte die Augen offen. Wenn du jemanden siehst, der dir nicht passt, sag es mir, und wir rennen los.»

Sie überquerten den Platz vor der Weinbar Felsenkeller, und Daniel spähte in die Gasse hinein, in der sich der Eingang zum Polizeiposten befand. Keiner da. Auch nicht in den verwinkelten Hauseingängen.

Er beschleunigte und zog Anna hinter sich her. Die Tür zum Polizeiposten stand offen, und ein Mann trug eine Kiste in das

Gebäude. Sie schlüpften hinter ihm durch die Tür in den engen Eingangsbereich, und eine riesige Last fiel von Daniel ab.

Beide blickten durch die Glastür zurück in die Gasse und versicherten sich, dass keiner von De Lucas Männern draussen stand.

«Gott sei Dank», wimmerte Anna mit Tränen in den Augen.

Der Polizist hatte die Kiste abgestellt. Neben ihm stand eine junge Polizistin. Beide musterten sie von Kopf bis Fuss, und die Polizistin sprach sie an: «Was ist denn mit Ihnen passiert?»

Für jemanden, der nicht wusste, was sie hinter sich hatten, gaben sie mit Sicherheit einen ziemlich verstörenden Anblick ab. Schmutzig, klatschnass und Blut im Gesicht und auf den Kleidern.

Daniel war ausser Atem, seine Hände zitterten. «Gestatten, die Garveys. Einmal mehr mit *Troubles* im Gepäck.»

Die Uniformierten hatten keine Ahnung, was er damit sagen wollte, und schauten sich fragend an.

***

Damiano und Ruggero hatten im dritten Auto vor dem Fussgängerstreifen gesessen und zusehen müssen, wie die zwei über den Kolinplatz geeilt waren. Tatsächlich hatte das Paar den Polizeiposten am Kolin erreicht, bevor er den Wagen aus der Kolonne hatte lenken und vor dem Zytturm parkieren können. Damiano war noch auf der Strasse ausgestiegen und ihnen hinterhergerannt. Chancenlos.

Damiano hatte Ventimiglia am Draht. «Deine Idee mit dem Polizeiposten war goldrichtig. Nur ist es zu spät. Sie haben ein paar Sekunden vor uns den Platz überquert.»

«Sag mir, dass sie nicht bei der Polizei sind.»

«Doch, sind sie. Ich sehe sie in der Eingangshalle des … nein, warte.» Damiano spähte um die Ecke und durch den Glaseingang des historischen Polizeigebäudes. «Eine Polizistin führt die beiden die Treppe hoch.»

«Scheisse!», schrie Ventimiglia. «Weisst du, was das bedeutet?»

«Ja, weiss ich. Wie lautet dein Befehl?»

«Sie dürfen nicht aussagen. Du musst es hinkriegen, dass die beiden nicht befragt werden. Lenkt die Bullen ein paar Minuten ab. Lasst euch etwas einfallen. Ich bin gleich bei euch.»

Ventimiglia sprintete die Kirchenstrasse runter und überlegte sich drei Alternativen, wie sie das Ruder herumreissen konnten. Aber keine der Optionen gefiel ihm.

***

Forster sass im «Giardino» über einer Pizza mit Knoblauch, reichlich Oliven und Kräutern. Von der Bahnhofstrasse drang der Strassenverkehr in den Innenhof, und die Luft stand hier wie in einem Kochtopf. Eigentlich war es viel zu heiss, um zu essen, aber er musste neue Energie schöpfen. Das Mittagessen war der beste Grund, der Arbeit zu entfliehen.

Als sein Mobiltelefon vibrierte, wollte er zuerst zu stillen Flüchen ansetzen, erkannte aber auf dem Display Elenas Büronummer. Seine Nichte. Sie war ein Sonnenschein, und ihren Anruf nahm er gern entgegen.

Elena war die Tochter seiner Schwester, sein Patenkind, und sie war sein ganzer Stolz. Wegen ihm war sie auf die Polizeischule gegangen, hatte mit verdammt guten Noten abgeschlossen, und in den Sportdisziplinen liess sie manchen männlichen Kollegen dumm aussehen. Es war eine Frage der Zeit, bis sie eine Einheit kommandierte oder es zu einer hervorragenden Ermittlerin brachte. Forster hoffte dabei immerzu, dass sie ihr jugendliches, freundliches Gemüt wegen des Berufs nicht verlieren würde. In diesem Job war das nicht so sicher.

«Ciao, Elena. Bist du nicht im Mittag?»

«Nein. Ich wollte mir etwas zu essen holen, aber vor mir im Büro sitzen ein Herr Garvey und … Augenblick. Wie?»

«Anna Berger.»

«Ganz genau. Du kennst die beiden?»

Er wünschte sich, den beiden nie begegnet zu sein, doch es war so, wie es war.

«Sie wollen nur mit dir reden.»

Forster fiel eine Last von der Seele. Der Umstand, dass Garvey und Berger sich selbst bei der Polizei gemeldet hatten, war beruhigend. Besser so als andersrum. Andererseits fragte er sich, wie lange es dauern würde, bis die zwei wieder Ärger machten.

«Okay, hör mal. Ich wäre froh, wenn du die zwei nicht aus den Augen lässt. Ich erkläre dir später, weshalb. Ich sitze vor meinem Mittagessen. Nur noch zwei, drei Stücke von der Pizza und in zehn, spätestens fünfzehn Minuten bin ich bei euch.»

«Du solltest besser sofort aufbrechen.»

«Was haben sie diesmal angestellt?»

«Eigentlich nichts.»

«Das glaube ich dir nicht.»

«Komm hierher und hör dir ihre Geschichte an. Sehen musst du sie auch mit eigenen Augen, denn das kann man nicht beschreiben.»

«Bitte sag mir, dass Garvey sich nicht mit Frankie De Luca angelegt hat.»

«Doch, das hat er.»

Forster war nun bereit, alles zu glauben. «Scheisse! Ich komme sofort.»

Er klemmte Geld unter den Tellerrand, winkte dem gross gewachsenen Kellner zum Abschied zu und eilte durch den Innenhof davon.

15

Auf der Rückseite der Tür zum Büro der Polizistin klebte ein Spiegel, und Daniel musterte sein malträtiertes Gegenüber.

«Ein paar Tage Ruhe», meinte Anna, «danach wirst du wieder ganz der Alte sein.»

Doch ein paar Tage voraus wollte Daniel gar nicht denken. Sie befanden sich bei der Polizei, und diesmal sogar freiwillig. Das war zwar ein erster Schritt in Richtung Sicherheit, aber was mochte noch kommen? Wie lange würden sie sich vor De Luca und seinen Schlächtern verstecken müssen?

Er wusste nicht einmal recht, warum die alle hinter ihnen her waren. Das Einzige, was ihm klar erschien, war, dass sein Gegner heute nicht Conor Garvey hiess. Für einmal stand sein Leben nicht im Kernschatten Belfasts, sondern in jenem Frankie De Lucas. Daniel hatte keine Ahnung, wie man einen Mafioso loswerden konnte.

Ein Knall im Flur.

Daniel und Anna zuckten wie einstudiert zusammen und horchten.

Fünf oder sechs Schüsse hämmerten durch das Polizeigebäude, und Patronenhülsen klingelten auf dem Granitfussboden.

Daniel zog sich von der Tür zurück und ging neben dem Schreibtisch der Polizistin in Deckung. Anna kauerte sich hinter ihn.

«Sind sie das?», flüsterte Anna mit bebender Stimme.

Daniel brachte kein Wort heraus. Er nickte und war paralysiert. Wer sollte es sonst sein?

Die Bürotür flog auf, und Daniel ballte die Fäuste. Er konzentrierte sich darauf, wenigstens Anna abzuschirmen. Die Gestalt im Türrahmen war die junge Polizistin von vorhin, in ihrer Rechten die gezogene Dienstwaffe. Ihre blaue Uniform und die Schussweste waren mit Blut besudelt.

«Kommen Sie, schnell!»

Die Polizistin stellte sich vor die Tür in den Flur und zielte mit der Waffe zur Treppe, die nach unten führte.

Daniel und Anna folgten ihr, und sie zeigte die Treppe ins zweite Obergeschoss.

«Gehen Sie da hoch. Ganz hinten rechts einschliessen. Sofort!»

Sie gehorchten, eilten die Treppe hoch, und die Polizistin blieb im ersten Stock zurück.

Daniel spurtete mit Anna an der Hand den Flur ganz nach hinten und öffnete die letzte Tür rechts, während unten die nächsten Schüsse durch das Haus donnerten.

Eine Salve folgte der anderen, dazwischen beklemmende Ruhe und einzelne Rufe.

Nachdem sie den Raum betreten und Anna die Tür von innen verschlossen hatte, schwiegen die Waffen für einen Moment. Eine Männerstimme kläffte Kommandos, deren Inhalt Daniel nicht verstehen konnte. Die Stimme konnte er auch nicht zuordnen.

«Daniel, hier!»

Er drehte sich zu Anna um, und die stand am offenen Fenster der Toilette.

«Hier geht's lang.»

Er stellte sich zu ihr und schaute aus dem Fenster. Die Gasse war gut fünf Meter breit, und nach unten ging es zwei Stockwerke tief bis zum Kopfsteinpflaster.

«Nicht da.» Sie stupste ihn an und zeigte nach links.

Tatsächlich. Das Ziegeldach des Nachbarhauses reichte direkt an das offene Fenster heran, sodass sie es mit einem normalen Schritt problemlos betreten konnten.

Er half Anna auf das Fenstersims und hielt ihre eine Hand fest, bis sie sicher in der Dachrinne des Nachbarhauses stand und sich zur Lukarne mit dem offenen Fenster zog. Umständlich kletterte sie durch das Fenster und blieb mit dem Sommerkleid an einem Fensterflügel hängen. Der Stoff riss ein, und er sah ihr nacktes Bein. Dann trat Daniel auf das Fenstersims.

Hinter ihm donnerte die nächste Salve aus dem Lauf einer Waffe, und Holz splitterte aus der Tür, die sie eben erst hinter sich abgeschlossen hatten.

Ohne zu denken, sprang Daniel auf das Ziegeldach, stiess sich mit einem Bein ab und tauchte Kopf voran Anna hinterher durch das offene Fenster der Lukarne.

Während er sich nach dem Aufprall auf dem Fischgratparkett sammeln musste, schloss Anna das Fenster, zog ihn durch die Mansarde in einen Flur hinaus und von da in ein Treppenhaus.

«Hey, was soll das?», schrie ihnen eine Frauenstimme hinterher, doch sie sahen sich nicht um.

Sie wollten einfach nur weit weg. Immer weiter und auf keinen Fall zurückblicken.

Die Holzstufen ächzten unter ihren Schritten, und sie schraubten sich das Treppenhaus hinunter bis ins Erdgeschoss.

***

Forster stand unterhalb des alten Kastanienbaums in der oberen Hälfte des Landsgemeindeplatzes und war sich zuerst nicht sicher. Hatte er umfallende Bretter gehört, oder waren es Schüsse? Schüsse in der Innenstadt? Nicht wirklich, oder?

Er hörte zwei Schüsse von irgendwo da oben am Kolinplatz. Zum ersten Mal seit langer Zeit zog Forster zwischen Passanten seine Dienstwaffe und stürmte los, den Lauf der Waffe schräg vor sich auf den Boden gerichtet, den Finger schussbereit am Abzug.

Die Passanten auf dem Platz stoben auseinander.

Als er das Ende des Platzes fast erreicht hatte, schlug in der Häuserzeile rechts von ihm eine Tür auf. Zwei Gestalten stürmten direkt auf ihn zu, und er riss reflexartig die Waffe hoch und zielte auf die Brust des Mannes.

Daniel erstarrte beim Anblick der gezogenen Waffe und drängte Anna zurück.

«Garvey?»

«Forster, nehmen Sie das verdammte Ding runter!»

«Was zum Teufel haben Sie diesmal angestellt?»

«Nichts! Es sind De Lucas Leute», keuchte Anna. «Sie schiessen auf uns.»

Oben in der Gasse knallte ein Schuss, und das verirrte Projektil zischte an ihnen vorbei über den Platz.

Forster feuerte zwei Schuss in Richtung des Polizeipostens, und Daniel rannte mit Anna los. Forster folgte ihnen.

Der ganze Platz war in Bewegung. Eine Masse an Passanten eilte über den Platz. Manche flohen runter zum See, andere in die Restaurants. An den Tischen der Brasserie und jenen des mediterranen Restaurants weiter oberhalb stolperten die Leute über Stühle und die eigenen Füsse. Sie gingen unter den Tischen in Deckung, und Sonnenschirme fielen zu Boden.

Daniel, Anna und Forster liefen mitten hindurch in die enge Gasse hinter dem Hotel Löwen und runter in Richtung Zugersee.

Hinter Daniel und Anna krachten weitere Projektile in eine Gebäudefassade.

«Schneller!», schrie Forster von schräg hinter ihnen. «Einer folgt uns.»

Daniel rannte nach rechts über leere Parkfelder und in Richtung Regierungsgebäude und Vorstadt. Er war so schnell, dass Anna hinter ihm herstolperte.

Beim Parkplatz vor dem Regierungsgebäude schoss ein Renault Twingo mit quietschenden Bremsen an ihnen vorbei. Der Wagen kam zum Stillstand, und die Beifahrertür schnellte auf.

Reflexartig ging Daniel in Deckung und riss Anna hinter sich her zwischen parkierte Motorräder. Er erkannte den Fahrer. Sein Mund blieb ihm offen stehen, und bloss durch seine Instinkte gesteuert, drängte er Anna durch die offene Tür des Twingo.

«Auf den Rücksitz. Schnell!»

Anna kletterte nach hinten, vorbei an dem Fahrer, der nach Zigarettenrauch stank.

«Wer ist das?», schrie sie hysterisch.

«Nicht jetzt. Mach schneller.»

Daniel stiess Anna in das Auto, knallte den Beifahrersitz nach hinten und warf sich in den Wagen.

Forster schrie ihnen hinterher.

«Schliessen Sie sich zu Hause ein. Ich komme nach!»

Daniel verrenkte sich, sah in den Aussenspiegel und beobachtete Forster, wie der hinter einer abgestellten Ducati Monster in Deckung ging und die Waffe in die Gasse richtete, aus der sie gerade eben gestolpert waren.

Der Twingo ruckte und beschleunigte. Trotz des Rotlichts schossen sie über den Postplatz nach links in die Bahnhofstrasse. Der Wagen rempelte den Randstein an und fädelte sich in den dichten Mittagsverkehr in Richtung des Park Towers ein.

***

Ventimiglias Adrenalinspiegel war dermassen hochgefahren, dass er kaum ruhig in sein Mobiltelefon sprechen konnte. In der einen Hand das Telefon, stand er mit gezogener Waffe an einem Fenster im zweiten Obergeschoss und blickte auf den oberen Landsgemeindeplatz und in die Gasse. Er hielt Ausschau für den Fall, dass noch ein bewaffneter Polizist auftauchen sollte.

«Wo bist du?», wollte er von Frankie wissen.

«Ich habe das Büro geräumt und fahre gleich los.»

«Es bleibt keine Zeit mehr. Du musst sofort losfahren. Die zwei sind entkommen.»

Ein Augenblick der Stille.

«Wie schlimm ist es?»

Ventimiglia brauchte nicht zu antworten. Draussen im Flur fiel ein Schuss, gefolgt von einer Triplette aus einer anderen Waffe. Er kannte den Klang dieser zweiten Waffe, und damit war der letzte Widerstand gebrochen. Er spähte durch den Türrahmen in den Flur hinaus, und die Polizistin lag auf dem Fussboden.

«Was ist los bei euch?», knurrte Frankie ins Telefon.

«Wir sind an die Polizei geraten. Jetzt verlass endlich die Stadt, solange es noch möglich ist.»

«Sag den Männern, sie sollen die zwei jagen. Koste es, was es wolle. Jetzt gibt es keine Spielregeln mehr. Hauptsache, sie können nicht mehr sprechen. Beseitige alle Spuren.»

«Ja, Boss.»

«Ich meine wirklich alle. Verstehst du mich? Es gibt Dokumente und Aktenordner. Die müssen alle weg. Du musst in grossen Schritten denken.»

«Ich verstehe dich sehr gut.»

Ventimiglia beendete das Gespräch und ging mit gezogener Waffe auf den Flur hinaus. Die Polizistin lag in ihrem Blut auf dem Granitboden und atmete schwer. Er trat ihr die Dienstwaffe aus der Hand und sah in ihr Gesicht. Ihre Augen erzählten, was er bereits kannte. Die traurige Geschichte von Schmerz und der Furcht vor dem eigenen Ende.

«Wir sind keine Unmenschen», bellte er Ruggero zu. «Erlöse sie.»

Zielstrebig ging Ventimiglia die Treppe hinunter ins Erdgeschoss. Als er den Eingangsbereich durchschritt, fiel im Gebäude über ihm der letzte Schuss.

Er spazierte über den Kolinplatz, als ob nichts geschehen wäre. Die Waffe unter dem Sakko, leichtfüssig, als ob er gerade aus einer Vorstellung im Ballett gekommen wäre. Auf dem Platz sah er keine Fussgänger. Alle hatten sich in die umliegenden Gebäude und Gassen zurückgezogen. Die Kreuzung war in einem Chaos von hupenden Autos versunken. Die Mittagshitze lag bleischwer in den Gassen.

16

Als sie Daniels Wohnung im achtzehnten Stockwerk des Park Towers erreichten, tauchten sie in die kühle Luft ein, und Bodo liess sie kaum recht eintreten. Anna begrüsste er überschwänglich, Daniel nahm er zur Kenntnis, und Conor knurrte er an. Genau so sollte es sein. Guter Hund.

Sie schlossen die Wohnungstür ab, und Anna wollte wissen, wer der Fremde war, der sie hergebracht hatte.

«Das ist mein Onkel.»

Daniel sagte dies, und seine Engegefühle in der Brust waren da wie angerührt. Vor seinem inneren Auge wechselten die Bilder sich ab. Er im Kleiderschrank im Dunkeln. Die Tür wurde von aussen geöffnet, und Tante Shavon stand mit verheulten Augen vor ihm. Daniel sah auch das Gesicht seiner Mutter und zwischen den beiden den Teufel: Conor Garvey.

Er schob die Bilder von sich und wandte sich von Conor ab. Er ging duschen. Der kalte Wasserstrahl schwemmte eine Mischung aus Dreck, Blut und Schaum des Duschgels in den Ablauf.

Als er wieder in den Wohnraum zurückkehrte, sass Conor auf einer Ecke des Sofas, als ob er sich nicht ganz hätte hinsetzen können, weil bereits zu viele draufsassen. Offensichtlich hatte er seinen Status richtig erkannt.

«Fühle dich hier nur nicht zu wohl», warf Daniel Conor an den Kopf, und der mied seinen Blick wie ein gescholtener Köter.

«Was ist los zwischen euch beiden?», mischte Anna sich ein und kraulte Bodos Nacken.

«Er ist hier nicht willkommen und geht auch gleich wieder.»

Hätte dieser Tag Daniel nicht bereits alles abverlangt und sein Kopf nicht gebrummt wie nach einem Zusammenstoss mit einem Schnellzug, hätte er Gefallen daran finden können, ein

Fenster zu öffnen und Conor die achtzehn Stockwerke hinunterzuwerfen.

Die Türklingel ertönte. Keiner in der Wohnung wagte es, auch nur ein Wort zu sagen. Selbst Bodo blickte stumm zur Tür. Daniel ging hin, sah durch den Türspion und öffnete.

Forster trat ein, atmete schwer, und so wie sich Daniel erinnerte, sah er ihn zum ersten Mal mit Schussweste.

«Ich kann nicht lange bleiben. Es bleibt nur für das Nötigste Zeit.»

Forsters Miene war wie aus Granit gehauen, die Haut bleich, und er zeigte keinerlei Emotion. Daniel erkannte eine Leere in seinen Augen.

«Bei dem Schusswechsel sind drei Polizisten gestorben. Gute Kollegen.» Er zögerte. «Und meine Nichte.»

Sie schwiegen.

«Ihre Nichte?»

«Sie hiess Elena.»

«Das tut uns sehr leid.» Annas Stimme klang traurig und müde. Bodo studierte die Menschen um ihn herum und wich nicht von Annas Seite.

«Lassen Sie die Vorhänge zu, vor Ihrer Tür stehen ab sofort zwei Polizisten.» Forster wandte sich an Daniel. «Sie werden anständig mit den beiden umgehen, denn die sind ausschliesslich zu Ihrer Sicherheit hier. Wenn die zwei Kommandos geben, gehorchen Sie. Ist das klar?»

Daniel nickte und sah durch den Türspion raus in den Flur. Ihre beiden Bewacher trugen Schutzwesten, Stahlhelme und Schnellfeuerwaffen.

«Ich brauche so viele Informationen von Ihnen, wie Sie haben. Ich muss alles wissen. Was ist in den letzten zwei Tagen –»

Forsters Mobiltelefon klingelte, und er ging ran. «Ja?»

Pause.

«Genau da bin ich.»

Wieder eine kurze Pause.

«Ja, das forensische Institut kannst du mir durchstellen.»

Die dritte Pause war länger.

«Also stammt der Abschiedsbrief nicht vom Richter selber? … Klar verstehe ich es. Mit überwiegender Wahrscheinlichkeit nicht von ihm heisst, der Brief ist eine Fälschung … Okay. Melde bitte dem Staatsanwalt, dass er ein Verfahren eröffnen soll … Ja, ein Tötungsdelikt. Er soll ab dem Vakuumbeutel mit dem Geld die DNA- und Dakty-Auswertungen in einen Expressauftrag umwandeln.»

Daniel folgerte, dass dieses Dakty-Zeug mit Fingerabdrücken zu tun haben musste.

Erneut eine längere Pause.

«Logisch geht das. Bei Tötungsdelikten ist es immer eine Expressauswertung. Ich muss Schluss machen. Tschüss.»

Er sah wieder zu Daniel und Anna. «Entschuldigen Sie. Seit Sie wieder aufgetaucht sind, ist die Hölle los. Aber das wissen Sie ja selber. Hier ist meine erste Frage: Haben Sie in der Nähe Angehörige, die man leicht ausfindig machen kann?»

Anna riss die Augen auf. «Meine Eltern.»

«Nennen Sie mir Wohn- und Arbeitsorte, ich lasse sie abholen und hierherbringen.»

Sie gab Forster, was er wollte, und Daniel verstand sofort, dass sie noch länger keine Zeit finden würden, um in Zweisamkeit zu versinken. Eigentlich hatte er doch nur mit ihr die Zeit verbringen und ihr den versprochenen Ring kaufen wollen. Den Sommer geniessen. Aber nein, der Spielstand stand bald vier zu null für die Gegenseite.

Störenfried Nummer eins: der Hund, der gehütet werden musste. Störenfried Nummer zwei: Conor Garvey war aus der Hölle emporgestiegen und störte mehr als alles andere. Und schon folgten auch gleich Nummer drei und vier: die Schwiegereltern. Ganz toll. Annas Eltern waren zwar angenehme Menschen, doch er hätte lieber seine Ruhe gehabt. Schlafen. Essen. Stattdessen dröhnte ihm der Schädel, und er sah keine Chance, dass es endlich still werden würde.

Er holte sich im Bad zwei Schmerztabletten und spülte beide auf einmal runter.

Warum immer wieder er?

***

Im Heck des dahingleitenden Wagens reckte und streckte Frankie De Luca sich auf dem weichen Leder der Rückbank. Der Fahrer lenkte den Wagen den Sempachersee entlang in Richtung Westen, und Frankie tippte eine Kurznachricht für Ventimiglia.

«Hole bitte die Akten beim Anwalt sofort ab. Ich werde dir durchgeben, wo ich heute zu Abend essen werde, damit du für mich vorbestellen kannst.»

Er tippte auf das Senden-Symbol, rieb sich seine müden Augen, und zwischen Bäumen hindurch erhaschte er links von sich einen Blick vom still daliegenden See. Am liebsten hätte er auf jemanden eingeprügelt, aber das machte keine der Pannen der letzten Tage rückgängig. Er musste sich beruhigen und klare Gedanken halten.

Irgendwann hatte es so weit kommen müssen. Er hatte es immer gewusst und auch gespürt. In diesem Geschäft spürte man die Risiken beinahe täglich. Nur dass es genau jetzt passieren musste, war ein verdammter Jammer. Gute Deals hatten angestanden, die ihn steinreich gemacht hätten. Nie wieder arbeiten müssen und seine zweite Frau Romina neben ihm auf dem Sonnendeck, während ihre kleine Teresa das Leben im Pool hätte geniessen können. Ausgesorgt für alle Zeiten. Ja, gut. Die beiden hatten ohnehin ausgesorgt, aber ein noch grösseres Polster hätte auch nicht geschadet.

Der Wagen beschleunigte und setzte zu einem Überholmanöver an.

Scheisse, was sollte das?

«Fahren Sie nicht zu schnell. Ich will nicht auffallen, klar?»

Der Fahrer nickte, wechselte zurück auf die rechte Spur und hielt sich streng ans Tempolimit.

Immerhin, sein grösstes Glück war gewesen, dass Romina mit Teresa seit zwei Wochen zwischen Veranda, Strand und Disney World Orlando pendelte. Er wäre untröstlich gewesen, hätte Teresa miterleben müssen, wie sie alle Hals über Kopf das Haus hätten verlassen müssen. In seinen Augen war diese Welt nichts mehr für Kinder. Keiner nahm mehr Rücksicht auf die Kleinen.

Es würde schon so schwer genug werden, der Kleinen zu erklären, dass sie ihr Zimmer und all ihre Puppen nicht wiedersehen würde.

Es liess ihn nicht mehr los, also wählte er Rominas Nummer, um ihr zu sagen, dass sie Teresa schöne Dinge kaufen sollte.

«*Carissima.* Ihr glaubt nicht, wie sehr ich euch vermisse. Geht es euch gut? … Toll! Grüsse Teresa von mir. … Ja, ich werde bald bei euch sein. Wir werden zu dritt am Strand spazieren, Muscheln sammeln und gut zu Abend essen.»

Sie würden nicht lange in Florida bleiben können, denn mit den USA bestand ein Auslieferungsabkommen. Bis zu dem Moment, wo sie alle neue Identitäten hatten und Teresa ihren neuen Namen in- und auswendig kannte, war auch Nordamerika kein sicherer Hafen. Selbst draussen auf den Keys stellten die Vermögensverwalter heute zu viele Fragen.

***

Nachdem Daniel und Anna die ganze Geschichte im Schnelldurchlauf erzählt hatten, machte Forster ein längeres Telefonat und gab die Informationen an die Einsatzzentrale weiter.

Daniel vermutete, dass die Luft für De Luca und seine Bande nun sehr schnell sehr dünn werden würde. Zumindest hoffte er dies, denn so richtig traute er Forster und dem Rest der Welt immer noch nicht.

Conor stand neben ihnen, wechselte ständig von einem Fuss auf den anderen und wollte schliesslich von Daniel wissen, ob er irgendwie helfen könne. Beim Klang seiner Stimme reagierte wiederum Daniels Körperchemie. Der Schweiss schoss ihm aus den Poren. Seine Hände zitterten, und die Atmung wurde flach. Mutters Gesicht und der Klang ihres Weinens geisterten durch seinen Schädel.

Daniel zeigte auf Conors Gesicht und war sofort wieder im Kampfmodus.

«Erzähl mal, Conor», zischte Daniel ihn an. «Wie konntest du da draussen genau zur richtigen Zeit zur Stelle sein und uns abfangen? Du bist mir gefolgt.»

«Ich bin dir seit unserer ersten Begegnung gefolgt. Ich habe erst nicht verstanden, was hier los ist, bis du in dieses moderne Haus am Berghang oben eingestiegen bist und euch diese Leute durch die Stadt gejagt haben. Ich war immer in der Nähe.»

Der Gedanke, dass Conor in ihrer Nähe gewesen war und er ihn nicht einmal bemerkt hatte, trieb Daniel abermals den Schweiss aus.

«Ich habe dir gesagt, du sollst von hier verschwinden. Keiner braucht dich. Im Gegenteil, der Welt geht es besser, wenn du unter der Erde liegst.»

Conor wollte sprechen, doch Daniel gab ihm nicht die Gelegenheit.

«Verschwinde! Du bist hier nicht willkommen und wirst es auch niemals sein.»

«Er ist ein Verwandter, nicht wahr? Wer ist er?», wollte Forster wissen.

«Darf ich vorstellen?» Daniel schrie beinahe. «Mein lieber Onkel Conor. Das schwarze Schaf der Familie und in meiner zweiten Heimat einer der prominentesten IRA-Bombenleger. Solange er in der Stadt ist, sollte die Polizei ihn keine Sekunde aus den Augen lassen.»

«Auch das noch», entfuhr es Forster. «Gibt es in Ihrem Umfeld wenigstens eine Grossmutter, die keine Zähne mehr hat, strickt und einfach nur am Fenster sitzt?»

«Nein, gibt es nicht. Der gute Conor hier ist das stolze Überbleibsel meiner Familie.» Daniels Stimme bebte. «Er hat in einem Pub in Belfast seine Bombe unter dem Bartresen versteckt und damit seinen eigenen Bruder in die Luft gesprengt.»

Daniels Wut brachte ihn fast um den Verstand. Er stand kurz davor, auf Conor loszugehen.

«Seinen Bruder? Er hat deinen Vater getötet?», rief Anna dazwischen und konnte das Entsetzen in ihrer Stimme nicht verbergen.

«Ganz genau. Willkommen bei den Garveys. Mein Vater wollte die Leute aus dem Pub hinaus in Sicherheit treiben. Aber Conor wollte das nicht, also hat er seine verdammte Bombe gezündet und den eigenen Bruder zerfetzt.»

Obwohl Conor kein einziges Wort Deutsch sprach, musste er sehr genau verstanden haben, worum sich das Gespräch gerade drehte. Sein Blick zeigte zum Boden, und er sagte nichts.

Als Conors Blick wieder zu ihnen hoch fand, platzierte Anna ihm eine Faust mitten ins Gesicht. Der Schlag klatschte laut, und Conor wankte.

Keiner bewegte sich oder sprach. Daniel nahm Anna schützend hinter sich.

«Siehst du? Du bist hier nicht willkommen. Verkriech dich irgendwo und komm nie mehr hierher.»

Conor wandte sich zur Tür, drehte sich aber noch einmal um.

«Ich gehe. Bitte versprich mir –»

«Du bist der Letzte, dem ich einen Gefallen tue.»

«Es geht nicht um mich. Es betrifft deine Tante Shavon. Sie kann nichts für all das, was passiert ist. Sie hat sich von mir scheiden lassen, als ich im Gefängnis war.»

«Willst du ihr dies verübeln?»

«Nein, Daniel. Ich will, dass du dich bei ihr meldest, bevor es ihr das Herz bricht wie deiner Mutter damals. Sie vermisst euch alle sehr. Sie geht nicht mehr raus und spricht nicht einmal mehr mit ihren Nachbarn. Sie gibt sich langsam auf, genau wie deine Mutter. Sie braucht dringend Hilfe, und ich bin der Falsche dafür. Ich kann ihr nicht helfen.»

Daniel baute sich Nase an Nase vor Conor auf.

«Vergiss es. Du kannst deine Sorgen nicht auf mich übertragen. In meiner Familie lebt keiner mehr, und deine Familie ist nicht meine. Dein Land ist für mich gestorben, und du stirbst bei der nächsten Gelegenheit, wenn du nicht endlich diese Stadt verlässt.»

Zuerst beklemmende Stille, und endlich ging Conor. Ohne zurückzublicken, zog er die Wohnungstür hinter sich zu. Forster wusste nicht, was sagen, und Anna massierte sich die Hand.

17

Ventimiglia suchte Rechtsanwalt Hürlimann in dessen Kanzlei gegenüber der Einkaufsallee Metalli auf und trug seinen kleinen Rucksack über eine Schulter gehängt. Bei der Haustür wusste er, dass er hier richtig war. Am Briefkasten des Anwalts hingen mehr Namen von Aktiengesellschaften und Holdings, als es Stockenten auf dem Zugersee gab. Die Gesellschaftsnamen waren in sehr kleiner Schrift gehalten, andernfalls hätte Hürlimann damit die ganze Eingangstür tapezieren müssen.

Die Sekretärin war heute nicht da, und Hürlimann bat ihn persönlich, einzutreten.

«Espresso?»

«*Grazie, no.* Ich habe wirklich nicht viel Zeit.»

Ventimiglia setzte sich in einen bequemen Ledersessel und legte den Rucksack ab. «Frankie will sich früher als geplant zur Ruhe setzen. Er dankt Ihnen für Ihre Dienste, und ich soll alle offenen Rechnungen begleichen.»

«Tatsächlich? Wieso derart übereilt? Ist er mit meinen Leistungen nicht mehr zufrieden?»

«Das mit seinem Sohn hat ihn zwar verärgert, aber dies hier hat nichts mit Ihnen zu tun.»

«Hat es mit den Dingen zu tun, die heute in der Stadt vorgefallen sind?»

Ventimiglia schenkte ihm einen stechenden Blick.

«Ich bin in Eile. Konzentrieren Sie sich also bitte auf das Wesentliche.»

«Was kann ich für Signor De Luca tun?»

«Sie sollen mir bitte alle Unterlagen und Datenträger zu ihm aushändigen. Auch die Kopien. Danach begleiche ich die offenen Rechnungen. Er will das sofort erledigt haben.»

Hürlimann schaute überrascht aus seinem feinen Anzug, nickte und ging in sein Büro hinüber, um alles vorzubereiten.

Nach ein paar Minuten der Stille in der Kanzlei reihte Hürlimann zwei Bundesordner mit Akten, drei Daten-DVDs und die Schlussrechnung von über neunzigtausend, exklusive Mehrwertsteuer, vor Ventimiglia auf dem Konferenztisch auf.

«Ist das alles zu den De Lucas?»

Hürlimann nickte nervös. «Ja, natürlich. Wir hatten abgemacht, dass die Akten sich stets nur auf das Allernötigste beschränken. Vieles habe ich gar nie erfasst.»

«Sie sind sich sicherlich im Klaren, dass ich mich persönlich vergewissern muss, dass es keine Kopien gibt. Sie wissen ja, für Signor De Luca steht Vertrauen an erster Stelle. Wenn es um wichtige Angelegenheiten geht, macht er sich hingegen gerne selber ein Bild davon, ob die Dinge ihre Richtigkeit haben. Ich tue das für ihn.»

«Ich halte kein einziges Blatt Papier zurück. Wie geht es denn nun mit dem Kauf der Liegenschaft Bahnhofstrasse 26c weiter? Der Deal ist ja schon durch. Wir warten bloss auf den Grundbucheintrag. Soll ich sehen, ob ich diese Angelegenheit beschleunigen kann? Ich kenne dort jemanden.»

Ventimiglia erhob sich und nahm den Rucksack zur Hand.

«Nein, alle Mandate enden, und zwar mit Frankie De Lucas besten Grüssen an Sie.»

Er zog seine Waffe aus dem Rucksack, und durch den Schalldämpfer klangen die vier Schüsse eher wie vier schnelle Schläge mit einem Hammer. Noch bevor Hürlimann auf dem Boden aufschlug, hatten alle vier Projektile die Lungenflügel getroffen.

Ventimiglia war glücklich. Diese Schussfolge war zwar eine Vorsichtsmassnahme gewesen, damit der Schleimer von Anwalt keinen Atemzug mehr machen konnte. Darüber hinaus aber war dieses Schussbild sein persönlicher Sport gewesen. Bis zum Aufschlag auf dem Boden vier präzise Schüsse zu platzieren, war keine leichte Übung. Er war immer noch schnell genug dafür, und das machte ihn glücklich.

Hürlimanns leblose Augen schielten an die Decke hoch, und

Ventimiglia sammelte die Patronenhülsen ein. Er wischte sich mit dem Taschentuch einen Blutspritzer von seiner rechten Schuhspitze.

«Fühlen Sie sich geehrt», sagte er zum verstummten Hürlimann. «Immerhin haben Sie es länger geschafft als der Richter. Das ist doch auch ein Erfolg.»

Ganz im Sinne der Standesregeln schwieg der Anwalt, und Ventimiglia durchsuchte das Büro. Er hinterliess gezielt kleinere Hinweise, die auf einen Einbruch hindeuten konnten. Dann verliess er mit den Akten, den Datenträgern und dem kleinen Desktopcomputer in der Hand das Gebäude.

Er ging durch die lange Säulenhalle der Einkaufsallee Metalli, die Sonnenbrille auf und der Gang lässig wie auf dem Weg zum Ferienflieger. Mit der freien Hand wählte er auf dem Mobiltelefon die Nummer des Ristorante Al Giardinetto da Severino in Lyon, das in einem versteckten Innenhof in der Rue Bellecordière lag.

«*Une table pour une personne, s'il vous plaît.* … Wie meinen Sie? … Ah, ja. Für heute Abend. Eine Person. Acht Uhr dreissig.»

Er ging weiter und bemerkte, wie menschenleer der kahle Metalli-Platz war. Die Sonne hatte alle in die Häuser vertrieben, und die Hitze, die von dem kargen Platz ausging, kroch an seinen Beinen hoch.

Seit der Schiesserei auf dem Kolinplatz war die Stadt ruhiger als in den Tagen zuvor. Wie leer gefegt. Die Leute mieden selbst die Bushaltestellen und Gartenwirtschaften.

Er konzentrierte sich wieder auf das Telefonat.

«Ich würde das Menü gerne vorbestellen. Per Primo eine Burrata und als Hauptgang Spaghetti mit einem Exemplar eines Scampi.»

Der Mann am Telefon lamentierte.

«Nein, Sie hören richtig. Es soll nur ein Einzelner sein. Auf keinen Fall ein Zweiter. Mein Chef ist da sehr empfindlich. … Wie? … Ja, ich bin mir ganz sicher. Nur einen. *Grazie, ciao.*»

Ventimiglia überquerte die Baarerstrasse in Richtung Kino Gotthard und Bahnhof.

Die Stadt war unglaublich ruhig. Herrlich. Wenn es nicht so heiss gewesen wäre, hätte man sich mitten auf die Strasse setzen können. Es war kaum zu glauben, dass die Strassen in dieser Stadt auch mal schlafen durften. Keine Porsches und Teslas, sondern einfach nur der Mix aus Sonne und Stille, wie wenn alle ihre Siesta abgehalten hätten.

Er fragte sich, ob die vielen Scampi Frankie nicht langsam zum Hals raushingen.

***

Daniel sass auf seinem Sofa und war kein bisschen entspannt. Die Ereignisse der letzten Stunden gingen ihm nach. Conor war zwar weg, aber die Anwesenheit Forsters sorgte auch nicht gerade für Behaglichkeit. Der Ermittler lehnte sich zu ihm vor.

«Als Sie sich in Frankie De Lucas Kleiderschrank versteckt hatten, was genau haben Sie da von deren Gespräch mitbekommen?»

«Eigentlich habe ich nicht viel gehört. Zu Beginn waren es lediglich Wortfetzen.»

«Und was haben Sie gehört, an das Sie sich mit absoluter Sicherheit erinnern können?»

Daniel schloss die Augen und konzentrierte sich. «Ein Mann sagte: Makani hat es erledigt, wie du es gewollt hast. Danach etwas wie: Wir haben die Waffenkisten verladen. Weiter bin ich mir sicher, dass einer sagte, dass sie den Bullen aus der Hütte in die Schlucht geworfen hätten. Er liegt im Bachbett, wo ihn keiner sieht. Genau so hat er es gesagt.»

Forster dachte nach und musterte Daniel. «Sind Sie sich da sicher?»

«Ja. Absolut sicher.»

«Sie haben danach mächtig eins auf die Nuss gekriegt. Kann es sein, dass Sie die Worte durcheinanderbringen?»

«Nein. Bei diesen Sätzen bin ich mir absolut sicher.»

«Wer ist Makani?»

«Ich weiss nicht, was Makani bedeutet. Es müsste ein Name sein. In De Lucas Haus gab es diesen Exoten, der mir ständig eine reingehauen hat. Ich denke, er war damit gemeint. Zu den anderen hätte ein solcher Name eher weniger gepasst. Ich vermute, die anderen waren Italiener. Nur der Koloss war anders.»

In Forsters Kopf schien es wieder zu rattern, und dabei ruhte sein Blick auf Daniel. In ihm kam das gleiche unangenehme Gefühl auf wie letztes Jahr, als Forster ihn in der Einvernahme über drei Stunden lang in die Mangel genommen hatte.

«Was ist?», wollte Daniel wissen. «Was schauen Sie mich so an?»

«Ich überlege mir nur ein paar verfahrenstaktische Fragen. Wären Sie bereit, diese Dinge in einer schriftlichen Einvernahme zu Protokoll zu geben?»

«Wenn es Ihnen hilft, ja.»

«Es wird bestimmt helfen, aber ich will ehrlich zu Ihnen sein. Wer aussagt, gerät nicht selten ins Visier der Beschuldigten. Mit einer Aussage würden Sie Frankie De Luca nicht für sich gewinnen. Sie wissen, dass er ein gefährlicher Gegner ist.»

«Wem sagen Sie das, aber die haben uns ja ohnehin im Visier. Kann es noch schlimmer kommen?»

«Ich weiss es nicht. Ihre Aussage wird ihn ganz sicher nicht besänftigen. Immerhin würden Sie uns Beweise gegen ihn liefern, die wir anders kaum je kriegen könnten. Wir können zwar DNA-Abgleiche und andere Auswertungen durchführen, ohne Aussagen dazu sind solche Beweise jedoch meist schwer zu interpretieren. Sie wären vor Gericht der einzige Zeuge für einen Polizistenmord.»

Daniel verstand. «Ich werde aussagen. Im Gegenzug sorgen Sie dafür, dass Anna unter Schutz gestellt wird. Solange es nötig sein wird.»

«Ich werde klären, was wir da tun können, und Sie sollten sich bis zu dieser Einvernahme überlegen, wie Sie Ihr Einsteigen in Hubers Haus und in De Lucas Villa rechtfertigen wollen. Ganz ehrlich. Wenn's nach mir ginge, scheissegal. Doch Staatsanwälte und Richter sehen das sicher anders. Wenn die wirklich wollen, finden die zu allem einen passenden Artikel im Strafgesetzbuch.»

«Ich werde die volle Wahrheit sagen. Das war eine Notlage, und dabei bleibe ich. Hätte ich nichts unternommen, wäre Anna nicht mehr am Leben. Die wollten ihr jede volle Stunde –»

«Ja, ich weiss, einen Finger abschneiden. Sie brauchen es nicht zu wiederholen. Aber ein Zeuge, der innert ein paar Stunden zweimal in ein fremdes Haus eindringt, ist auch nicht ganz so glaubwürdig. Kapiert?»

«Verstehe ich nicht. Sie sehen ja selber, dass diese Typen Anna entführt haben und zu allem fähig sind.»

«Mir müssen Sie dies nicht erklären, aber andere werden Fragen stellen. Auch wenn Sie Zeuge sind, werden die bei Ihnen nach Leichen im Keller suchen. In Ihrem Fall macht mir das Sorgen.» Forster dachte nach. «Wir machen es so. In den nächsten Stunden schicke ich jemanden für Ihre Einvernahme vorbei. Bis dahin strengen Sie Ihren Kopf an. Sie müssen sehr genau wissen, wie Ihre Geschichte abgelaufen sein soll, denn wenn Sie Mist rauslassen, wird die Staatsanwaltschaft Fragen haben, und die sind ganz bestimmt nicht auf Ihrer Seite. Dafür haben Sie im letzten Herbst viel zu viel Wirbel veranstaltet.»

Daniel verstand, was der Ermittler ihm eintrichtern wollte. Annas Eltern trafen ein, und die Bergers fielen sich erleichtert in die Arme.

Forster erhob sich. «Sie vier und der Hund bleiben hier. Zu Ihrer eigenen Sicherheit. Klar?»

Sie nickten.

«Wo sollten wir hingehen?», fragte Daniel.

«Das weiss man bei Ihnen nie so genau», konterte Forster. «Ich schaue bald wieder vorbei.» Forster zog seine Waffe aus dem Holster, prüfte den Ladezustand und verliess die Wohnung.

***

Ventimiglia stand oberhalb von Zug in einer kleinen Kiesgrube. Unter ihm lag die Altstadt am See, und im Blätterdach der riesigen Bäume zwitscherten die Vögel ein infernales Konzert. Alle paar Sekunden wehte vom Bach, der unter dem Blätterdach zum See runterfloss, die kühle Luft zu ihm herüber.

Vor ihm aus dem rostigen Metallfass loderten die Flammen, und Ventimiglia warf in regelmässigen Abständen Blätter aus den Aktenordnern des Anwalts ins Feuer. Als die beiden Aktenordner leer waren, warf er auch diese hinterher und gab den Desktopcomputer aus der Anwaltskanzlei hinzu. Die Flammen nagten an den letzten Spuren, und der Rauch verfärbte sich schwarz. Aus dem Fass drang der Gestank von verbranntem Plastik. Das Feuer war derart heiss, dass er sich ganz sicher war, dass nichts zurückbleiben würde, was ihnen Probleme bereiten konnte.

Ventimiglia zog sein Mobiltelefon und gab in der Karten-App als Abfahrtsort Zug ein und als Zielort Evian am Genfersee. Dies würde sein erster Zwischenstopp werden. Es war an der Zeit, dass auch er sich aus dem Staub machte.

***

Forster lenkte seinen Dienstwagen zwischen Zugersee und den bunten Häusern der Vorstadt hindurch. Die Sonne glitzerte auf den Wellen, und in den Strassen war kaum ein Auto unterwegs. Am Postplatz kontrollierten seine Dienstkollegen in Schusswesten und mit Maschinenpistolen im Anschlag jedes Auto und jeden Insassen.

Keiner verliess einen Stadtteil, und erst recht nicht die Stadt, ohne dass er kontrolliert wurde. Als er im Schritttempo die

Strassensperre passierte, nickte ihm eine Kollegin mit verschwitztem tomatenrotem Kopf zu und liess ihn in die Neugasse abbiegen.

Forsters Gedanken waren bei Elena. Seine Nichte war eine tolle Polizistin und eine noch interessantere Frau gewesen. Doch nun lag sie oben im Friedhofsgebäude und wartete darauf, dass er sie als erster Angehöriger identifizierte. Seine letzte Möglichkeit, sie noch einmal zu sehen.

Als er an der St.-Michaels-Kirche vorbei den Berg hochfuhr, rief ihn Campari Soda auf dem Mobiltelefon an, und er nahm das Gerät ans Ohr. «Ich habe keine Zeit. Sitze gerade hinter dem Steuer. Was willst du?»

«Brack sagt, ich soll mich bei dir melden.»

«Warum? Hast du immer noch Probleme damit, die Uhr über der Kaffeemaschine richtig zu lesen?»

«Sehr witzig. Nein, ich soll dich über einen DNA-Hit informieren.»

Das war ja ganz etwas Neues. Ein Wirtschaftsermittler, der sich mit einer DNA-Auswertung abgab. Von Campari Soda hätte er dies zuletzt erwartet. Die Welt trieb in diesen Tagen Blüten, wie Forster es so gar nicht kannte.

«Ab dem Bargeld, welches ihr bei Gerichtspräsident Barth gefunden habt, gibt es einen Hit.»

«Mach's kurz. Wer ist es?»

«Frankie De Luca höchstpersönlich.»

Forster bog in die Waldheimstrasse ein, in seinem Kopf ratterte es, und Campari Soda sprach aus, was ihm selbst durch die Hirnwindungen ging.

«Im Moment ist nicht klar, wie De Lucas DNA auf das Geld gekommen ist.»

«Voilà.» Forster konnte sich nicht zurückhalten. «Jetzt siehst du es. Meine Arbeit besteht aus mehr, als rasch die DNA abzugleichen, zwei, drei Fragen zu stellen und die Handschellen zuzudrücken. Es ist verdammt noch mal genauso mühsam wie deine langweiligen Konkursfälle. Nur dass sie bei euch sogar herumposaunen, ihr hättet Spezialkenntnisse und deswegen eine bessere Lohneinreihung verdient. Dabei brauche ich bei meiner Arbeit auch besondere Kenntnisse, sonst geht eben genau keiner oder der Falsche für ein Delikt in den Bau.»

«Schon klar», knurrte Campari Soda.

«Weiss Brack Bescheid?»

«Ja, und ich habe es ins Journal eingetragen, damit jeder über die Info verfügt.»

«Habt ihr De Luca zur Verhaftung ausgeschrieben?»

«Europaweit. Für die Entführung von Anna Berger, den Mord an Huber und die Freiheitsberaubung an Daniel Garvey.»

«Du solltest die Ausschreibung um den Verdacht auf Tötung, eventualiter Mord und Bestechung des Gerichtspräsidenten erweitern.»

«Warum? Da gibt es doch noch keine Beweise. Der DNA-Hit auf dem Geld beweist keinen Mord.»

«Weiss ich auch, aber falls er irgendwann aus dem Ausland ausgeliefert werden sollte, müssen alle in Frage kommenden Delikte im Haftbefehl erwähnt sein. Fehlt ein Detail, kann er für die nicht erwähnten Delikte auch nicht belangt werden.»

«Echt?»

«Ja, das ist leider so. Willkommen auf dem Planeten der Juristen.»

«Okay, ich werde es ergänzen. Du weisst nicht zufällig, wo im Strafgesetzbuch die Bestechung geregelt ist?»

«Woher soll ich das wissen? Schlag weit hinten nach oder frag Brack. Der weiss ja immer alles besser.»

«Apropos Brack.» Es folgte eine dieser rhetorischen Pausen, in denen man wusste, dass etwas nicht zum Besten stand. Die Frage war nur, was das war. «Er will dich sehen und hat ziemlich schlechte Laune.»

«Ich werde bei ihm vorbeischauen. Zuerst muss ich ein Team zusammenstellen. Laut Garveys Aussage suchen wir einen toten Polizisten, den De Lucas Männer getötet haben.»

«Einer von uns?»

«Weiss ich nicht, ist aber denkbar.»

«Ach du meine Güte.»

«Was?»

«Wir haben immer noch nichts von Rossi gehört. Keiner kann ihn erreichen.»

Forster beendete den Anruf. Er hatte ganz andere Sorgen.

Beim Friedhofsgebäude ging eine alte Frau vor ihm über die Strasse. Sie brauchte eine ganze Weile, um den heissen Asphalt zu überqueren. Ihrem weissen, wuscheligen Schosshündchen hing die Zunge aus dem Mundwinkel, und der Hund war langsamer unterwegs als die Frau.

Als Forster das Friedhofsgebäude betrat, dachte er nur an seine Nichte Elena. Ihm war flau im Magen, am liebsten wäre er weit weg gewesen.

Letztlich war alles seine Schuld. Er hatte Elena zum Polizeidienst motiviert. Er war es gewesen, der während des Schusswechsels den Polizeiposten Kolin zu spät erreicht hatte. Zwei oder drei Minuten früher, und es wäre vielleicht alles ganz anders gekommen.

Wie konnte er Elenas Eltern, vor allem seiner Schwester, überhaupt je wieder unter die Augen treten?

18

Daniel sass auf dem Sofa, neben ihm Anna, und gegenüber hatten Annas Eltern Platz genommen. Er war so fertig von den Ereignissen der letzten Stunden, dass es ihm egal war, über alles zu reden, was er bisher stets verschwiegen hatte. Also erzählte er einfach drauflos.

«Nachdem mein Vater beim Bombenanschlag ums Leben gekommen war, endete alles, was mit Familienleben zu tun gehabt hatte. Es war praktisch sofort klar, dass Conor dahintergesteckt haben musste, und zwei Wochen später sass er mit seinen beiden Waffenbrüdern in Untersuchungshaft. Von den anderen beiden wusste man bereits, dass sie der IRA angehört hatten. Aber keiner hatte bis dahin herausgefunden, dass Conor auch für die IRA gekämpft und die anderen beiden seit Jahren angeführt hatte.»

Als er an seine Mutter dachte, wurde ihm schwindelig.

«Mom war nach Dads Tod nur noch ein Schatten. Anfangs wurde sie gemieden, weil keiner sich getraute, das Geschehene anzusprechen. Irgendwann ging sie nicht mehr auf die Strasse. Ab da gingen mein Bruder Brian und ich für sie einkaufen, und damit verlor sie den letzten Kontakt zur Aussenwelt. Nach einigen Wochen kehrte sie mit uns zwei Kindern in die Schweiz zurück, wo sie ursprünglich hergekommen war.»

«Wie alt wart ihr da?», fragte Anna.

«Brian und ich?»

Er kam nicht dazu, es zu sagen, denn nachdem er den Namen seines Bruders ausgesprochen hatte, verfiel er in Erinnerungen. Er hörte Brian sagen, dass es in der Schweiz viel schöner sei als in Nordirland. Keine ausgebrannten Autos und wenig Regen in den Sommermonaten. Brian war zu klein gewesen, um alles sofort zu verstehen. Erst später zogen diese Dinge seinen Bruder nach unten. Daniel glitt in Erinnerungen zu jenem Tag ab, als die Mitteilung über Brians Tod ihn erreicht hatte.

«Mom wollte nicht, dass wir da oben aufwuchsen. Wir sollten nie mehr mit den *Troubles* in Berührung kommen. Also liess sie alles, was wir besassen, in Belfast zurück, und zu Nordirland gab es ab da keinen einzigen Kontakt mehr. Hier in der Schweiz gingen die Probleme weiter. Mom sprach kaum. Stattdessen trank sie und fand nur mit viel Mühe Arbeit. Nach kurzer Zeit verlor sie jede Anstellung, weil sie sich auf nichts konzentrieren konnte und weil ihr ständig die Dinge aus den Händen fielen. Einige Monate später starb sie. Sie ist eines Morgens einfach nicht mehr aufgewacht. Sie hat tot in ihrem Bett gelegen, und die Ärzte konnten noch nicht einmal die Todesursache benennen. Es war, als ob sie einfach nach Hause zu Dad gegangen war. Ich blieb mit Brian zurück.»

In Daniels Augen sammelten sich Tränen, doch wie immer schluckte er alle Gefühle hinunter.

«Wie alt wart ihr da?», wollte Annas Mutter wissen.

«Ich war elf und Brian sieben.»

«Du lieber Himmel», gab Annas Vater von sich und hörte weiter angestrengt zu.

«Wir landeten bei Pflegeeltern. Die waren eigentlich ganz okay. Sie schauten gut zu uns, aber ich hielt es dort nicht aus. Ich wollte Mom und Dad zurückhaben, und das konnten sie uns natürlich nicht bieten. Als ich dreizehn war, bin ich einige Male ausgerissen, und die Polizei brachte mich immer wieder zurück. Mit achtzehn ging ich endgültig weg. Das wenige, das ich aus Diebstählen und einfachen Einbrüchen mitnehmen konnte, hielt mich über Wasser. Später stahl ich Elektrogeräte und sogar zwei Autos, einmal eine teure Uhr. Damals hatte ich Glück im Unglück, weil es der Hehler halbwegs gut mit mir meinte. Er bezahlte mich anständig, und als Brian volljährig war, holte ich ihn in meine erste Wohnung.»

Daniel sah in Annas Augen. Er versuchte in ihrem Gesicht zu lesen, wie sie nun über ihn dachte, nachdem sie jetzt wusste, dass er seine Karriere als gewöhnlicher Dieb begonnen hatte. Sie hörte einfach nur zu und hielt seine Hand, ohne eine Bewegung zu machen. War er mit seinen Erzählungen dabei, das Letzte zu verlieren, was ihm noch geblieben war? Egal. Er hatte viel zu lange geschwiegen.

«Mit einundzwanzig hatte ich genügend Geld zusammen und gründete die Garvey Security Consulting AG. Ab da liess ich die Finger vom Eigentum anderer Leute. Genau genommen stieg ich immer nur bei Leuten ein, die mich engagiert hatten, um die Lücken in ihren eigenen Sicherheitssystemen zu finden. Ich will das nicht mehr tun. Ich habe es satt, weil es mich zu sehr an jene Dinge erinnert, die ich davor getan habe. Meine Zeit als …» Er zögerte. «Meine Zeit als Dieb liegt lange zurück, aber deshalb fühlt es sich nicht besser an.»

Anna drückte seine Hand.

«Es ist nicht deine Schuld. Hätte Conor das nicht getan, wäre alles anders gekommen.»

«Doch, denn es war meine Entscheidung. Ich hatte bei den Pflegeeltern ein neues Zuhause, bin aber trotzdem weggelaufen und habe diese Dinge getan. Ich glaube nicht, dass ich sie schönreden kann. Ich will nur, dass unser Kind es besser haben wird. Egal, was du von mir denkst, egal, was ich tun soll, unser Kind soll es gut haben. Eine richtige Familie mit allem, was dazugehört. Ich will nicht zulassen, dass meine Vergangenheit auch nur in die Nähe unseres Kindes kommt.»

Anna umarmte ihn.

«Sieh dich um, Daniel. Wir sind bereits eine richtige Familie.»

Er sah in ihre Gesichter.

«Ich weiss, dass deine Eltern und Brian dir fehlen. Aber das hier ist auch eine Familie.»

Er hielt den Blick unten und wagte es nicht, hochzusehen, sonst hätte er losgeheult wie ein Kind.

«Gibt es noch jemand anderen ausser Conor und Tante –»

«Shavon. Nein, niemand sonst. Ich will auch keinen von den beiden in meiner Nähe haben. Der Hass von Belfast hat meine

Familie zerstört. Egal, was, wenn es mit Nordirland zusammenhängt, dann will ich damit nichts zu tun haben.»

Annas Vater meldete sich zu Wort. «Ist diese Tante Shavon bei dem Anschlag auf den Pub auch mit von der Partie gewesen?»

«Nein. Ich habe immer geglaubt, dass sie schon lange zuvor hätte bemerken müssen, dass Conor der IRA angehört hatte. Als seine Frau musste sie etwas bemerkt haben. Doch so wie Conor klingt, stimmt dies gar nicht. Egal. Ich habe sie nie mehr gesehen oder gehört, weil wirklich keiner sich auch nur ein Mal nach Brian oder mir erkundigt hat.» Daniels Stimme zitterte. «Ich hasse diese Leute.»

Er versuchte weiterzuerzählen, suchte nach Erinnerungen, von denen er Schönes hätte berichten können. Er fand nichts.

***

Forster stieg ganz oben am Brüschrain aus dem Auto. Die Sonne stand tief, und von ihm aus hätte sie längst untergegangen sein können. Die verfluchte Hitze wollte nicht weggehen, man konnte sich in den Schatten stellen oder in den Keller setzen, es gab keine Ecke in der Stadt, in der es wenigstens drei Grad kühler war. Selbst die Klimaanlage seines Autos konnte nicht mehr mithalten.

Er ging die paar Schritte bis zu einem jungen Uniformierten, der am Anfang des Wanderwegs neben einer riesigen Buche stand.

«Was habt ihr?»

«Einen männlichen Leichnam. Er liegt halb im Bach. Ist kein schöner Anblick.»

«Wie komme ich da runter?»

«Das geht nur vom unteren Bützenweg.»

Verdammt. Er war zu weit gefahren.

Forster stieg in den Wagen, kurvte die Strasse wieder zurück und fuhr bis ganz an deren Ende an den Waldrand. Hier wimmelte es von Fahrzeugen der Kollegen.

Grübel kam auf ihn zu und zog sich die Kapuze des Spurenschutzanzugs vom Kopf. Seine Haare klebten ihm an der Stirn.

«Forster? Du schon wieder?»

«Wie sieht es aus?»

«Scheisse sieht es aus. Er liegt dahinten im Bach. Ich habe Fotos gemacht, bin aber noch nicht fertig. Zuerst muss ich für zehn Minuten aus diesem Anzug raus, sonst krepier ich auf der Stelle.»

«Kann ich den Tatort sehen?»

«Fundort. Natürlich nicht. Da kannst du nur unter Spurenschutz hin, sonst tüte ich am Schluss deine Haare ein. Ich kann dir die ersten Fotos zeigen.»

Grübel aktivierte das Display an der Nikon-Spiegelreflexkamera und stellte sich neben Forster.

«Hier, so liegt er da.»

Das Foto zeigte einen Mann, der bis zur Hüfte im Bach lag, das Gesicht weggedreht, sodass Forster nur den blutverschmierten Hinterkopf sehen konnte. Die Haarfarbe passte.

«Ist er es?»

«Definitiv. Es ist unser Rossi. Aber so willst du ihn nicht sehen. Etwas ist an ihm dran gewesen.»

«Was meinst du damit?»

«Ein Fuchs oder Ratten. Keine Ahnung. Jedenfalls hat ein Tier an seinem Gesicht geknabbert.»

«Erste Erkenntnisse?»

«Nein. Warum könnt ihr nie warten, bis die Ergebnisse vorliegen? Willst du etwa bereits den Bestatter aufbieten? Seid ihr der Ansicht, dass ich schneller bin, wenn jeder viermal fragt, wann ich mit der Arbeit fertig bin?»

Hoppla. Da war wohl jemand sauer. So kannte er Grübel gar nicht.

«Nur die Ruhe. Ich frage ja nur. Mich interessiert sowieso nur, was du auf den ersten Blick gesehen hast.»

«Sorry. Die anderen hetzen schon wieder, und ich krepier gleich in diesem Anzug.»

Forster kannte das. Im Sommer waren diese Anzüge die Hölle.

«Gibt es wenigstens Hinweise auf die Todesursache? Schussverletzung? Scharfe Gewalt?»

«Nach der Position seines Kopfes würde ich eher auf ein gebrochenes Genick tippen.»

Er zeigte den Abhang hoch.

«Siehst du die Hütte da oben?»

Oben am Rand der Schlucht stand ein grüner Bretterverschlag auf betonierten Stelzen.

«Was ist damit?»

«Zwischen der Endlage des Leichnams und der Hütte da oben gibt es eine Stelle am Abhang, wo Äste geknickt und das Laub der Bäume vom Erdreich weggefegt ist. Ich würde wetten, dass er aus der Hütte gestürzt ist und bei dieser Stelle da oben aufgeprallt ist.»

«Ein Sturz aus der Hütte?»

«Durchaus denkbar.»

Grübel drückte auf der Nikon die Fotos durch, bis eines Rossis angenagtes Gesicht zeigte. Forster schaute nur kurz hin und drehte sich ab, bevor es ihm flau im Magen wurde. Er machte diese Arbeit schon lange und hatte so manches gesehen. Aber wenn es einen Kollegen betraf, so war es einerseits das Gleiche und zugleich auch ein fürchterlicher Schlag in die Magengrube.

«Liege ich richtig, dass du das ganze Gebiet in die Spurensicherung miteinbeziehen wirst?»

«Klar. Rossi war einer von uns. Wenn es sein muss, tüte ich die ganze verdammte Stadt ein.»

«Kannst du bitte Campari Soda und Brack in dieselbe Tüte verpacken, damit sie sich gegenseitig auf den Sack gehen können?»

Grübel grinste, und Forster ging zu seinem Wagen zurück. Je weiter er sich vom Waldrand entfernte, desto drückender wurde die Hitze.

Keine Viertelstunde später stand er bei Brack im Büro.

«Setz dich», wies Brack ihn an, doch Forster blieb stehen und wollte sich von seinem Chef nichts mehr sagen lassen. Er hatte die Nase gestrichen voll. Seine Geduld war am Ende.

«Was ist dermassen dringend?»

«Ich wollte dir mein Beileid wegen Elena persönlich mitteilen. Wir werden alles Nötige tun –»

«Erspare mir das.» Forster war über den aggressiven Tonfall in seiner eigenen Stimme erstaunt. «Jetzt, wo Kollegen tot sind, findest du urplötzlich Ressourcen. Komisch, dass vorher niemand da war, während ich schon mehrere Delikte auf dem Tisch hatte, die nach richtig grosser Scheisse gerochen haben.»

«Das ist nicht fair, und das weisst du ganz genau.»

Gar nichts war fair in dieser Welt.

«Was willst du von mir? Wir haben alle Hände voll zu tun. Wieso quatschen wir, statt Frankie De Luca zu jagen?»

«Du weisst ganz genau, weshalb du hier bist. Wieso hast du die Notsuche nicht mit mir abgesprochen? Das hättest du tun müssen. Aber das hast du nicht, weil die Beweislage verdammte Scheisse war. Ist doch so, oder nicht?»

«Schwachsinn! Die Beweise waren ausreichend. Du kennst die Aussagen von Garvey und Berger.»

«Ja, aber die Aussagen hast du zu diesem Zeitpunkt noch gar nicht gehabt. Du warst vorschnell. Du wusstest noch gar nichts. Du hattest keine Ahnung, ob die zwei wirklich vermisst waren. Bei Anna Berger vielleicht eher, okay. Aber bei Daniel Garvey gab es keinen Hinweis auf ein Verschwinden. Nur weil einer zwei oder drei Stunden lang nicht ans Telefon geht, kannst du doch nicht eine Notsuche starten. Das war ein Schnellschuss, und die in Bern haben es bereits geschnallt und dumme Fragen gestellt, die ich verdammt noch mal nicht beantworten konnte.»

«Schnellschuss? Sag mal, spinnst du? Du weisst ganz genau, wozu Daniel Garvey fähig ist, wenn man ihm zu viel Leine lässt. Wenn Garvey kein Lebenszeichen mehr von sich gibt, steckt entweder er selber oder die ganze Stadt in der Scheisse.»

«Halt die Klappe und höre mir zu. Ich ziehe dich ab. Du hast nichts mehr mit den Fällen De Luca, Garvey und Berger zu tun. Und vom Tatort auf dem Polizeiposten Kolin hältst du dich auch fern. Sonst heisst es am Schluss, du hättest die Beweise einseitig erhoben, weil es um deine Nichte geht. Deine Fälle heissen ab sofort bloss noch Richter Barth und Cherry Kiss.»

Forster konnte es nicht fassen.

«Und falls sich bei deinen Fällen Schnittstellen zu De Luca, Garvey oder Berger ergeben, meldest du dich sofort bei mir.»

Forster schwieg. Er hätte zwar eine Antwort auf Lager gehabt, war sich jedoch im Klaren, dass er es hinterher bereut hätte. Brack dagegen doppelte nach. «Verstanden?»

Forster schwieg weiter.

«Hast du mich verstanden? Und sieh mich gefälligst an, wenn ich mit dir rede!»

Forster sah Brack in die Augen. «Ich habe dich gehört, aber ich verstehe dich nicht. Zuerst darf ich alle Fälle alleine bearbeiten, du hast mir keinerlei Unterstützung zugeteilt. Und jetzt ziehst du mich ab? Willst du mich verarschen?»

«Du weisst genau, was gilt, und verschwinde endlich aus meinem Büro, bevor du etwas Dummes sagst.»

«Ich weiss sehr genau, was ich sage, und ich teile dir gerne mit, was ich denke. Du bist ein Riesenarsch!»

Forster verliess Bracks Büro und schlug die Tür so heftig in den Rahmen, dass der Knall auf dem Gang hallte wie ein Blitzschlag, der den Boden erreicht hatte. Er ging vor das Polizeigebäude, wo sein Wagen in der prallen Sonne stand. Mit quietschenden Reifen jagte er davon, und die Hitze im Wagen brachte ihn fast um den Verstand.

Beim Yachthafen trat er auf die Hafenmole und blickte zwischen Segelbooten hindurch ins dunkle Wasser. Minutenlang verharrte er so. Er fasste einen Entschluss und schwor sich, nicht mehr davon abzuweichen. Frankie De Luca sollte sein letzter Fall werden. Für Elena.

19

Die Nacht über hatte sich Daniel in einem oberflächlichen Schlaf gewälzt. Er hatte dabei in De Lucas Gesicht geblickt und war noch einmal mit Anna in den Stollen unter die Zuger Altstadt geflüchtet. Als er dem Samoaner zum zweiten Mal den Metallstab ins Bein gerammt hatte, schreckte er aus dem Traum hoch.

Er trat ans Fenster und liess seinen Blick über die Stadt und den Zugerberg wandern. Im Osten kündigte ein blasses Grau den nächsten Tag an, der bis zu achtunddreissig Grad heiss werden sollte. Der Himmel war wolkenlos, und Anna schlief tief und fest.

Daniel schlich durch die Wohnung. Aus dem Gästezimmer hörte er ein leises Schnarchen – vermutlich Annas Vater.

Er blickte durch den Türspion, und die beiden Polizisten standen noch immer vor seiner Wohnungstür.

Hinter Daniel ertönten Bodos Krallen auf dem Steinfussboden. Er leinte den Hund an und drehte eine Runde durch die namenlose Parkanlage zwischen der Gubelstrasse und dem Landis-&-Gyr-Gebäude.

Einer der Polizisten begleitete ihn mit schussbereiter Waffe und behielt die Umgebung ständig im Auge.

«Wie lange dauert Ihre Schicht?»

«Drei Stunden. In zwanzig Minuten kommt die Ablösung.»

Daniel blickte auf seine Armbanduhr. Es war zwanzig vor sechs, bereits hell und erstaunlich warm. Es musste schon deutlich über zwanzig Grad gewesen sein, denn selbst in T-Shirt und kurzer Hose schwitzte er bereits wieder. Immerhin stand für sie ein ruhiges Programm auf dem Plan. In der kühlen Wohnung warten, bis die Zeit verging, so lange, bis die Polizei De Luca und seine Leute erwischt hatte. Die Spaziergänge mit Bodo waren die einzige Abwechslung.

«Danke, dass Sie für uns da sind. Wir wissen das sehr zu schätzen.»

«Dafür werde ich bezahlt.»

Mehr sprach der junge Wandschrank von einem Polizisten nicht.

Kaum waren Daniel und Bodo zurück in der Wohnung, er hatte nicht einmal die Kaffeemaschine einschalten können, klingelte sein Mobiltelefon.

«Forster hier. Ich wollte Sie wissen lassen, dass wir dank Ihrem Tipp den toten Polizisten gefunden haben.»

«Einer von Ihren Leuten?»

«Ja, ein langjähriger Kollege.»

«Das tut mir leid.»

Forster zögerte einen Augenblick. «Hören Sie, in De Lucas Haus bei der Kellertreppe haben wir ebenfalls einen Toten gefunden. Männlich, knapp zwei Meter gross und ein einziger Muskelberg.»

«Sie meinen den Exoten? Von Samoa oder Fidschi, wenn ich raten müsste.»

«Um genau zu sein, er war Hawaiianer.»

Kannte Forster dessen Identität?

«Dass der Kerl keinen Wank mehr macht, geht auf Ihr Konto. Richtig?»

«Ich bin mir nicht sicher, aber ich vermute, ja. Er hat mich verprügelt, und als wir abgehauen sind, hat er sich in den Weg gestellt. Ich bin auf ihn losgegangen und habe mich danach nicht um ihn gekümmert. Ich habe befürchtet, dass die uns beide umbringen.»

«Es ist okay, Garvey. Sie müssen sich vor mir nicht rechtfertigen. Es geht mir nur um den Infogewinn. Aber nehmen Sie ernst, was ich Ihnen sage. Später sollten Sie sich gut verteidigen lassen, damit Sie die Einvernahmen nicht alleine durchstehen müssen.»

Schon klar. Bei der Polizei gab es zu jeder Antwort, die man gab, noch mehr Fragen.

«Ich brauche keinen Anwalt. Ich habe uns nur verteidigt. Mir reicht es, wenn Anna dabei sein wird. Falls das geht.»

«Das müssen Sie selber wissen. Ich rate Ihnen, einen Strafrechtler beizuziehen. Sicher ist sicher. Abgesehen davon, wie geht es Ihnen und Frau Berger?»

Das fragte sich Daniel selber.

«Ist bei Ihnen alles ruhig?»

«Ja, alles okay. Danke dafür, dass Sie die Wachleute vor unserer Tür postiert haben. Nur, wie lange wird das andauern?»

«Ganz ehrlich? Ich weiss es nicht. Als Erstes schicke ich jemanden für Ihre Befragung vorbei, danach sehen wir weiter.»

Forster beendete den Anruf, und Daniel blickte auf die Gubelstrasse und das Bahnhofareal hinunter. Die Stadt erwachte langsam zum Leben, und am Himmel gab es nicht den kleinsten Wolkenfetzen.

Anna stellte sich in ihrem Nachthemd zu ihm, und ehe sie sprechen konnten, drängte Bodo sich dazwischen und wollte gekrault werden.

«Danke, dass meine Eltern hier sein dürfen.»

«Danke, dass du hier bist.»

Er legte seinen Arm um sie, und sie kraulte Bodos Nacken.

Der Tag würde sehr lange werden.

Warten, eine Einvernahme, danach wieder warten.

Still zu sitzen war nicht seine Stärke.

***

Ventimiglia hatte die Nacht an einem Waldrand in der Nähe von Gruyère im Auto verbracht. Nach der Schiesserei in Zug hatte er es für zu heikel erachtet, am selben Abend eine Landesgrenze zu überqueren.

Die ersten Vogelstimmen aus dem Wald hatten ihn geweckt, und bei Villeneuve hatte er das östliche Ende des Genfersees umrundet. Beim kleinen Grenzübergang ein paar Kilometer weiter hatte nicht ein einzelner Grenzwächter gestanden, und nun rollte er auf der Route Nationale 5 in Richtung Evian.

Die Strasse schlängelte sich dem Ufer des Sees entlang, als ein Anruf bei ihm einging.

«Ja?»

«Ich bin es.»

Er erkannte Grande Giulianis Stimme beim ersten Wort.

«Bei uns war es gestern ziemlich turbulent.»

«Hausdurchsuchung?»

«Von oben bis unten. Da ich bloss der Koch bin, wechselten sie mit mir kaum ein Wort. Die haben mich nur gefragt, wann ich Frankie zuletzt gesehen habe, und dann sind sie nach oben in sein Büro gegangen. Für Spaghetti mit Scampi hat sich keiner interessiert.»

Also kein neues Problem. Ventimiglia wusste, dass es in Frankies Büro zum Zeitpunkt der Hausdurchsuchung nichts mehr zu finden gegeben hatte – so auch beim Anwalt.

«Als ich gestern endlich nach Hause gehen durfte, gab es am Kolinplatz und an der Artherstrasse vor Oberwil Strassensperren. Hier stehen schwer bewaffnete Polizisten an jeder Ecke. Die Stadt gleicht einem Kriegsgebiet. Ich wusste gar nicht, dass die so viele Streifenhörnchen unter Vertrag haben.»

Auch dies war keine Information, die Ventimiglia besonders überraschen konnte.

«Sonst noch etwas?»

«Mein Cousin, du weisst ja, der mit der Kontaktbar in Erstfeld, der hat mir gesagt, dass am Gotthard jedes Auto kontrolliert wird. Und am Grenzübergang in Chiasso werden alle Lastwagen durch einen grossen mobilen Röntgenscanner geschickt.»

«Ist mir egal. Was sonst noch?»

«Vor fünf Minuten wollte ich beim Starbucks einen Espresso im Becher holen.»

«Amerikanischer Kaffee ist mir egal.»

«Dieser Kaffee wird dich bestimmt interessieren, denn das

Gebäude gegenüber ist komplett abgeriegelt, und die Polizei trägt in Schutzanzügen Kisten heraus.»

«Das Gebäude mit dem Reisebüro im Erdgeschoss?»

«Ganz genau.»

Also hatten sie den Leichnam des Anwalts gefunden. Wieder keine Überraschung für Ventimiglia. Früher oder später musste das geschehen, und für die Nachbarn war der frühe Fund des Leichnams ein echter Segen, denn bei dieser Hitze hätte der tote Advokat bald gestunken, wie wenn er dreimal gestorben wäre.

«Danke für deinen Anruf. Wir hören uns.»

«Ci vediamo. Ciao.»

Ventimiglia drückte an der Lenkradbedienung den Anruf weg und studierte den Motorradfahrer im Rückspiegel.

Knatternde Harley, Lederjacke mit Aufnähern von Motorradclubs, und der Lenker des Bikes war in dieser Ausführung für die Strasse kaum zugelassen. Der Kerl hinter ihm musste beinahe stehen, um die Bremsen erreichen zu können. Ein klarer Fall, dass es kein Polizist sein konnte. Die hätten so eine Maschine nicht gefahren. Das Bike und die Lederjacke passten eher zur Rockerszene.

Alles war auf Kurs. Ventimiglia wartete auf die Nachricht, dass auch der Mann und die Frau unter den Toten weilten. Bald würden die beiden letzten Zeugen schweigen.

***

Daniel starrte wie unter Hypnose in seine Kaffeetasse. Anna sass neben ihm am Tisch und ihre Eltern gegenüber. Sein Kopf war müde, und seine grauen Zellen verweigerten die Denkarbeit. Immerhin, der Schmerz in seiner Nase pochte nur noch, wenn er die Schuhe schnüren wollte oder falls er sich vergass und ins Gesicht fasste.

«Was hat er?», wunderte sich Anna.

Daniel hob seinen Blick.

«Nichts. Ich bin einfach nur müde.»

«Ich meine nicht dich, sondern Bodo. Schau ihn dir an.»

Der Hund ging in Richtung der Wohnungstür, als ob er eine Beute anschleichen wollte. Die Rute eingezogen, den Kopf weit zum Boden gesenkt und den Blick auf die Tür fixiert.

Daniel war kein Hundekenner, aber ihm war sofort klar, dass der Hund etwas wahrgenommen hatte, das ihm ganz und gar nicht passte.

Daniel eilte an Bodo vorbei zur Tür und sah durch den Türspion. Draussen standen die beiden Polizisten und blickten von ihm weg in den leeren Flur.

Fehlalarm.

Er ging zurück zu Bodo und tätschelte seine Flanke.

«Alles gut, alter Knabe.»

Daniel setzte sich wieder an den Tisch und wollte nach der Kaffeetasse greifen. Stattdessen erhob er sich sofort wieder.

«Jetzt habe ich es auch gehört.»

Bodo stand nun direkt bei der Wohnungstür und knurrte in der Dauerschleife.

Daniel spähte durch den Türspion, bis Anna sich meldete.

«Alles okay?»

Ja und nein. Er war sich nicht sicher.

«Geht ins Schlafzimmer.»

«Was ist da draussen los?»

«Ich sehe keinen Polizisten dastehen. Geht sofort ins Schlafzimmer!»

«Das ist bestimmt der Schichtwechsel.»

«Das denke ich nicht. Die letzte Wachablösung hat direkt vor der Tür stattgefunden. Los. Ab ins Zimmer!»

Daniel eilte zur Küchenzeile, schnappte sich ein Messer aus dem Messerblock, zog das Handy aus der Jeans und nahm seine Position an der Tür erneut ein.

Bodo knurrte unaufhörlich, und Daniel wählte Forsters Nummer.

«Was gibt es? Halten Sie es nicht mehr aus, zu Hause zu bleiben und Netflix zu schauen, wie andere Menschen es tun?»

«Das Problem sind Ihre Leute. Es ist keiner mehr da.»

«Die Wache vor der Tür?»

«Ganz genau.»

Doch kaum hatte er dies gesagt, kamen draussen im Gang zwei Polizisten in Vollmontur um die Ecke. Sie diskutierten hin und her, einer von ihnen stellte sich vor Daniels Wohnungstür und drückte die Klingel.

«Entschuldigen Sie», sagte Daniel in sein Telefon. «Ich glaube, das war ein Fehlalarm. Die Ablösung ist da.»

«Nein! Öffnen Sie auf keinen Fall die Tür.»

«Warum nicht?»

«Die Ablösung muss immer direkt vor der Wohnungstür stattfinden. Unsere Leute waren nicht immer in Ihrem Sichtbereich. Korrekt?»

«Ja, das ist korrekt. Aber nun sind sie ja da. Es sind Leute von Ihnen in Vollmontur. Sie tragen Schusswesten und sind mit ‹Polizei› beschriftet.»

«Das spielt keine Rolle. Sie machen auf keinen Fall die Tür auf, solange wir nicht wissen, ob das wirklich zwei von uns sind. Genau deswegen machen wir ja die Ablösung direkt vor der Tür. Die müssen sich immer physisch antreffen, und zwar genau am vorgegebenen Ort. Nur dann ist Ihre Sicherheit lückenlos garantiert.»

«Kein Problem. Die sind ja da.»

«Doch!», schrie Forster ins Telefon. «Das ist ein verdammtes Problem. Ich komme zu Ihnen rüber, und Sie öffnen die Tür nur für mich. Sonst keinem. Verstehen wir uns?»

Daniel blickte durch den Türspion und studierte die beiden. Er sah nichts, das dafürgesprochen hätte, dass die zwei keine echten Polizisten gewesen wären.

«Verstehen Sie mich?», doppelte Forster nach.

«Ja, klar und deutlich. Ich mache die Tür nicht auf, bis ich Ihr Gesicht sehe.»

Forster beendete den Anruf, und Daniel spähte weiter durch den Spion. Er umklammerte den Messergriff, und Bodo knurrte nun so fies, dass Daniel glaubte, der Hund verbeisse sich jeden Augenblick in die Tür.

***

Forster rannte quer über den Kreisverkehr beim Aabach und in Richtung des Park Towers. Als er die andere Strassenseite erreichte, klingelte sein Handy, und er nahm den Anruf im Spurt entgegen.

«Der Anwalt Hürlimann wurde tot gefunden.» Bracks Stimme.

Trotz der Morgenstunde waren Wärme und Feuchtigkeit schon fast tropisch. Die Nacht hatte keine Abkühlung gebracht, und Forster schnaubte beim Rennen wie ein Tier.

«Mir doch egal, was mit De Lucas Anwalt los ist. Du hast mir verboten», er kriegte kaum genügend Luft, «mich mit dem Fall De Luca zu befassen. Und … ich nehme an, dass ich auch die Finger … von dessen Anwalt … lassen soll.»

«Sag mal, rennst du?»

«Ja. … zu Garvey. Es stimmt etwas … nicht mit … der Wachablösung.» Forster brachte kein Wort mehr raus. Er musste zuerst Sauerstoff nachladen.

«Okay, ich kümmere mich um den toten Anwalt, und du siehst bei den Garveys nach dem Sicherheitsdispositiv. Und nur nach dem Dispo, nicht dem Fall.»

«Yes, Sir», schnaubte Forster. «Ich ziehe später einen der Jungen … für Garveys Einvernahme bei.»

«Tu das, und Folgendes solltest du wissen: Die Kriminaltechnik ist am Tatort in der Anwaltskanzlei Hürlimann. Vier Einschüsse in der Brust und an seinem Arbeitsplatz fehlt der Computer.»

Was war bloss los in dieser Stadt? Einer drehte gerade durch. Erlebten sie eine Art Bandenkrieg?

Forster schnaufte schwer und hatte den Park Tower erreicht. Er behielt den Eingang im Auge, ging weiter darauf zu und wechselte in ein schnelles Gehen. Er war komplett ausgekotzt und seine Beine kurz vor dem Einknicken.

«Vier Schuss? Hat keiner etwas gehört?»

«Nein. Ein Nachbar ist bloss deshalb darauf aufmerksam geworden, weil in der Anwaltskanzlei die ganze Nacht über das Licht an war. Jedenfalls hat die Kriminaltechnik mit dem mobilen Gerät Hürlimanns Fingerabdrücke geprüft. Er selber ist zwar nicht im AFIS-System erfasst, aber es hat trotzdem einen Hit gegeben.»

Durch die Glasfassade konnte er keine Personen im Eingangsbereich sehen. Er blieb stehen und behielt das Innere des Erdgeschosses im Auge.

«Habt ihr einen Personen-Spur-Hit? Zu welchem Fall?»

«Zum toten Richter.»

Forster verstand, was Brack sagen wollte, doch die Worte «zum toten Richter» klangen absurderweise wie eine Traditionsspelunke. Die Hitze liess sein Gehirn kreative Auswüchse produzieren, wie er es von sich gar nicht kannte.

Er schnaufte immer noch schwer, und Brack sprach weiter: «Rechtsanwalt Hürlimanns Fingerabdruck war auf dem Vakuumbeutel mit dem Geld, den ihr beim Strafgerichtspräsidenten gefunden habt.»

«Wenn ich mich recht erinnere, haben wir also ab den Geldscheinen einen Hit zu De Luca und ab dem Vakuumbeutel zu Hürlimann?»

«Ganz genau.»

«Aussen oder innen am Beutel?»

«Aussen.»

Um diese Spuren zu interpretieren, musste man kein Superhirn sein.

«Es sieht ganz danach aus, dass das Geld durch De Lucas Hände gegangen ist, irgendwie den Weg in diesen Vakuumbeutel gefunden hat, und Hürlimann hat den Beutel mit dem Geld dem Richter rübergeschoben. Könnte dies die Bezahlung für den Teilfreispruch im Fall De Luca junior sein?»

«Das wäre möglich, aber das müssen wir zuerst beweisen können, und das wird ganz gewiss nicht einfach, weil der Richter und der Anwalt nun beide nichts mehr sagen.»

Forster überlegte. «Gibt es einen Grund, weshalb der Richter vor dem Anwalt das Zeitliche gesegnet hat? Wissen wir mehr dazu?»

«Nein, aber ich sage unseren Leuten, dass sie diese Frage im Auge behalten sollen.»

Forster schlüpfte durch den Haupteingang in den Park Tower und ging mit gezogener Waffe zum Fahrstuhl.

«Frag bei Campari Soda nach. Ich glaube, er verfügt über Akten von früher, die belegen, dass dieser Anwalt, Hürlimann, bereits einmal Frankie die Ratte vor Gericht vertreten hat. Wenn wir Glück haben, erfahren wir aus den Akten mehr über dieses Gespann. Anwalt und Mafia. Diese Kombination kann sich durchaus gut ergänzen. Was denkst du?»

«Es ist ein Ansatz, oder kennst du andere Anwälte, die im Alltag verschweisste Geldbündel an Richter übergeben?»

Nein, die kannte Forster nicht.

«Ich bin im Park Tower. Tschüss.»

Augenblicke später trat Forster mit gezogener Waffe aus dem Fahrstuhl, drehte sich nach links und zeigte mit dem Lauf auf die beiden Wachen vor Garveys Tür.

Meyer und Schmidig standen vor ihm und glotzten verdutzt in den Lauf seiner Dienstwaffe. Mit den aufgesetzten Stahlhelmen sahen die zwei aus wie schwarzblaue Schildkröten, die aus ihren Panzern gewachsen waren.

«Spinnst du? Nimm deine Scheisswaffe runter, du Arsch!», fauchte Schmidig.

Forster senkte seine Glock.

«Selber Arsch. Ist alles okay bei euch?», fauchte er aggressiv zurück.

«Ausser dass du auf mich gezielt hast, die zwei von der Vorschicht nicht hier waren und die Garveys nicht auf unser Klingeln reagieren?»

«Voilà, du Vollpfosten. Warum habe ich wohl meine Waffe gezogen? Ich habe Garvey gesagt, dass er nur mir persönlich öffnen soll, weil vor eurer Ankunft keiner hier gestanden hat.»

«Chill mal etwas, Forster. Alles cool. Wir sind ja da, und es ist ruhig.»

Forster bellte Schmidig mitten ins Gesicht. «Ich habe gestern mit eigenen Augen gesehen, wie es nach der Schiesserei im Kolin oben ausgesehen hat. Also beruhige ich mich auch erst wieder, wenn ich weiss, dass da drinnen alle am Leben sind. Passt dieser Gedanke unter deinen Helm, oder muss ich es dir erklären?»

Schmidig hob abwehrend die Hände und ging zur Seite.

«Okay. Du hast recht, Forster, und jetzt fahr runter.»

Sie tauschten Blicke wie Hockeyspieler auf dem Weg zur Strafbank aus.

«Sobald ich bei den Garveys drinnen bin und die Tür verschlossen ist, macht ihr einen Rundgang durchs Haus. Trennt euch nicht. Die zwei von der vorherigen Schicht sind mir nämlich auf dem Weg hierher nicht begegnet, und ich nehme nicht an, dass die sich zu Fuss und in Vollmontur für ein Bad im See davongeschlichen haben.»

Schmidig schmollte, und Meyer baute sich auf. «Du weisst schon, dass du nicht unser Chef bist?»

Forster sah sich nicht mal nach Meyer um. Stattdessen klopfte er an die Wohnungstür.

«Nach eurer Schicht hier kannst du im Büro deinen Dienstgrad mit meinem vergleichen, und ab da hältst du deine Klappe.»

Die Wohnungstür ging auf, und er trat zu Garvey ein.

«Legen Sie das weg», fuhr Forster Garvey an. «Ich fühle mich in Ihrer Gegenwart nicht besonders wohl, wenn Sie sich verkrampft an ein Messer krallen.»

Nachdem die Tür geschlossen und verriegelt war, blinzelte Forster durch den Türspion nach draussen und sah, wie Meyer den Stinkefinger runternahm. Danach verschwanden die zwei im Treppenhaus.

«Arschloch», brummte Forster vor sich her und winkte bei

Garveys irritiertem Blick ab. «Nicht Sie. Ich meine den einen von da draussen.»

Mit diesem Scheissjob war er definitiv fertig. Respekt gab es keinen mehr – weder von oben in der Hierarchie noch von unten. Seine Kollegen nervten ihn, und die jungen Frechen, wie Meyer einer war, konnte er nicht riechen.

***

Bei Annemasse hatte Ventimiglia Genf umrundet und später Grenoble hinter sich gelassen. Er fuhr im Rhonetal Richtung Süden weiter. Trotz der Klimaanlage kroch die Hitze ins Fahrzeuginnere. Rechts dampften die Kühltürme eines Atomkraftwerks, auf den rohen Beton des einen Kühlturmes war ein spielendes Kind gemalt, und sein Telefon klingelte.

«Wie sieht es aus?»

«Es hat nicht geklappt. Die beiden leben.»

«Verdammte Scheisse!», brummte Ventimiglia.

Abermals ein Fehlschlag. Das machte sich nicht gut in seinem Lebenslauf. De Luca würde nicht erfreut sein, und wenn sie diese Probleme nicht bald im Griff hatten, konnten sie sich bloss noch vervielfachen.

Er schüttelte den Kopf und behielt die anderen Autos im Auge.

«Was ist passiert?»

«Ich habe die beiden Bullen mit dem Taser erwischt. War gar nicht leicht, bei deren Vollmontur eine Lücke zu treffen. Trotzdem, weiter bin ich nicht gekommen. Die Ablösung war viel zu früh da. Tut mir echt leid, Fausto.»

«Was hast du mit den beiden gemacht?»

«Im Liftwartungsraum abgelegt. Geknebelt. Sie werden sicher bald gefunden.»

«Bist du noch im Gebäude?»

«Nein, als die Wachablösung angekommen ist, musste ich mich verziehen. Ich stehe drüben am Bahnhof und beobachte auf Distanz, was sich um den Park Tower tut. So verpassen wir nicht, falls sie den Mann und die Frau wegbringen.»

«*Bene.* Wir müssen immer wissen, wo die beiden sind. Du bleibst an ihnen dran, egal, was passiert oder wohin sie gehen.»

Ventimiglia überlegte. Der Mann und die Frau mussten sterben. Zeugen mussten immer verschwinden, aber nun würde es richtig schwierig werden. Die Polizei war jetzt mit Sicherheit noch aufmerksamer als zuvor, und jeder Polizist in der Stadt wusste bald, dass sie weiterhin versuchten, an den Mann und die Frau heranzukommen.

«Ohne mein Einverständnis tust du nichts. Bleib einfach in der Nähe und beobachte.»

«Okay.»

Ventimiglia beendete den Anruf und dachte nach. Er zog den Wagen vorsichtig auf die mittlere Fahrspur und beschleunigte auf exakt hundertdreissig und kein bisschen mehr, denn aufzufallen war definitiv nicht drin.

Wenn er es sich recht überlegte, gab es tatsächlich eine Möglichkeit, wie er den Mann und die Frau ausschalten lassen konnte. Er brauchte dazu sechs bis acht bewaffnete Männer und das Überraschungsmoment. Das würde in der Innenstadt noch einmal richtig Krach machen, und dazu benötigte er das Okay von oben. Von ganz oben, denn solche Befehle gab nur der Boss persönlich.

***

Forster war wieder weg, Anna und ihre Eltern sassen im Gästezimmer und Daniel am Küchentisch dem jungen Polizisten gegenüber.

«In diesem Punkt passe ich Ihre Aussage leicht an. In meiner Version haben Sie nicht zugewartet, bis De Luca sein Haus verlassen hat. Sie haben einen Hilferuf gehört und sind deshalb durch ein offenes Fenster reingegangen. Sie wollten natürlich nur helfen und hatten Angst um Frau Berger. Keiner kann beweisen, dass es den Hilferuf nicht gegeben hat. Verstehen Sie?»

Der Polizist tippte auf dem Laptop und sah zu Daniel auf. «Ihre Geschichte muss so defensiv wie möglich klingen. Sie sind das Lamm und die anderen die bösen Wölfe. De Luca bleibt zwar, was er ist, Sie haben aber dennoch einen Hausfriedensbruch begangen, als Sie bei ihm eingestiegen sind. Man macht sich auch dann strafbar, wenn man bei einem Gauner einsteigt.»

Daniel sagte nichts dazu und studierte den jungen Polizisten. Keine Falten um die Augen, fast noch ein Kind. Ein richtiges Greenhorn und ganz am Anfang seiner beruflichen Karriere.

«Warum helfen Sie mir?»

Der Polizist zögerte zuerst, antwortete aber: «Weil Forster es so will. Er ist ein guter Mann. Er arbeitet seit vielen Jahren auf diesem Beruf und weiss, was Sache ist.»

«Aber warum will Forster, dass Sie meine Aussagen anpassen?»

«Er meint es wohl gut mit Ihnen, und er will De Luca drankriegen. Darum.»

Der Polizist druckte das Protokoll auf einem mobilen Drucker aus, die Druckqualität mehr schlecht als recht, und Daniel begann mit dem Durchlesen und unterzeichnete jede Seite. Danach rief der Polizist Forster an.

«Wir haben alles. ... Ja, keine Probleme. Alles so, wie du es gewollt hast.»

Er reichte sein Diensthandy an Daniel weiter.

«Hören Sie, Garvey. Seien Sie ab jetzt dreimal so vorsichtig. Wir haben zwar Beweise gegen De Luca, aber solange wir ihn nicht haben und dem nicht ein rechtskräftiges Urteil an die Stirn genagelt wird, dürfte er alles versuchen, um einer Gefängnisstrafe zu entgehen. Der wird vor nichts zurückschrecken.»

Das war keine Überraschung. Sie hatten es ja selber erlebt.

«Ich habe Neuigkeiten für Sie und Frau Berger, die nicht wirklich beruhigend sind.»

«Was ist los?»

«Die zwei anderen Kollegen, die vor Ihrer Tür hätten stehen sollen, aber nicht da waren, die haben die Wache nicht frühzeitig abgebrochen. Jemand hat sie ausser Gefecht gesetzt und im Liftwartungsraum eingeschlossen.»

«Wie das?»

«Jemand hat sie mit einem Taser erwischt.»

«Also lassen De Lucas Leute nicht locker.»

«Davon gehe ich aus. Schliesslich sind Sie ihm auf der Nase herumgetanzt, und De Luca ist nicht einfach ein Hinterhofganove. Ein Mann von seinem Kaliber lässt sich nicht in den Garten pinkeln.»

Daniels Kopf suchte automatisch nach einer Entschuldigung. «Ich hatte keine andere Wahl.»

«Das ist mir auch klar. Zu Ihrer Beruhigung, der Park Tower wird mit mehreren Teams Raum für Raum durchsucht. Danach werden die Wachen verstärkt. Sechs Mann werden konstant da sein. Wir postieren Zweierteams vor Ihrer Wohnungstür, am Hauseingang und bei der Einfahrt zur Parkhalle. Keiner kommt mehr rein oder raus, ohne dass wir es wissen.»

Daniel fragte sich, wie er dies Anna und ihren Eltern erklären sollte. Sie waren schon ohne dieses Wissen ziemlich beunruhigt, und er wollte nicht, dass Anna noch mehr Stress hatte. Er machte sich Sorgen um das Kind.

Bei dem Gedanken an das ungeborene Kind fragte er sich, wie man ein Kind zur Welt bringen und aufziehen konnte, wenn man sich an jeder Strassenecke umsehen musste, ob man verfolgt wurde oder nicht.

Der Einzige, der die Ruhe weghatte, war Bodo. Er lag auf dem kühlen Steinfussboden bei Annas Füssen und grunzte im Schlaf.

20

Die letzten zwei Tage waren gekommen und gegangen, wie die Sonne und der Mond sich abgewechselt hatten. In Daniels Wohnung hatte sich nichts Besonderes zugetragen. Aufstehen, herumsitzen und warten, drei Mahlzeiten aus dem Vorratsschrank zaubern und alle gingen sie wieder zu Bett. Dazwischen hatte er Runden mit Bodo gedreht, wenn es draussen nicht allzu heiss gewesen war, und er hatte sich keinen Meter weit bewegen können, ohne dass ihm nicht mindestens zwei schwer bewaffnete Polizisten gefolgt wären.

So langsam kam er sich vor wie in einem Gefängnis. Sie erlebten gerade die schönste Zeit des Jahres mit unglaublich warmen Nächten, die er und Anna am See hätten verbringen können. Stattdessen standen sie unter Hausarrest, während De Luca mit seiner Bande sicher längst irgendwo in Südostasien am Strand lag und Schirmchendrinks bestellte.

Am dritten Tag unter Hausarrest stand Forster vor Daniels Wohnungstür. Er setzte sich zu ihnen an den Tisch und schwärmte von dem frisch gemahlenen Espresso, den Daniel ihm zubereitet hatte.

«Wir haben unterdessen elf Hausdurchsuchungen durchgeführt. Von De Luca und seiner Bande fehlt noch immer jede Spur. Auch seine Männer, die man immer mal wieder in seiner Nähe gesehen hat, sind abgetaucht. Daher hat das Polizeikommando angeordnet, dass die Strassensperren morgen früh abgebaut und Ihre Bewachung reduziert werden soll. Auf Dauer fehlt uns das Personal, um so viele Leute für Sie abzustellen. Ich habe meine Einwände angebracht, aber ich spreche gegen eine Mauer. Tut mir leid.»

«Wie soll es weitergehen? Wenn Sie alle paar Tage zwei vom Personenschutz abziehen, ist bald keiner mehr da.»

«Ich weiss, dass das ein Riesenscheiss ist. Ich bin auch nur der Überbringer der schlechten Nachrichten. Glauben Sie mir, ich würde es anders machen, wenn ich könnte. Aber sehen Sie es so, der internationale Haftbefehl gegen De Luca und seine Leute ist verbreitet. Kein Mensch auf der Flucht kann wochenlang die Füsse stillhalten. Irgendwann muss er sich bewegen, und dann erwischt es De Luca und seine Leute. Halb Europa hat die Nachrichten aus unserer Stadt mitverfolgt. Bei dieser Ausgangslage ist es fast unmöglich, unerkannt unterzutauchen. Früher war dies in Süditalien problemlos möglich, doch diese Zeiten sind längst vorbei.»

«Das heisst, dass wir uns bis zu seiner Verhaftung bedeckt halten müssen, obwohl die das Problem sind und nicht wir. Die Verbrecher laufen frei herum, und wir stehen unter Hausarrest. Wie lange kann das dauern? Tage? Wochen?»

«Ganz ehrlich, das weiss niemand.»

Daniel schüttelte genervt den Kopf. «Toll. Sobald wir vor die Tür treten, präsentieren wir uns wie das Nashorn dem Wilderer. Können Sie De Luca und seine Leute nicht irgendwie orten?»

«Das haben wir versucht. Alle uns bekannten Mobiltelefone sind still. Seit der Schiesserei wurden die Telefone von De Luca nicht mehr benützt. Der hat garantiert noch ein Handy und dirigiert von irgendwo seine Angelegenheiten, aber wir können nicht die halbe Welt überwachen, nur weil er unter falschem Namen telefonieren dürfte.»

«Und wir können erst wieder vor die Tür treten, nachdem De Luca irgendwo auf der Welt eingebuchtet worden ist.»

«Im Prinzip ja. Aber wir sollten auch seine wichtigsten Männer erwischen. Denn es ist denkbar, dass er nach seiner Verhaftung die Befehle einfach aus dem Gefängnis an seine Leute herausgibt. Wir müssen also so viele von ihnen erwischen, wie es uns möglich ist.»

Daniel fuhr sich mit beiden Händen über das Gesicht und massierte die Schläfen.

«Ich verstehe Sie gut, Herr Garvey. Aber mehr geht im Moment wirklich nicht. Er hat bestimmt falsche Identitäten, wird alle Orte meiden, die man mit ihm in Verbindung bringen kann, und er ist sicher auch nicht derart dumm, an einem internationalen Flughafen in die Kameras zu blicken. Es wird nicht leicht werden, jemanden wie ihn zu finden. Erst recht nicht, weil er über finanzielle Mittel verfügt, die es ihm erlauben, komplett unter dem Radar zu fliegen. Er hat alle Möglichkeiten dieser Welt, und wir suchen die Nadel im Heuhaufen.»

«Alle Möglichkeiten dieser Welt?», meldete sich Anna. «Ich glaube, ich habe eine Idee.» Sie dachte kurz nach. «Was, wenn ich Ihnen helfe, De Luca zu finden?»

«Was meinst du damit?», fragte Daniel.

Anna flüsterte in Daniels Ohr: «Ich habe eine Idee, und ich glaube, das könnte einen Versuch wert sein.»

Es folgte eine längere Erklärung, über die Daniel nur staunen konnte.

«Auf gar keinen Fall. Das kann nicht dein Ernst sein.» Er zeigte offen auf Forster. «Er ist nicht unser Freund. Dadurch würden wir uns auch noch mit den Behörden Ärger einhandeln.»

Forster versuchte sich bemerkbar zu machen, aber sie ignorierten ihn.

Anna flüsterte Daniel abermals zu, und er glaubte gar nicht, was er da hörte.

«Das tust du ganz sicher nicht. Das dürfen wir nicht. Und erst recht nicht, wenn er danebensteht.»

«Erklären Sie mir, worum es geht?»

«Vergessen Sie es», zischte Daniel Forster an. «Wir müssen nicht über alles sprechen. Es ist unser Recht, nichts zu sagen.»

«Sie stehen nicht unter Tatverdacht, und natürlich müssen Sie nichts mit mir besprechen. Ich mache Ihnen einen Vorschlag. Sie erzählen mir, was man tun könnte. Rein hypothetisch, versteht sich. Solange Sie nichts getan haben, ist ja auch gar nichts passiert. Richtig?»

«Warum nicht?», wollte Anna von Daniel wissen.

«Nein, das kommt nicht in Frage.»

Forster unterbrach ihren ersten Streit, in dem Daniel lauter geworden war, als er es eigentlich gewollt hatte.

«Ich weiss zwar nicht, um was es geht, aber ich mache Ihnen ein Angebot. Egal, was Sie mir erzählen, ich vergesse es gleich wieder. Sie beide haben nie mit mir gesprochen, und ich werde nie etwas gegen Sie unternehmen. Ich will nur eines. De Luca soll lange Zeit dafür sitzen, dass seine Leute meine Nichte erschossen haben. Ich will diese verdammte Ratte erwischen. Koste es, was es wolle. Selbst wenn ich den ganzen Ärger auf mich nehmen muss, den Sie beide anrichten. Ist mir egal.»

Stille. Bodo lag in seiner Ecke und glotzte in die Runde. Annas Eltern verhielten sich sehr zurückhaltend, es war aber sowieso klar, dass sie alles mitverfolgten.

«Ich sage es ihm, Daniel. Wir können uns nicht ewig verstecken. Wir müssen aktiv werden.»

«Ich bin nur dabei», er wandte sich an Forster, «wenn wir die Spielregeln bestimmen. Wir sagen, wie es läuft. Sonst läuft gar nichts mit uns. Wenn die Polizei es nicht kann, schauen wir halt selber für uns.»

«Ich werde ganz sicher nicht Ihre Spielregeln akzeptieren, Garvey. Ich weiss doch noch nicht einmal, was Sie beide wieder aushecken. Ich erzähle nichts weiter, aber ich folge sicher nicht einem Ihrer irren Pläne. Ich habe letzten Herbst gesehen, was dabei herauskommt, wenn Sie beide Ihre kreative Seite ausleben.»

Daniel und Anna starrten ihn an.

«Verdammt soll ich sein, dass ich dies sage. Sie geben vor, und ich schweige. Sagen Sie endlich, was wir tun können, um diesen Mistkerl zu fassen.»

Anna beugte sich über den Tisch. «Ich erkläre Ihnen, was Sie mir besorgen müssen. Alles legal, keine Sorge. Es sind Dinge, die Sie sofort beschaffen müssen, und Sie werden nie jemandem davon erzählen.»

Daniel meldete sich. «Falls jemand Fragen stellt, haben Sie diese Dinge für sich selber besorgt. Klar?»

Anna erklärte es ihm. Daniel sah Forsters Gesicht an, dass der nicht im Ansatz verstand, was Anna mit diesen Dingen vorhatte. Der Ermittler erhob sich und versprach, bald zurück zu sein.

***

Forster parkierte vor De Lucas Garage und ging geradewegs auf die Haustür zu. Yannik Kündig, der uniformierte Kollege, der das Haus bewachte, war blutjung.

«Du kannst da nicht reingehen. Brack hat es verboten. Du dürftest noch nicht einmal hier sein.»

«Komm mir nicht mit Brack. Es geht um Elenas Tod. Ich verspreche dir, dass ich nichts anfassen werde. Ich will mich bloss vergewissern, dass sie bei der Spusi nichts übersehen haben.»

«Wieso? Gibt es Hinweise, dass die Spurensicherung nicht gründlich war?»

«Das will ich ja gerade überprüfen. Es geht um unsere Leute, und da dürfen wir nichts verpassen. Sollte ich bei De Luca einen Beweis finden, melde ich es dir, und meinetwegen kannst du dafür die Lorbeeren einheimsen.»

«Das geht nicht, und das weisst du ganz genau. Ich bin zur Wache hierhergeschickt worden und nicht, um da drin herumzuschnüffeln. Keiner soll da reingehen, bis klar ist, ob es noch weitere Durchsuchungen geben wird. Ich kann nicht behaupten, ich hätte das Haus betreten, sonst kriege ich Ärger.»

«Denk ganz genau nach. De Luca und seine Leute sind Polizistenmörder. Wir müssen dafür sorgen, dass diese Scheisskerle von der Strasse verschwinden. Stell dir vor, es wäre deine hübsche Dienstkollegin, die es erwischt hätte. Wie heisst sie noch, mit der du immer in der Kaffeepause rumhängst? Julia?»

«Das ist nicht fair.»

«Ja genau. Elena haben sie keine faire Chance gewährt. Diese Schweine haben sie einfach abgeknallt. Das sind verdammte Metzger, und wir zwei haben es in der Hand, diese Scheisskerle einzubuchten. Indem wir nicht einfach herumstehen und ein leeres Haus bewachen. Wir zwei können wirklich etwas bewirken. Durch Passivität erreichen wir aber gar nichts.»

Dem jungen Polizisten waren die Gewissensbisse am Gesicht abzulesen, und in seinem Schädel unter dem verschwitzten Haar ratterten die Gedanken.

«Fuck! Nur zehn Minuten. Danach haust du ab.»

Forster betrat das Haus, und als er die Haustür hinter sich ins Schloss gedrückt hatte, schüttelte er irritiert den Kopf.

Von wegen zehn Minuten. Was dachte sich Yannik eigentlich? Dass man eine ganze Villa in nur zehn Minuten durchkämmt hatte? Er hatte nicht vor zu gehen, bevor er gefunden hatte, was Anna Berger benötigte. Er wollte Frankie, die verdammte Kanalratte, plattmachen. Egal, ob er zwei Minuten oder einen halben Tag in dessen Haus herumwühlen musste. Sollte doch Brack selber herkommen, ihn eigenhändig rauswerfen und ihm den Polizeiausweis und die Waffe abnehmen. Das war ihm so was von egal. Aber was machte er sich Gedanken? Es war sowieso sein letzter Fall.

Forster ging durch das Haus, und es gab keinen Winkel, den er nicht studierte. Er fotografierte mit der Handykamera jeden Raum. Nur für den Fall, dass hinterher Fragen auftauchen sollten. Und er folgte Anna Bergers und Daniel Garveys Beschreibung und holte sich die beiden Spielzeugpuppen und De Lucas WLAN-Router. Auf dem Weg zur Haustür betrachtete er die beiden Puppen und konnte es nicht glauben. Rein äusserlich sah man den beiden Spielzeuggeschöpfen nicht das Geringste an. Ohne Anna Bergers Angaben hätte er sie für zwei stinknormale Puppen gehalten und nie im Leben daran gedacht, dass man sich beim Kauf solcher Spielzeuge die Büchse der Pandora in den Haushalt holte.

Als Forster zu seinem Wagen ging, gellte Yannik ihm hinterher: «Hey, du hast gesagt, du schaust nur. Brack hat dir verboten, selber zu ermitteln.»

«Und wenn schon? Willst du petzen wie früher in der Schule

der Klassenarsch? Wenn du diese Uniform würdig vertreten willst, solltest du ganz schnell erwachsen werden. Finde dich mit der Realität ab.»

«Was hast du mit diesen Puppen vor?»

Forster ging auf seinen Wagen zu. «Welche Puppen? Hast du irgendwo Puppen gesehen?»

Er legte das Spielzeug und den WLAN-Router durch das offene Fenster auf die Rückbank und stieg in seinen Wagen ein. Yannik Kündig, dieser Grünschnabel, stand an seinem offenen Fahrerfenster und konnte es nicht gut sein lassen. «Was hast du damit vor?»

«Mach dir keinen Kopf. Es sind Spielzeugpuppen. De Luca will sie einem Kinderheim spenden.»

«Verarschen kann ich mich selber. Wenn du diese Dinge nicht sofort zurücklegst …»

«Weisst du, Yannik …», Forster kam eine gute Bekannte in den Sinn, deren Hund Yannik geheissen hatte, «diese Sache hier ist ganz einfach. Solange du nicht petzt, weiss keiner, dass die Puppen nicht mehr da sind. Somit kannst du für dein Wegschauen gar keinen Ärger kriegen. Falls du petzen solltest, bist du genauso dran, weil du mich hineingelassen hast. Geschnallt?»

Er startete den Motor, fuhr los und sah im Rückspiegel, wie der andere ihm fluchend hinterhergestikulierte.

***

Daniel beobachtete mit verschränkten Armen und noch immer demselben Misstrauen gegenüber Forster, wie dieser Anna die beiden Puppen und den WLAN-Router übergab.

«Wie wollten Sie nochmals diese Daten auslesen?», fragte Forster.

Doch für Daniel ging bereits dies wiederum zu weit. Die Fragerei passte ihm nicht. «Je weniger Sie wissen, desto besser für uns. Das war die Abmachung.»

Forster hob abwehrend die Hände, während Anna den Werbeslogan aus dem TV wiederholte und eine Puppe bewegte, als ob diese sprechen würde.

«Hi, ich bin Cora. Ich habe sooo viele Dinge zu erzählen.»

Forster quittierte dies mit einem irritierten Blick, und Anna holte aus. «Cora ist keine normale Puppe. Meine Güte, schon dieser Satz ist ein Werbeslogan. Cora ist keine normale Puppe.»

Daniel und Forster starrten Anna an.

«Kommen Sie bitte auf den Punkt», sagte Forster. «Ich verstehe von solchen Dingen sowieso nicht allzu viel.»

«Okay. Also Cora ist mit einem kleinen Computer ausgestattet. Mit Mikrofon, WLAN, Bluetooth und vermutlich auch mit Beschleunigungssensoren. Die Puppe ist ein Spielzeug für Kinder. Sie spricht mit ihnen, und wenn sie der Puppe Fragen stellen, arbeitet die Puppe wie Siri. Die Antwort wird aus dem Internet generiert und dem Kind vorgetragen. Zugleich ist sie via Smartphoneschnittstelle für die Eltern ein Kinderüberwachungstool.»

«Verrückte Welt», sagte Forster.

«Haben Sie Kinder?», fragte Anna.

«Ja.»

«Und hatten Sie ein Babyphone?»

«Klar, wer nicht?»

«Cora ist im Prinzip nichts anderes als ein Babyphone, ausser dass sie eben einiges mehr kann. Im Prinzip funktioniert sie wie Siri, Alexa und all die anderen Sprachassistenten. Sie wissen, was Alexa und Siri sind?»

«Ja, schon gehört.»

«Na, dann nehmen Sie all die negativen Dinge, die man Siri und Alexa nachsagt, multiplizieren dies mit Faktor hundert, und die Puppe Cora sitzt vor Ihnen.»

Anna lief aus dem Gespräch in Richtung von Daniels Schlafzimmer davon.

«Ich brauche meine Ruhe. Es wird nicht leicht sein, die Handydaten auszulesen.»

«De Lucas Handy?», fragte Forster.

«Seines oder jenes seiner Frau, der Kindsmutter, oder wer auch immer die Puppe bedient hat. Finden wir die Mobiltelefone, die sich in das System dieser Puppen eingeloggt haben, so finden wir wahrscheinlich auch De Lucas engsten Kreis der Vertrauten.»

Sie verschwand im Schlafzimmer und zog die Tür hinter sich ins Schloss.

«Das kann dauern», erklärte Daniel. «Wenn sie sich mit IT-Dingen befasst, sollte man nicht auf sie warten. Und zur Erinnerung: Sollten Sie darüber, was wir hier tun, mit jemandem sprechen, verspreche ich Ihnen –»

«Halten Sie doch endlich mal den Schnabel, Sie misstrauischer Miesepeter. Wollen Sie mir allen Ernstes drohen? Einem Polizisten drohen?»

Daniel fixierte ihn. Ganz ehrlich, er hätte keinen Moment davor zurückgeschreckt, Forster Vernunft einzuimpfen, falls der Anna Schlechtes tun sollte.

«Ich habe Ihnen mein Wort gegeben, und daran halte ich mich. Sollte es Ärger geben, geht diese Runde auf mich.»

«Ihr Wort reicht mir nicht.»

«Ich weiss, dass Sie mich nicht mögen. Nur weil wir nicht Freunde sind und nicht auf derselben Seite stehen, bin ich deswegen noch lange keiner, der sein Wort bricht.»

«Wer garantiert mir, dass Sie dies nicht alles gegen uns verwenden werden?», hakte Daniel nach.

Forster verdrehte sichtlich genervt die Augen. «Sie haben wirklich nicht die leiseste Ahnung. Ich habe allen Grund, nichts über all dies herauszuposaunen. Sollte nämlich einer kapieren, dass ich für Frau Berger diese beiden Puppen und das WLAN-Gerät von einem Tatort entwendet habe, werde ich wie ein Mittäter bestraft. Kapiert?»

Daniel dachte darüber nach. Er war zwar kein Anwalt, aber vermutlich hatte Forster damit sogar recht.

***

Forster hatte es nicht behagt, drinnen mit Garvey darauf zu warten, bis die Sache vollbracht war. Also lag er draussen im Fahrersitz seines Wagens, die Fenster alle unten und die Fahrertür offen. Er befand sich zwar im langen Schatten des Park Towers, dennoch strahlten die Materialien seines Wagens die Gluthitze ins Innere ab. Ohne das wenige an Thermik wäre es nicht auszuhalten gewesen. Er hatte eigentlich bloss einen Schluck aus der Wasserflasche nehmen wollen, leerte aber stattdessen deren gesamten Inhalt. Sein Kopf glühte, und in den Schläfen klopfte ein dumpfer Kopfschmerz im Takt seines Herzschlags.

Er schaute mit unscharf gestelltem Nullblick durch das Seitenfenster und konnte es einerseits kaum glauben, dass Anna Berger zu solchen Dingen imstande war. Andererseits traute er ihr noch einiges mehr zu. Es war offensichtlich, dass sie im letzten Herbst ihre Finger im Spiel gehabt hatte. Wie durch Geisterhand hatte sich eine ganze Lawine an Informationen über einen Typ und seine Machenschaften durch das Internet ergossen. Absender unbekannt und die IT-Forensik hatte nicht den Hauch einer Chance gehabt herauszufinden, wer hinter den Hacks gestanden hatte. Für ihn war es immer klar gewesen. Garvey war der Sportler, Anna Berger der Computerfreak. In diesem Moment sass sie oben in Garveys Wohnung und betrieb mit ihrem Laptop ihre eigene Art von Hexerei. Nur spielte das keine Rolle mehr. Bis vor wenigen Tagen hatte er gegen die beiden nach Beweisen gesucht, jetzt verbrüderte er sich mit ihnen.

Scheisse, was tue ich hier?

Er legte den Kopf in den Nacken, als ob er durch das Fahrzeugdach hindurchblicken könnte.

«Gott, lass sie verdammt gut sein bei dem, was sie gerade tut. Hilf ihr, diese elende Kanalratte aufzuspüren.»

Ein Anruf ging ein, und der kam nicht aus dem Park Tower, sondern aus dem Polizeigebäude an der Aa. Es war Bracks Anschluss.

«Gibt es Neuigkeiten?», fragte Forster.

«Was habe ich gesagt, was ich von dir erwarte?»

«Was ist denn jetzt schon wieder los?»

«Du weisst verdammt gut, was ich meine. Was hast du in De Lucas Haus gemacht?»

«Nichts. Wieso? Was habe ich falsch gemacht?»

Forster spielte den Scheinheiligen und schwor sich, Yannik ein Abführmittel in den Morgenkaffee zu schmuggeln.

«Was du falsch gemacht hast? Sag mir doch mal, was dir beim Wort Spielzeugpuppe spontan einfällt?»

«Das Einzige, was mir in den Sinn kommt, ist, dass dieser Grünschnabel eine blöde Petze ist und gar nicht weiss, um was es geht. Ich habe mir ein Bild gemacht. Mehr nicht. Ich wollte nur sicher sein, dass die anderen nichts Wichtiges übersehen haben.»

«Und die Dinge aus De Lucas Haus sind dir hinterhergelaufen, oder wie?» Brack schrie ins Telefon, Forster hielt das Telefon vom Ohr weg und richtete seinen Blick in den Himmel des Fahrzeugdachs.

«Die Puppen haben keinen Wert. Hingegen kann ein Kinderheim sie gut gebrauchen. So hat De Luca wenigstens ein gutes Werk getan.»

«Glaubst du echt, dass ich dir diesen Mist abkaufe? Wo bist du?»

«Ich sitze im Auto und mache ein Nickerchen. Ich bin so müde, dass ich kaum mehr klar denken kann.»

«Ich sage dir, was ich denke. Du hattest mehr als eine Chance. Ich stelle dich für zehn Tage vom Dienst frei. Vorübergehend. In dieser Zeit hast du keinen einzigen Fall mehr und genug Zeit, um wieder klar zu denken.»

«Ach hör doch auf!» Forster sah wieder nach vorn durch die Windschutzscheibe. «Soll Campari Soda ermitteln? Der weiss nicht einmal, wie man Arbeit buchstabiert.»

«Das soll nicht deine Sorge sein. Du bist zehn Tage kaltgestellt, und ich melde es dem Kommando. Wenn du Pech hast, musst du mit einer Lohndegradierung rechnen. Das ist mir völlig egal. Darüber kann das Kommando entscheiden.»

«Das wagst du nicht.»

«Und wie ich das tue. Noch einen falschen Schritt und ich werde dir die Hölle heissmachen, und das ist keine Drohung, das ist ein Versprechen.»

«Leck mich am Arsch, Brack. Ich kündige. Ich komme morgen vorbei und gebe meine Sachen ab.»

«Ach, jetzt, wo es in der Stadt lichterloh brennt und dein Ego angekratzt ist, willst du kündigen und von einem Tag auf den anderen nicht mehr zu uns gehören? Bist du völlig übergeschnappt? Was ist mit deinem Berufsstolz?»

«Gerade eben wolltest du mir doch den Ast absägen.»

«Ja, aber doch nicht freistellen, du Idiot! Du sollst bloss die Finger von De Luca lassen. Aber nein, Forster ist etwas Besseres. Ein Forster muss sich nicht an Befehle halten.»

Eine Pause stellte sich ein, und Forster sagte kein Wort.

«Bleib ein paar Tage zu Hause und tue einfach nichts. Denk zuerst nach, bevor du wieder einen Schnellschuss produzierst.»

Forster verdrehte genervt die Augen und sah einem schweissnassen Mann ins Gesicht, der in Laufschuhen durch die Strassen und die ozongeschwängerte Luft stolperte.

Was er gerade tat, das waren alles keine Schnellschüsse. Es ging um Elena, und sie war Familie. Hätte sich für ihn nicht alles um sie gedreht, hätte er seine Glock und den Dienstausweis auf der Stelle abgegeben.

Brack wollte einen Satz beginnen, aber Forster drückte den Anruf weg. Im Frust schlug er mit der Faust gegen das Lenkrad. Was für ein Vollpfosten von einem Chef.

Forster überlegte sich, wie weit seine Überstunden reichen würden. Ein breites Grinsen legte sich auf sein Gesicht, und sein Blick bohrte sich wieder durch den Dachhimmel des Fahrzeugs. Wenn er heute kündigen würde, hatte er wegen all der Überstunden vermutlich ab sofort frei, und trotzdem war er bis zum Ablauf des Arbeitsvertrags formell ein vereidigter Polizist. Oder nicht? Er dachte nach. Doch, so musste es sein.

In Forsters Kopf keimte eine Idee. Er wusste, was er zu tun

hatte, falls Anna Berger es schaffen würde, Frankie die Ratte aufzuspüren.

***

Daniel sass neben Anna am Esstisch, Forster gegenüber und Annas Eltern mit dem Hund drüben auf dem Sofa. Der Einzige im Raum, der die Lauscher nicht voll offen hatte, war Bodo, der auf dem Teppich lag und hechelte.

«Aus dieser hier», Anna hielt die eine Cora-Puppe hoch, «habe ich nichts herausbekommen. Sie hat bei meinem Verhör leider die Aussage verweigert.» Anna grinste über den eigenen Witz, erkannte jedoch, dass keinem richtig nach Scherzen zumute war. «Jedenfalls, ich konnte keine Daten auslesen, den Grund kenne ich nicht. Wahrscheinlich ist sie defekt.»

Daniel musterte Anna, und sie tat das, was ihn an ihr noch immer faszinierte. Sie verdrehte ihr langes dunkles Haar an ihrem Hinterkopf und steckte einen Bleistift durch das Haargebilde. Die Haare blieben oben, und er studierte ihr zierliches Profil.

«Aber diese zweite Puppe katapultiert unseren Wissensstand auf Start.»

«Das heisst?» Forster sprang vor Ungeduld fast vom Stuhl hoch.

«Das heisst, dass wir nun zwei Mobiltelefone kennen, die mit der Puppe gekoppelt waren.»

«Was meinen Sie mit ‹kennen›? Haben Sie die Handynummern?»

Sie schüttelte den Kopf. «Viel besser. Wir haben die Gerätenummern der Handys. Das ist besser als jede Telefonnummer, weil über ein Mobiltelefon mehrere Telefonnummern betrieben werden können. Wir können dank der Gerätenummern die beiden Geräte identifizieren und selbst im Internet aufspüren, egal, über welche Telefonnummer oder Anbieter kommuniziert wird.»

«Was haben Sie herausgefunden?»

Forster konnte es nicht erwarten, und Daniels Blick ruhte auf Annas Lippen. Er sah ihr beim Sprechen zu und konnte sich nicht erinnern, dass sie sich die letzten zwei, drei Tage auch nur ein einziges Mal geküsst hatten. Zu viel war passiert, und zu viele störten ihre Ruhe.

«Ich kann die beiden Handys orten, und ich kenne sogar die Apps, die auf dem einen Handy installiert sind.»

Daniels Gedanken fuhren hoch. «Wissen wir, ob es De Lucas Handy ist?»

Anna grinste, und auf ihren Wangen bildeten sich Grübchen. «Bingo.» Sie zeigte auf den Bildschirm ihres Laptops. «Bis vor Kurzem loggte sich dieses erste Handy täglich in De Lucas WLAN ein und verband sich auch mit Cora-Puppe Nummer zwei. Das korreliert plus/minus mit De Lucas Anwesenheiten hier in der Stadt. Etwa zu jener Zeit, als wir auf dem Polizeiposten angegriffen worden sind, meldete sich das erste Handy letztmals aus dem WLAN und der Cora-Puppe ab, und seither gibt es keinen Log-in mehr.»

«De Luca», entfuhr es Forster.

«So sieht es aus», ergänzte Anna, «denn in den letzten fünf Wochen loggte sich kein anderes Gerät in Coras System oder das WLAN ein. Es gab zwar ein zweites Handy, das bis vor circa fünf Wochen auch regelmässig das WLAN und die Cora-Puppe angesteuert hat. Aber dann folgt eine mehrwöchige Pause. Dieses zweite Handy ist seit Wochen im Ausland. Das kann also nicht De Luca gehören, denn der war ja hier. Wir haben selber vor ihm gestanden.»

Daniel runzelte die Stirn. «Was kann man daraus folgern?»

Forster meldete sich. «Ich habe dazu eine Hypothese. Vermutungsweise loggen sich nur Eltern oder eine Nanny mit dem Handy in eine solche Spielzeugpuppe eines Kindes ein. Und wir wissen, ein Elternteil war seit fünf Wochen nicht mehr da, der andere dagegen schon. Wir wissen, dass De Luca selber hier anwesend war, also muss das zweite Telefon der Kindsmutter gehören.»

«Wieso nicht das Handy einer Nanny?», fragte Daniel.

Forster sagte: «Theoretisch denkbar, ich glaube jedoch, dass eine Nanny nicht für fünf Wochen mit einem Kind verreist, ohne dass ein Elternteil mit dabei ist. Deshalb tippe ich auf die Kindsmutter.»

Anna nickte. «So sehe ich es auch. Aber das zweite Handy ist im Moment egal. Denn Handy Nummer eins dürfte De Luca gehören, und den wollen wir ja schliesslich finden. Konzentrieren wir uns also auf ihn, ja? Das andere Handy sollte uns erst interessieren, falls wir mit dem ersten falschgelegen haben.»

«Also los», drängte Forster. «Sie können es doch orten, nicht?»

«Über die Mobilfunkmasten. Klar. Ich weiss, wo sie sich befinden.»

Daniels Blick wanderte reflexartig zum Bildschirm, und Forster trat um den Tisch herum, um es mit eigenen Augen sehen zu können. Anna rief zwei Fenster auf, und beide zeigten eine Karte.

«Dieses zweite Handy befindet sich in Fort Lauderdale, Florida. Um genau zu sein, auf dem Areal des Coral Ridge Yacht Club. Da liegen die richtig krassen Yachten vor Anker. Google Earth weiss das.»

«Die Person in Florida scheint mir nicht Frankie De Luca zu sein», warf Forster ein. «So schnell konnte er nicht nach Florida gelangen. Denn wenn er einen Flieger genommen hätte, wäre er längst bei einer Flughafenkontrolle aufgeflogen. Zu fliegen wagt der gar nicht. Ausser …» Forster grübelte. «Was, wenn er eine Privatmaschine bestiegen hat? Wobei, auch dann hätte er die Ausreisekontrolle passieren müssen.»

Anna zeigte auf den Bildschirm und die andere Karte. «Das da, das muss De Luca sein, denn dieses Handy war bis kurz vor der Schiesserei hier in der Stadt und mit De Lucas WLAN und der Cora-Puppe gekoppelt. Er ist hier.»

Die Karte zeigte einen Gebäudekomplex. Anna stellte auf

Satellitenansicht um, und sie sahen Schrägdächer, Ziegel aus heller Tonerde und eine staubige, karge Landschaft.

Sie verkleinerte die Ansicht, und die Vororte von Montpellier wurden erkennbar.

«Er ist in Frankreich», sagte Forster. «Dachte ich es mir doch. Der getraut sich nicht einmal in die Nähe eines Flughafens. Wenn er auf dem Landweg unterwegs ist, kriege ich ihn.»

«Es besteht kein Grund zur Eile», wandte Anna ein, «denn nun können wir ihm in Echtzeit folgen, und er hat sich in den letzten Stunden ständig bewegt. Bis wir dort sind, ist er sicher bereits wieder weg. Besser, wir besprechen zuerst alle übrigen Infos, die ich beschaffen konnte, dann sehen wir, wohin er sich verkriecht.»

Daniel erahnte, dass da noch mehr war. «Was hast du gefunden?»

Sie sah ihm in die Augen, und er verstand, dass sie noch viel mehr wusste.

«Es war ja auch dieses zweite Handy in das WLAN eingeloggt und mit der Cora-Puppe verbunden. Das Handy ist seit fünf Wochen in Florida und den Florida Keys unterwegs. Frau, Freundin, Nanny, was auch immer.»

«Es ist polizeilich bekannt», fügte Forster an, «dass De Luca verheiratet ist und mehrere Kinder von zwei Frauen hat. Aber das heisst nicht automatisch, dass das Kind von der Ehefrau stammt. Es könnte auch eine Geliebte mit Kind sein. Egal. Wir schnappen ihn so oder so.»

«Sie dürfen ruhig euphorisch werden. Wir wissen nämlich deutlich mehr über De Luca.»

«Was meinen Sie?»

«Cora ist eine richtig fiese Datenkrake. Sie ist das perfekte Spionagetool, denn sie zeichnet alles auf. Ton, Bild, Log-ins, alles, was das Herz begehrt. Wenn Sie also das letzte Stück Privatsphäre bewahren wollen, ist diese Puppe nicht das Ende von etwas, sondern das Ende von allem.»

«Was meinen Sie damit?»

«Da ich die Puppe auslesen konnte, kenne ich nun auch alle Apps, die De Luca auf seinem Handy installiert hat, und teils sogar seine Dateninhalte. Über Spotify hört er italienische Hits. Zucchero, Jovanotti und selbst Pavarotti hat er im Ordner seiner Lieblingssongs.»

Daniel wollte Annas Fähigkeiten nicht in ein schlechtes Licht rücken, aber Pavarotti war ihm ziemlich egal.

«Kennst du auch nützliche Inhalte?»

«Klar doch. Er hat ein Krypto-Wallet auf seinem iPhone installiert, und es gibt in den letzten Stunden vor seinem Verschwinden Rechenleistungen über diese App.»

Forster standen die Fragezeichen ins Gesicht geschrieben, und Anna lachte, weil er so dümmlich aus der Wäsche guckte.

«Sie haben keine Ahnung, was ein Krypto-Wallet ist. Richtig?»

Forster hob die Schultern und liess sie fallen.

«Von Bitcoin und Ethereum haben Sie aber sicher schon mal gehört.»

«Klar. Ich lebe ja nicht hinter dem Mond.»

«Eine digitale Währung. Nun, wenn Sie so eine Währung kaufen, wird diese auf Ihrem Gerät digital in einem Krypto-Wallet gespeichert. Solche Wallets sind nichts anderes als digitale Geldbörsen, die Sie mit sich herumtragen. Mehr steckt nicht dahinter.»

Daniel rutschte näher zu Anna und suchte vergebens ihren Bildschirm nach entsprechenden Daten ab.

«Den Inhalt des Wallets kennst du nicht?»

«Leider nein. Ich weiss nur, dass er direkt vor seinem Untertauchen das Wallet bedient hat. Was schliessen wir daraus?»

«Er könnte Geld für seine Flucht draufgeladen haben.»

«Ganz genau. Vielleicht hat er Kryptos auf das Wallet geladen, woandershin verschoben, möglicherweise hat er auch sein Bargeldvermögen dadrauf und haut damit ab.»

«Wieso sollte er Krypto-Währungen bei sich tragen?», fragte Forster. «Er kann genauso gut mit Bargeld reisen und ist damit sogar besser bedient. Bargeld hinterlässt keine Spuren im Internet.»

«Für einen Ermittler stehen Sie mir jetzt doch ziemlich krass auf dem Schlauch. Was glauben Sie, wie er zum Beispiel mit einer halben Million über die Grenze kommen will?»

«Solange er nicht angehalten wird …»

«Kann sein, dass er einen unbewachten Grenzübergang erwischt und es mit fünf Millionen im Kofferraum über die Grenze schafft. Falls er aber kontrolliert wird, fliegt er sofort auf. Hat er dagegen sein Vermögen in einem Krypto-Wallet, schlüpft er glatt durch jede Kontrolle. Oder haben Sie am Flughafen schon einmal erlebt, dass einer den Inhalt seines Mobiltelefons vorzeigen musste?»

Forster grübelte, und für einmal war Daniel dem Ermittler einen Schritt voraus.

«Können wir herausfinden, wie viel Geld er in seinem Wallet hat?»

Anna grinste. «Ich dachte, ihr würdet nie fragen.» Annas Eltern reckten ihre Hälse. Nur Bodo blieb gelangweilt liegen und machte Anstalten, die Hitzetage zu verschlafen. «Von hier aus können wir das Vermögen in seinem Wallet natürlich nicht studieren, weil wir sein Passwort nicht kennen. Aber es gibt einen Weg. Wir müssen dazu lediglich in seine Nähe kommen. Schaffen wir dies, kriegen wir noch viel mehr über ihn heraus.»

Anna zeigte auf die Plastiktüte, die vor Forster auf dem Tisch lag.

«Was für Teufelszeug habe ich Ihnen eigentlich in diesem Elektronikzubehörladen besorgt?»

«Das verrate ich Ihnen später. Zuerst müssen wir besprechen, wie wir in seine Nähe gelangen.»

Daniel schüttelte vehement den Kopf. «Du kommst mir ganz sicher nicht mehr in De Lucas Nähe. Denk an das Baby.»

«Baby?», platzte Forster heraus und starrte auf Annas flachen Bauch, der offensichtlich immer noch nichts verriet. «Sie sind schwanger?»

Anna lächelte stolz, und Forster machte Augen so gross wie in einem japanischen Comic.

«Meine Güte, hoffen wir, dass es nach keinem von Ihnen beiden kommt, sonst schläft in dieser Stadt bald keiner mehr ruhig.»

Anna strafte Forster mit einem stechenden Blick und wandte sich an Daniel. «Hör mir doch zuerst zu. Ich habe eine Idee, wie wir ihn aufs Kreuz legen können. Und er wird es nicht einmal bemerken.»

Daniel lehnte kategorisch ab. «Du kommst mir nie mehr in die Nähe dieses Scheisskerls. Hast du vergessen, dass sie dir wehtun wollten?»

Doch er erkannte in Annas Augen, dass seine Worte an ihr abprallten wie die Fliegen am Gitter im Fenster.

***

Die goldene Sonne sank der Hügellandschaft entgegen, und Ventimiglia brauste mit hundertdreissig über die schnurgerade Languedocienne an Montpellier vorbei. Dunkler makelloser Asphalt und ziemlich wenig los auf der Strasse. Für Hochsommer herrschte gähnende Leere, und er kam erstaunlich gut voran.

Sein Rücken schmerzte, nachdem er die letzten Nächte im Wagen verbracht hatte, um sich nicht in Hotels mit seinem Namen anmelden zu müssen.

Endlich ging der Anruf ein, den er erwartet hatte, und das Ziehen in seinem Rücken war vergessen.

Mit einer kostenpflichtigen Rufnummer hätte er in diesen Tagen ein Vermögen machen können. Die Stimme des Anrufers kämpfte gegen den schlechten Empfang und die Fahrgeräusche an.

«Dein Auftrag lautet eliminieren. Alles andere ist für uns zu gefährlich.»

«Ich habe schlechten Empfang. Kannst du dies wiederholen?»

«Ich sagte e-li-mi-nie-ren. Das muss ein Ende finden. Mit diesen Spielchen und Pannen muss ein für alle Mal Schluss sein. Wir können uns diesen Rummel nicht leisten. Keiner kann sich dies leisten.»

«Ich verstehe. Bist du dir absolut sicher, dass wir zu diesem Zeitpunkt immer noch auf diesem Niveau agieren sollen?»

«Es ist bereits beschlossene Sache. Nur so kann Ruhe einkehren. Tu es so bald wie möglich.»

«*Ho capito.* Sonst noch etwas?»

«Das ist alles.»

Ventimiglia brauste weiter über den Asphalt, und sein Kopf war müde von der langen Fahrt und den ständigen Seitenböen, die ihm das Meer herüberschickte und die er mit dem Lenkrad ausgleichen musste.

Einige Kilometer südwestlich erblickte er für einen kurzen Augenblick links vor sich zwischen den Hügeln das Meer vor Sète. Tiefblau und wild. Genauso wild konnten die kommenden Stunden werden. Wild, doch danach würde endlich wieder Ruhe einkehren.

21

Kurz vor neun Uhr schien die Sonne in Frankies Gesicht. Es kam ihm vor, als wäre er bereits eine Ewigkeit nicht zu Hause gewesen. Er vermisste das «La Parmigiana» und die Aussicht aus der Indoor-Golfanlage auf den Zugersee. Er blickte über das Hafenbecken von Port-Vendres hinweg in die Pyrenäen. Sein Blick ging über die Yachten und blieb an den Fischern hängen, die ihren Tagesfang wuschen. Seine Gedanken kehrten ins «La Tramontane» zurück, auf dessen Vorplatz er an einem kleinen runden Tisch sass.

Demnächst würde er in Spanien sein. Aber zuerst wollte er richtig frühstücken, denn es lagen einige Stunden Fahrt vor ihm.

Auf seinem Tisch reihte der Kellner ein Frühstück auf, das für eine ganze Familie gereicht hätte. Brötchen, Joghurt, Saft, Pain au chocolat, Café au lait. Er lebte im Überfluss eines Königs, wenn er bedachte, dass er eigentlich auf der Flucht war.

Er bedankte sich mit einem holprigen «*Merci bien*», das wegen seines italienischen Akzents gar nicht mal so schlecht zu den Katalanen passte.

Nach längerem Tuten nahm sie endlich seinen Anruf entgegen.

«*Ciao carissima!* Entschuldige bitte, dass ich dich mitten in der Nacht anrufe. Wie geht es euch?»

Er hörte ihrer verschlafenen Stimme zu und wie sie über die Ferien schwärmte. Zugleich war er nicht bei ihr und auch nicht bei seinem Frühstück in Port-Vendres.

«Gefällt es euch gut?»

Es folgte viel Blabla. Sie sprach wirklich ohne Unterlass und hatte nur gute Worte für alles da drüben, jenseits des Atlantiks.

Nach einer Weile rückte er mit der Sprache genau so weit heraus, wie er es für nötig hielt.

«Ich musste meine Pläne ändern. Bei einem Deal hat es ein kleines Problem gegeben. Also habe ich mir gedacht, ich lasse es einfach sein und komme eine Woche früher zu euch.»

«Alles gut, Frankie?»

«*Ma certo.* Mach dir keine Sorgen. *Tutto bene.* Ich freue mich doch bloss, bald bei euch zu sein.»

«Wann landet deine Maschine?»

«Das kann ich noch nicht genau sagen. Ich werde spontan einen Flug buchen, der am besten in meine Pläne passt. Vielleicht in zwei Tagen. Ich werde es dich wissen lassen. Vorher muss ich ein paar Dinge erledigen.» Er wollte am Telefon nicht darüber sprechen, wann er wo einen Flieger besteigen würde. Er musste besonders vorsichtig sein. Es war an alles gedacht. Falsche Ausweise, eine neue Biografie für ihn und seine Liebsten. Ein neues Zuhause würden sie auch finden, aber dafür war es noch zu früh. «Sag mir lieber, wie es unserer hübschen Teresa geht? Geniesst sie es?»

«Und wie! Ich habe sie kaum mehr aus Disney World hinausgekriegt, und vor einem Haus auf Key West draussen hat sie geweint und gesagt, sie wolle auch in einem Haus wohnen, das so schön sei wie dieses.»

«Wer weiss, bestimmt tun wir das bald. Ihr solltet mir das Haus zeigen, sobald ich da bin. Du musst wissen, Häuser in guter Lage sind die beste Geldanlage.»

Sie erzählte noch dies und das, und er drängte auf ein Ende, da er sich dem Frühstück widmen wollte.

Eine halbe Stunde später fand er an der Place Castellane zu seinem Fahrer zurück. Während sich der Wagen durch die unzähligen Kurven die Pyrenäen hochschlängelte, bestaunte er das Meer. Eine wunderschöne Landschaft. Nur schade, dass es nicht seine Heimat war, sondern Frankreich.

«Wann erreichen wir Málaga?», fragte er.

«Auf das Abendessen. Rechnen Sie mit zehn bis elf Stunden Fahrt», gab der Fahrer zurück, und Frankie prüfte sein Handy. Noch immer nichts von Ventimiglia. Also lebten die beiden

Störenfriede noch. Das war doch alles nicht möglich. Madonna, wie war das möglich?

Die letzten Tage hatten alles über den Haufen geworfen. Nein, nicht die Tage waren schuld, sondern dieses Paar. Der Mann und die Frau waren das Problem, und Ventimiglia musste das Problem endlich beseitigen.

***

Forster warf Annas Gepäck in seinen Kofferraum, drückte Daniels Rucksack obendrauf, und sie fuhren los.

«Wie sind Sie an unseren Leuten vor Ihrer Wohnungstür vorbeigekommen?»

Anna sass auf der Rückbank und schaute aus dem Fenster, Daniel auf dem Beifahrersitz, und beide schwiegen.

«Pfadfindergeheimnis», sagte Daniel. «Machen Sie sich keine Sorgen, Ihren zwei Kollegen geht es prächtig. Die haben nicht einmal bemerkt, dass wir uns rausgeschlichen haben.»

«Haben Ihre Schwiegereltern die beiden abgelenkt?»

Daniel ging nicht auf seine Frage ein, und auch Anna gab keine Antwort. Forster brauchte nicht alles zu wissen.

Auf der Autobahn machte Forster das Blaulicht ohne die Sirene an, beschleunigte wie ein Irrer, und Daniel fragte sich, ob ein Polizist nicht auch gebüsst werden konnte. Hatten Polizisten einen Freifahrtschein? Egal. Sie schwiegen fast die ganze Fahrt über.

Den Flughafen Zürich erreichten sie in Rekordzeit. Kurz darauf gaben sie sich dem Securitycheck hin. Schlüssel und Handy in die Box, Gürtel aus der Hose, durch den Metalldetektor, der bei jedem zu piepen schien. Pünktlich zur Boarding Time erreichten sie das Gate. In Gedanken versunken studierte Daniel die Schwanzflosse des Fliegers, den sie gleich besteigen würden. Conor Garveys Gesicht tauchte vor seinem geistigen Auge auf und plagte ihn, bis endlich die Durchsage für das Boarding erfolgte.

Forster wollte sich von seinem Schalensitz im Wartebereich erheben, als sein Mobiltelefon surrte.

Auf dem Display las er den Namen Brack.

«Ist das Ihr Boss?», fragte Daniel.

«Ja, den rufe ich später zurück.»

«Alles okay?»

«Klar. Wieso nicht?»

«Sie machen ein Gesicht, als ob Sie beim Kaugummiklauen erwischt worden wären.»

«Quatsch. Wie kommen Sie denn darauf?»

Tatsächlich war in Forsters Augen eine Art Unruhe zu erkennen. Etwas stand im Raum, aber es blieb unausgesprochen.

«Wenn es um meinen Chef geht, bin ich immer angespannt. Wir haben das Heu nicht auf derselben Bühne. Ist eine lange Geschichte.»

Damit war das Gespräch beendet, und sie gingen durch die Ticketkontrolle und durch die Gangway, wo die Luft stickig und heiss war. Forster drehte sich im Gehen zu Anna um.

«Sie haben noch immer nicht erzählt, was genau Sie mit den IT-Tools anstellen wollen, die ich Ihnen besorgt habe.»

«Haben Sie schon mal von einer DolphinAttack gehört?»

Daniel und Forster warfen sich fragende Blicke zu.

«Mit den Geräten, die Sie mir besorgt haben, kann ich im Ultraschallbereich kommunizieren und mit einer Software auf meinem Smartphone menschliche Stimmen imitieren. Damit kann ich in Frequenzbereichen sprechen, die wir alle nicht hören können. Selbst wenn einer direkt danebensteht, hat er keine Ahnung, dass mein Handy über den Ultraschallwandler Töne aussendet. Delphine und Wale kommunizieren sehr ähnlich und sogar über etliche Kilometer, daher nennt man das, was wir vorhaben, auch eine DolphinAttack. Ich werde auf diesem Weg sein Handy ansprechen, und sobald ich sein Gerät im Griff habe, kommuniziert es mit mir drahtlos.»

«Woher wissen Sie, dass De Lucas Handy auch tatsächlich darauf hören wird?»

«Jedes stinknormale Mobiltelefon kann diese Frequenzen wahrnehmen. Und weil De Lucas iPhone mit der Cora-Puppe gekoppelt war, wissen wir, dass er seine Siri-Sprachassistentin aktiv geschaltet hat und welches sein Telefon ist. Sein Gerät wartet also ständig auf Kommandos. Ich muss mit dem Ultraschallwandler nur nahe genug sein und das Wake Word nennen.»

«Was für ein Fake Word?»

Forster hatte keine Ahnung, und Daniel war ein kleines bisschen stolz, dass er wenigstens wusste, wovon Anna dieses Mal sprach.

«Nicht *Fake* Word, sondern *Wake* Word. Kennen Sie den Befehl ‹Hey Siri›?», fragte Daniel.

«Das ist alles? ‹Hey Siri›, und mehr braucht es nicht?»

«Solange er sein Wake Word nicht angepasst hat – und das tut eigentlich keiner –, kapern wir sein Handy mit genau diesen zwei Worten. Nur eben im Ultraschallbereich.»

«Und er kann dies nicht hören?», hakte Forster nach.

«Keine Chance. Das ist wie mit einer Hundepfeife. Bei manchen hört man ein feines Pfeifen, bei den Guten aber ist rein gar nichts zu hören. Und das Beste ist, selbst wenn er direkt auf sein Display schaut, kann er nicht bemerken, dass Siri uns die Hintertür aufhält.»

«Wie kann ich mich vergewissern, dass Siri auf meinem Handy deaktiviert ist?», gab Forster zurück.

«Das zeige ich Ihnen, wenn wir im Flieger sitzen.» Sie genoss es sichtlich, den Ermittler herauszufordern. «Wir wollen ja nicht, dass der Ultraschallwandler versehentlich Ihr Handy angreift.»

Forster blickte irritiert in Annas Gesicht, bis er erkannte, dass sie wie ein Lausebengel grinste.

«Sehr witzig.»

«Keine Sorge, der Ultraschallwandler macht genau das, was ich ihm sage. Ich werde De Luca seine Krypto-Moneten aus dem Wallet saugen, und danach schnappen wir uns den

Rest seiner Daten. Die Kontakte zu seiner ganzen Bande, die er kommandiert, seine Kalenderdaten, die Mails, einfach alles. Danach dürfen Sie ihm die Handschellen anständig zudrücken. Ihr Telefon werde ich natürlich nicht angreifen.»

«Ich kann es nicht glauben, dass dies mit einer Ausrüstung für achtzig Franken möglich ist.»

Anna grinste wie ein richtiger Schurke. «Wenn Sie Lust haben, investieren Sie das nächste Mal ein paar Franken mehr in meine IT-Ausrüstung, und ich lege den PC Ihres Chefs lahm und programmiere für Sie die Kaffeemaschine im Polizeigebäude auf unlimitierten Gratiskaffee um.»

«Machen Sie keine Witze. Sagen Sie ehrlich, das mit dieser DolphinAttack, klappt es wirklich?»

«Logo», gab Anna stolz zurück. «Ich hab's zwar noch nie selber ausprobiert, aber das Tutorial aus dem Internet erscheint mir sehr einfach.»

«Bitte? Sie wissen nicht, ob es funktioniert, und wir fliegen wegen einer Anleitung aus dem Internet quer durch Europa?»

«Doch, natürlich funktioniert es. Ich habe bloss keine eigenen Erfahrungen damit machen können. Ich schätze, wenn die Umgebungsgeräusche optimal sind und ich auf fünf Meter an De Luca herankomme, haben wir sehr gute Chancen. Notfalls drei.»

«Drei Meter?», platzte Daniel heraus. «Bist du verrückt? Er wird dich sehen. Du hast gesagt, das funktioniere auf Distanz. Drei Meter ist doch keine Distanz.»

Er wandte sich an Forster. «Wir machen es doch besser so: Sie verhaften ihn sofort, und erst danach schnappen wir uns die Daten ab seinem Handy.»

«Nein, das tun wir nicht», hielt Anna dagegen. «Denn so weiss er, dass wir oder Herr Forster das Handy als Letzte in der Hand hatten, und dann kann er eins und eins zusammenzählen. Das bringt uns nicht aus dem ganzen Ärger hinaus. Wir haben einen Plan, und von Plänen weicht man nicht ab. Das sagst du doch selber immer.»

«Ja, aber das gilt nur für Pläne, bei denen alle Risiken einkalkuliert sind. Drei bis fünf Meter sind ein verdammt grosses Risiko. Wenn er dich entdeckt …»

«Hätte ich dir die Distanz früher genannt, hättest du nicht zugestimmt. Ich werde vorsichtig sein. Ich werde meine Haare offen und die Sonnenbrille tragen, so erkennt mich De Luca bestimmt nicht.»

Daniel wollte Anna daran erinnern, dass sie beide bereits die Verantwortung von Eltern zu tragen hatten, doch sie erreichten das Ende der Gangway. Eine übermässig geschminkte Flugbegleiterin und der Pilot wünschten ihnen einen wunderschönen Flug – als ob das Fliegen in der Holzklasse auch nur im Ansatz schön sein konnte. Er hasste es, sich in die Sitzreihe quetschen zu müssen und sich bis zum Aussteigen kaum bewegen zu können. Dass das Essen in Plastiktüten verpackt serviert wurde, machte das Fliegen auch nicht attraktiver.

Annas Plan gefiel Daniel nun gar nicht mehr, doch für einen Rückzieher war es definitiv zu spät. Ihm war bewusst, wie zuvor noch nicht, dass er zu einem Himmelfahrtskommando aufgebrochen war, um zusammen mit einem befangenen Polizisten und einer Schwangeren einen Mafiaboss abzuzocken und festzunehmen. Er konnte sich nicht erinnern, bereits einmal eine dümmere Idee gehabt zu haben.

Er setzte sich auf seinen Platz am Gang, wusste nicht recht, wo er seine Beine unterbringen sollte, und fügte sich dem Unausweichlichen.

Anna schaute aus dem Fenster und mied seinen Augenkontakt.

22

Am nächsten Morgen wenig nach neun Uhr betraten sie das klimatisierte Flughafengebäude des Gibraltar International Airport. Das Glasgebäude mit dem weiten Vordach war penibler herausgeputzt als die Zürcher Bahnhofstrasse.

Daniel und Forster gingen voraus, beide die Sonnenbrillen auf, und Daniel verbarg sein Gesicht im Schatten eines Baseballcaps der Boston Red Sox. In ihrer beider Windschatten ging Anna, ebenfalls mit Sonnenbrille, einem leichten Sommerhut und in einem Sommerkleid, das Daniel bereits bei den letzten Vorbereitungen morgens um halb fünf im Hotel den Atem verschlagen hatte. Heute sah sie gefährlich gut aus, aber es war ihnen keine Zweisamkeit gegönnt. Statt ein paar ruhige Stunden für sich selber zu geniessen, suchten sie De Lucas Nähe. Selbst die buntesten Fische am Korallenriff mit den kleinsten Köpfen waren nicht so dumm, dem Riffhai entgegenzuschwimmen. Doch genau dies taten sie gerade.

Immerhin hielten sie sich militärisch streng an den Plan, so wie sie es auf dem Flughafenparking besprochen hatten. Direkt nach der Eingangstür scherte Forster links aus und ging zielstrebig weiter, als ob er nicht zu ihnen gehört hätte. Daniel ging geradeaus, um sich einen Überblick zu verschaffen, während Anna schräg rechts auf den Kiosk zuhielt und ihre Position bezog.

Von einer der Sitzgelegenheiten an der Glasfassade aus beobachtete Daniel, wie Anna am Kiosk stand und in der «Vogue» blätterte. Alle paar Sekunden prüfte sie ihr Mobiltelefon und die Geräteortung.

Daniel studierte das Gesicht jedes einzelnen Mannes in der Flughafenhalle und versuchte alle so schnell wie möglich durchzugehen. Bisher keine Spur von De Luca, obwohl Anna sein Handy bis genau hierher hatte verfolgen können und sich sicher gewesen war, dass sein Vorsprung auf unter zwei Minuten zusammengeschrumpft war.

Gegenüber an der Wand am Informationspult stand ein Mann von derselben Grösse wie De Luca, aber seine Haare waren ein wenig länger. So schnell liess sich auch ein De Luca die Haare nicht nachwachsen. Wobei man bei den Haaren mit Tricks nachhelfen konnte.

Daniel studierte die Bewegungen des Mannes. Der Fremde drehte sich halb in seine Richtung, und sofort war klar, dass De Luca sich nicht über Nacht tiefe Falten auf der Stirn und ein zwanzig Jahre höheres Alter hatte zulegen können. Fehlanzeige.

Er sah sich weiter um und bemerkte, dass im oberen Stockwerk eine VIP-Lounge untergebracht war. Gut möglich, dass De Luca sich da oben aufhielt. Seine Augen suchten nach einer Treppe oder einem Lift ins obere Stockwerk, doch er sah Anna Zeichen geben. Sie zeigte in Richtung des Cafés ganz am Ende der Empfangshalle des Flughafens. Tatsächlich. Dort sass ein Mann mit dem Rücken zu ihm, der ganz gut auf De Lucas Erscheinung passte.

Daniel ging langsam der Glasfassade entlang und beobachtete zugleich Anna, um sie nicht aus den Augen zu verlieren.

Bingo.

De Luca höchstpersönlich sass völlig allein an einem Tisch. Im Umkreis von zwanzig Metern sah er keinen, der nach einem Bodyguard oder Mafiamobster ausgesehen hätte. Wenn sie zuschlagen wollten, würde sich keine bessere Gelegenheit bieten.

Daniel studierte Annas Distanz zu ihm. Es waren keine sieben Meter.

Er nickte ihr zu, und sie legte die «Vogue» zurück in das Gestell des Kiosks und positionierte sich hinter dem Ständer mit den Postkarten. Sie war auf fünf Meter an De Luca herangekommen und hinter den Postkarten unmöglich zu erkennen. So weit, so gut.

Daniel gab ihr das Handzeichen, das Taucher austauschen, wenn alles okay ist. Er zog sich wieder einige Meter zurück, jedoch ohne De Luca aus den Augen zu lassen. Solange Anna derart dicht bei ihm stand, getraute Daniel sich nicht, auch nur ein Blinzeln lang wegzuschauen.

De Luca sass still vor einer Tasse Kaffee und wartete. Vor ihm auf dem Tisch lag ein Gegenstand, doch Daniel konnte ihn auf Distanz nicht erkennen. Sein Handy in einem Lederetui? Oder die Reisedokumente? Vielleicht hatte De Luca das Flugticket aber auch auf seinem iPhone mit dabei, und er reiste digital, wie es Trendys taten.

Beim nächsten Blick zu Anna schaute sie bereits zu Daniel. Sie stand am selben Ort, in der einen Hand ihr Handy an einem Kabel, das mit dem Ultraschallwandler in ihrer Handtasche verbunden war, mit der anderen Hand zeigte sie ein Daumenhoch an.

Offenbar hatte sie ausreichend Empfang. Die Spiele konnten beginnen.

Teil eins: die digitalen Währungen aus De Lucas Krypto-Wallet abziehen und so viele Daten wie möglich absaugen.

Teil zwei war De Lucas Verhaftung. Dazu sollten er und Anna sich zurückziehen und Forster das Spielfeld allein überlassen. Sie hatten abgemacht, dass De Luca nicht einmal bemerken durfte, dass sie hier waren. Daniel hätte hierbei nicht mitgespielt, wäre er nicht ganz sicher gewesen, dass keiner nachvollziehen konnte, dass sie bei alledem mitgewirkt hatten. Noch einmal wollte er De Lucas Zorn nicht auf sie beide ziehen. Gleich würden sie von der Bildfläche verschwinden, sich ans Meer hinuntersetzen und nach vorn schauen.

***

Anna prüfte auf ihrem Handybildschirm die Empfangsanzeige. Alles bestens, und der Balken, der den Fortschritt des Downloads anzeigte, bewegte sich konstant.

Einunddreissig Prozent waren geschafft.

Sie blickte zu De Luca und konnte ihn zwischen den Postkarten hindurch kaum erkennen. Das war gut, denn so war sie sich sicher, dass auch er sie nicht bemerken konnte.

Instinktiv sah sie zu Daniel. Er stand auf seiner Position und liess De Luca und sie nicht aus den Augen. Sie hatte zwar die Idee zu diesem Plan gehabt, dennoch war sie erleichtert zu wissen, dass er in ihrer Nähe war. Denn wenn sie an De Luca und seine Schlächter dachte, kam in ihr wieder diese Furcht auf, die sie eingeschlossen im Betonkeller gefühlt hatte.

Achtunddreissig Prozent und es zog sich hin. Der Download war nicht ganz so schnell, wie sie es sich vorgestellt hatte. Sie waren zwar im Rennen, aber zweiundsechzig Prozent Datenklau waren ausstehend, bis sie sich durch den Kiosk zurückziehen und Forster den Rest überlassen konnte. De Luca brauchte nur aufzustehen und wegzugehen, schon war die vermutlich einzige Chance verpasst, die er ihnen in seinem Unwissen anbot.

Sie hatte eine Idee, wie sie die Sache beschleunigen konnte. Wahllos schnappte sie sich eine Postkarte aus dem Ständer, verliess ihre Deckung und ging zur Kasse des Kiosks. Sie gewann dadurch nochmals mindestens eineinhalb Meter zu De Luca, der schräg vor ihr, jenseits der Kasse, sass.

Ein flüchtiger Blick auf ihr Handy zeigte, dass es sich gelohnt hatte. Der Download beschleunigte.

Neunundvierzig Prozent.

Sie bezahlte die Postkarte, drehte sich vom Mann an der Kasse und De Luca ab und schickte sich nur ganz langsam an, wieder in Richtung der ausgestellten Ware des Kiosks zu gehen.

Aus den Augenwinkeln sah Anna Daniel, der dezent den Kopf schüttelte. Mit dieser Aktion war er offensichtlich nicht zufrieden, aber sie hatte alles im Griff. De Luca hatte die ganze Zeit in etwas mehr als einem rechten Winkel von ihr weggeblickt und nicht ansatzweise den Kopf in ihre Richtung gedreht. Er konnte sie unmöglich gesehen haben.

Beim nächsten Blick aufs Handy waren es achtundfünfzig Prozent. Der Download kam gut voran. Gleich waren zwei

Drittel geschafft, und sie spürte den Kick, den vermutlich jeder Dieb oder Spion während der Ausführung eines Coups empfand. Frankie De Luca war jeden Augenblick all seine Daten los und zugleich mittellos wie der Bettler, den sie vorhin vor dem Flughafengebäude an einem Abfalleimer gesehen hatten.

Sie hoffte, dass er ohne Geld tatsächlich für keinen mehr eine Gefahr darstellte. Kein Killer dieser Welt würde für einen mittellosen Mafioso den Finger am Abzug krumm machen. Zumindest hoffte sie dies, denn sie hatte irgendwo einmal gelesen, dass in St. Petersburg Auftragsmorde für nicht mehr als acht- bis zwölftausend Euro ausgeführt würden.

Nur noch Sekunden. Und wenn sie mit De Luca fertig war, konnte sich dieser Mistkerl nicht einmal mehr einen Auftragsmörder von der Strasse leisten. Sie nahmen ihm das Geld, die Behörden ihm die Immobilien und Forster ihm die Freiheit. De Luca war bald nicht mehr wert als die Kleider, die er trug – sofern sie sein ganzes Vermögen in den Griff bekommen würden. Dieser letzte Gedanken machte ihr Angst, und sie schob ihn schnell beiseite.

Anna sah sich um und erkannte in der Glasfront des Flughafens ihr Spiegelbild. Perfekt. So konnte sie De Luca beobachten, ohne in einer geraden Linie zu ihm stehen zu müssen. Sie drehte sich ab, bis sie im Glas das Spiegelbild des Tisches sehen konnte, auf dem De Lucas Kaffeetasse stand. Nur De Luca sass nicht mehr dort. Ihr Blick sprang von Tisch zu Tisch. Sie sah ihn nicht. Sie konnte nicht anders, als sich umzudrehen und direkt hinzusehen. De Luca war weg.

Zur Toilette gegangen?

Nein. Das wäre ja hinter ihr. Unmöglich, denn dazu wäre er direkt an ihr vorbeigegangen. Sie sah sich um, sah ihn aber nirgendwo. Zur Kontrolle blickte sie auf ihr Handy. Der Download hatte zweiundsiebzig Prozent erreicht und war nicht abgebrochen. Also musste er noch sehr nahe sein.

Anna sah zu Daniel, und der deutete genau in ihre Richtung – energisch, wie sie ihn selten gesehen hatte.

Sie wirbelte herum. Ihr Sonnenhut fiel zu Boden, und sie sah direkt in De Lucas Gesicht. Keine drei Meter stand er vor ihr, grinste selbstgefällig und deutete mit den Augen an sich hinunter.

Er zeigte ihr den braunen Holzgriff eines kompakten Revolvers, den er in der Tasche seines Jacketts verborgen hatte. Er zielte durch den Stoff in ihre Richtung. Mit der anderen Hand gab er ihr Zeichen, zu ihm zu kommen.

Anna wagte nicht, sich zu widersetzen. Sie liess das Handy in ihre umgehängte Tasche gleiten. Grob drehte er sie von sich weg, packte sie am Oberarm und drückte ihr den Lauf der Waffe von der Seite gegen ihren Bauch. Das Ganze musste für Dritte ausgesehen haben, als ob er sie von hinten umarmen und aufs Ohr küssen wollte.

«Schön, dass Sie zu mir gekommen sind.» Er triumphierte. «Sie waren unvorsichtig. Die Spiegelung im Glas der Fassade hat Sie verraten. Ich wusste bereits, dass Sie es sind, bevor Sie sich die Postkarte geschnappt haben.»

Anna war wie erstarrt.

«Der mit dem schwarzen Cap ist Ihr Mann. Nicht wahr? Der Ärmste, er stirbt gleich vor Sorge. Wollen Sie ihn nicht in Ihrer Nähe haben?»

Daniel stand geschätzte zwanzig Meter weit weg mitten in der Flughafenhalle und wagte keine Bewegung.

«Los. Er soll herkommen. Bestellen Sie ihn zu sich.»

Anna zögerte noch immer.

«Wenn ich es mir recht überlege, sind Sie zu gut für ihn, aber das spielt auch keine Rolle. Sie bestellen ihn hierher und bewegen sich nicht vom Fleck. Verstanden?»

Anna schielte nach dem Kassierer des Kiosks, doch der stand abgewandt in einer Ecke und füllte Zigarettenschachteln nach.

Sie suchte nach einem anderen Ausweg, doch es gab keinen. Sich losreissen und weglaufen konnte sie nicht. Dafür war De Lucas Griff viel zu fest.

«Los», zischte er ihr ins Ohr. «Romeo kommt sofort hierher, oder die erste Kugel geht gleich hier durch ihren schlanken Bauch. Wäre doch ein Jammer um die verpasste Bikinisaison.»

De Luca verdoppelte den Druck mit der Waffe in ihren Bauch. Sie versuchte mit den Bauchmuskeln dagegenzuhalten, dadurch wurde der Schmerz jedoch nur noch fieser.

«Wissen Sie, was man in meiner Heimat sagt? Ein Schuss in den Bauch ist so fürchterlich schmerzhaft, dass man dadurch die Qualen dreier Tode erfährt. Wir gönnen dies nur unserem schlimmsten Feind.»

Anna zögerte noch immer, und De Luca presste ihr nun die Waffe dermassen kräftig in die Seite, dass sie fast aufgeschrien hätte. Sie versuchte dem Schmerz auszuweichen, aber er liess ihr keinen Raum, sich zu bewegen.

«Letzte Chance. In zehn Sekunden steht Romeo vor uns, oder Sie sterben an diesem beschissenen Kiosk.»

Sie gehorchte und winkte ihn heran. Daniel kam langsam auf sie zu und zeigte De Luca seine leeren Hände.

***

Daniel wagte keine schnellen Bewegungen und ging weiter auf die beiden zu. Er durfte De Luca keinen Grund geben, ihr etwas anzutun. Bitte nicht Anna, und erst recht nicht in den Bauch.

Er hatte es gewusst. Dieser Plan war von Anfang an ein einziges Risiko gewesen. Wie hatten sie nur so dumm sein können zu glauben, dass sie es unbemerkt schaffen würden, sich einem Mafiaboss auf fünf Schritte zu nähern?

Im Gehen schielte er nach allen Seiten. Forster war nirgendwo zu sehen.

Verfluchte Scheisse! Wieso hatte er nicht auf seine innere Stimme gehört? Er hätte Annas Plan ablehnen müssen, und zwar von Anfang an.

Er ging weiter, bis er zwei Meter vor ihnen stand. Noch

immer kein Lebenszeichen von Forster. Steckte Forster bereits irgendwo anders im Flughafen in derselben Situation wie sie beide?

Daniel sah keinen Ausweg, und De Luca grinste ihm ins Gesicht. Der Mafioso forderte ihn auf, die Sonnenbrille und das Red-Sox-Cap abzunehmen. Er gehorchte und legte beides zu den Zeitschriften ins Regal.

«Sehen Sie, wie wunderschön der Tag ist? Der blaue Himmel und eine hübsche Frau. Ich weiss nicht, wie ich Ihnen dafür danken kann, dass Sie sie zu mir gebracht haben.»

De Luca behielt die Augen bei Daniel und sprach in Annas Ohr: «Meine Liebe, ich überlege mir, ob Sie heute mit mir zusammen verreisen werden. Meine Privatmaschine steht schon bereit. Ist das nicht hübsch?»

De Luca klopfte mit dem Zeigefinger seitlich gegen die Waffe, und Daniel war klar, dass er ihn provozieren wollte.

In Daniels Kopf kochten Wut und Verzweiflung zugleich. Eine Mischung, die jeden klaren Gedanken im Keim erstickte.

«Ich werde gleich mit Ihrer Frau ganz ruhig durch diese Halle gehen, und meine Waffe bleibt an ihrem Kleidchen. Kommen Sie uns zu nahe, schiesse ich ein Loch durch den Stoff. Wollen Sie, dass ich das tue?»

Er sah in Daniels Augen.

«Wollen Sie das?»

Daniel blickte nach unten und erkannte, dass er Anna wehtat. Sie versuchte dem Druck des Revolverlaufes auszuweichen, aber De Luca war ein Sadist. Er gab ihren Versuchen nicht nach. Im Gegenteil, er umklammerte sie wie ein Schraubstock.

«Bitte tun Sie ihr nichts.»

«Vergessen Sie nicht, dass ich die Waffe halte. Ich sage, wie es läuft. Sie folgen uns und bleiben immer genau fünf Meter neben uns, damit ich Sie sehen kann. Verstehen wir uns?»

Daniel kriegte kein Wort raus, und Anna befand sich in einer Schockstarre.

«Ich gehe los mit ihr. Sie begleiten uns im selben Tempo. Versuchen Sie irgendwelche Tricks, zerfetzt ihr das Mündungsfeuer den Bauch.»

Während Daniel versuchte, die Angst aus seinen Knochen zu verjagen, ging De Luca los und steuerte Anna vor sich her. Daniel wich zur Seite und folgte ihnen. Wie ferngesteuert begleitete er sie durch die Flughafenhalle.

Er sah in Annas Gesicht und bemerkte am unteren Rand ihrer Sonnenbrille eine Träne, die ihr über die Wange kroch.

Doch kein Mensch in der Flughafenhalle schien zu erkennen, was sich abspielte. Wer nicht genau hinsah, konnte in Anna und De Luca zwei Touristen sehen, die den Weg zum Flieger zurücklegten. Und Forster konnte er noch immer nicht entdecken. Wo zum Teufel steckte dieser verdammte Nichtsnutz? Warum war er nicht hier und half Anna? Dieser Scheissbulle.

Eine Hitzewallung schoss in Daniels Kopf. Er überlegte sich, wie er näher an De Luca herankommen und die Waffe von Annas Bauch abwenden konnte, doch das war unmöglich. De Luca würde bereits dann abdrücken, wenn er sich ihnen näherte. Er konnte nichts tun, also folgte er den beiden seitlich und blieb auf Distanz. Er sah keine Möglichkeit, De Luca abzulenken. Es gab nichts, um nach ihm zu werfen, und er hätte ohnehin nur Anna getroffen.

Dieser verfluchte Mafioso wusste ganz genau, was er tat, war hoch konzentriert und liess Daniel nicht eine Sekunde für einen Blitzangriff.

Vor Sorge um Anna und das Kind in ihrem Bauch konnte er nicht klar denken. Seine Beine waren kraftlos, und seine Hände schwitzten. Sein Brustkorb spannte und drückte ihm auf den Atem. Das Wissen, sofort handeln zu müssen, aber nichts tun zu können, wurde so unerträglich, dass Daniels Hals sich anfühlte, als ob ihn kräftige Hände gewürgt hätten.

Er sah sich um. Nichts. Kein Lebenszeichen von Forster. Seine einzige Hilfe war nicht da. Nicht hinter ihnen, nicht in dem breiten Flur vor ihnen. Nirgendwo.

«Bitte.» Er bekam kaum ein Wort raus. «Tun Sie ihr nichts.»

Doch De Luca reagierte nicht auf sein Flehen und ging weiter durch das Gewusel der Flugpassagiere.

Nicht mehr lange und Daniel würde eingreifen müssen, um Anna aus der Klemme befreien zu können. Aber wie konnte das gelingen? Wie konnte er zwischen die beiden gelangen, ohne dass Anna sofort eine Kugel abbekam?

Er konnte Anna die Flucht nur ermöglichen, wenn De Luca die Waffe von ihrem Bauch wegnahm. Aber wie brachte er ihn dazu?

Wie konnte er De Lucas Aufmerksamkeit auf sich lenken?

Das konnte nur klappen, wenn er selbst für De Luca eine Gefahr darstellte, doch das war er bestimmt nicht. Er trug nicht einmal ein Messer auf sich und ging mit leeren Händen neben ihnen her.

Ein Gedankenfetzen formte sich zu einer Idee, die klar wie das Bild auf dem Fernseher wurde, als ob jemand ein Signal in seinen Kopf übertragen hätte.

Er brauchte gar keine Waffe und auch kein Messer. Was er brauchte, das hatte er immer bei sich.

Er ging den Ablauf noch einmal durch und wusste, dass es funktionieren würde. De Luca würde die Waffe von Anna wegnehmen. Ganz bestimmt sogar. Und mit diesem Wissen überkam ihn ein angenehm kühles Gefühl, das von seinem Kopf aus den ganzen Körper durchströmte. Er fühlte sich leicht und frei. Er stellte sich Anna mit seinem Kind vor. Er wusste, dass er De Luca dazu bringen würde, die Waffe von ihrem Bauch wegzunehmen – seine Angst löste sich in Nichts auf.

De Luca führte Anna langsam vorbei an Toilettentüren und deutete mit dem Kinn nach vorn in Richtung der Check-in-Stationen und einer Glasschiebetür, die in den nächsten Gebäudetrakt führte.

«Wir gehen gemeinsam bis zur Tür.»

Daniel spähte in alle Richtungen. Noch immer nichts von Forster und der Moment kam näher, da De Luca etwas unternehmen würde. Ewig konnte dieses Stellungsspiel nicht mehr weitergehen. Irgendwann konnte De Luca Anna nicht mehr als Schutzschild gebrauchen und musste sie loswerden. Faktisch blieben sie beide unbequeme Zeugen für all die grässlichen Dinge, die in den letzten Tagen passiert waren. Annas Entführung, die Verfolgung quer durch die Stadt Zug, selbst für die Schiesserei auf dem Polizeiposten am Kolinplatz. Wollte De Luca Anna tatsächlich mit sich in seinen Flieger nehmen? Als Geisel ohne Reisepass?

Vergiss es. Nie im Leben würde De Luca auch nur einen von ihnen beiden gehen lassen. Das konnte er sich gar nicht leisten. Er wollte seine Zeugen loswerden.

Daniel sah keine andere Möglichkeit, als selbst sofort die Oberhand über das Geschehen zurückzugewinnen, und sein Einsatz stand fest. Sein Leben für jenes von Anna und dem Kind. Er wusste nicht, ob es ein Junge oder ein Mädchen war. Egal. Ein Leben für zwei war ein guter Tausch.

Er sah sich ein letztes Mal um. Von Forster fehlte noch immer jedes Lebenszeichen. Dann sollte es halt so sein. Er stellte sich Anna vor, wie sie mit seinem Kind an der Hand am See spazieren würde. Lächelnd und wohlbehütet.

Daniel erhöhte sein Tempo. Ohne zu ihnen zu sehen, zog er an De Luca und Anna vorbei, bis er einige Meter Vorsprung gewonnen hatte. Der Rest war so einfach wie das Anstecken einer Zündschnur. Er drehte über die rechte Seite in De Lucas und Annas Richtung ab und nahm die Hände hinter den Rücken. Daniel sah in De Lucas Augen, grinste und ging einen Schritt auf die beiden zu.

De Luca war ob Daniels selbstsicherem Auftritt sichtlich irritiert und stoppte, behielt aber Anna in der Zange. De Luca versuchte in Daniels Augen zu lesen. «Gehen Sie zur Seite, oder sie stirbt gleich hier.»

Daniel zwang sich zu einem Lachen. «Irrtum, De Luca. Heute sterben nur Sie.»

Er sah ein letztes Mal in Annas Gesicht und konnte ihre

Augen durch die Sonnenbrille nicht erkennen. Doch das machte nichts. Er trug ihren warmen Blick in seinem Herzen. Mehr brauchte er nicht.

«Ciao, Signor De Luca!», bellte Daniel, riss seine leere rechte Hand hinter dem Rücken hervor und zeigte auf De Lucas Kopf. Anna schrie auf, und De Luca reagierte mit seiner Waffenhand genau so, wie Daniel es erwartet hatte.

Das Mündungsfeuer explodierte in Daniels Richtung, und der Knall hallte durch das Flughafengebäude. Wie auf Knopfdruck verfiel die Welt um ihn herum in Zeitlupe.

Jedes Augenpaar im Flughafen von Gibraltar schaute zu ihnen, und Daniel sah zu, wie De Luca die Flucht ergriff und zur Eingangshalle zurückrannte. Die Blicke folgten ihm, und als er aus dem Sichtfeld verschwunden war, blickten die Zuschauer wie beim Tennismatch zu Daniel zurück. Er hatte immer noch seine Hand oben und zielte mit dem nackten Zeigefinger dahin, wo De Luca gestanden hatte. Niemand um sie herum war in Deckung gegangen. Kein Mensch schrie, alle standen wie schockgefroren da und liessen das Geschehen auf sich wirken.

Daniel kniete sich hin und sah in Forsters Gesicht. Die Farbe war daraus gewichen, er schwitzte, und das Gesicht nahm eine graue Farbe an. Forster zitterte am ganzen Körper und zuckte wie einer dieser Verwundeten in diesen brutalen Kriegsfilmen, die jedes Detail zeigten. Und die Bilder beherrschten Daniels Kopf, wie Forster sich vor ihn geworfen und das Projektil ihn durchschlagen hatte. Forster war wie ein nasser Kleidersack zu Boden gegangen.

Reflexartig drückte er mit beiden Händen auf Forsters Schulter. Die Blutung war nicht zu stoppen.

«Wieso sind Sie dazwischengegangen?», fluchte er Forster ins Gesicht. «Das war meine Rolle, nicht die Ihre. Und wo zum Teufel haben Sie die ganze Zeit gesteckt?»

Forster sagte nichts, bebte und verdrehte spastisch die Augen. Der Blutschwall drängte aus Forsters Schulter, als ob einer ein Fass angestochen hätte. Daniel erhöhte den Druck auf die Wunde, aber die Blutung war unmöglich zu stoppen.

Anna kniete sich zu ihm. «Bist du verletzt, Daniel?»

«Nein. Ihn hat es dagegen voll erwischt.»

Anna nickte in hysterisch schnellem Takt, und Daniels Blick suchte ihren Körper nach Verletzungen ab. Es war kein Blut an ihrem Bauch und auch keines an ihrem Kleid. Nur ein feiner Sprühregen von Forsters Blut hatte sich auf ihre Sonnenbrille und das Gesicht gelegt. Gott sei Dank! Anna war unversehrt.

«Los. Du musst übernehmen und die Hand auf seine Wunde pressen», befahl Daniel.

Sie tat es reflexartig.

«Fester.»

«Ich versuche es ja.»

«Ja, genau so. So fest, wie du kannst. Bleibe bei ihm, ich hole mir De Luca.»

«Tu das nicht. Er hat eine Waffe.»

«Es geht nicht anders. Ich muss ihn erwischen, bevor er wieder untertaucht. Sonst werden wir nie mehr in Ruhe leben können. Es gibt für mich nur dich und das Kind. Ich tue das für euch.»

Er küsste ihre Stirn und schmeckte Forsters Blut. Daniel rannte durch die Eingangshalle raus auf den schattenlosen Vorplatz. Eine Hitzewelle schlug ihm unbarmherzig entgegen, und der heisse Afrikawind drängte in seine Lungenflügel. Die Luft war so warm und trocken, dass er kaum atmen konnte. Der Geruch von Sand und Staub lag in der Luft.

Dreissig Meter weit entfernt auf dem Platz sah er, wie De Luca zu einem Taxi rannte. Mit gezogener Waffe riss er den Fahrer aus seinem Wagen und setzte sich hinter das Lenkrad. Das Taxi raste mit kreischenden Reifen in den Kreisverkehr an der Winston Churchill Avenue, die weiter vorn das Rollfeld des Flughafens überquerte.

Daniel schaute sich um und erkannte seine einzige Chance in

einem älteren Mann auf dem Roller, der in diesem Augenblick seinen Helm vom Kopf hob und den Motor abstellte.

Sekunden später schoss Daniel auf dem knatternden Motorroller über das Flugfeld in Richtung der Innenstadt von Gibraltar. Hundert Meter vor sich sah er das Heck des Taxis in einen Kreisverkehr eintauchen und verschwinden.

Daniel zog den Geschwindigkeitsregler bis zum Anschlag, der Motor brüllte, aber viel mehr war aus der Klapperkiste nicht herauszuholen.

Entlang der Strasse ins Zentrum von Gibraltar wechselte auf wenigen Metern die Kulisse. Die hässlichen Wohnblocks wurden von alten Häusern abgelöst, und das Gewusel auf den Strassen wurde dichter.

Daniel holte rasch zu De Luca auf, weil der hinter einem anderen Auto festklemmte, das sich nicht weghupen liess. Daniel überholte einen Linienbus und einen Fiat Panda und war direkt hinter dem Taxi.

De Luca beschleunigte. Offenbar hatte er ihn entdeckt. Noch vermochte der Roller mitzuhalten, und sie schossen dicht hintereinander durch den Morgenverkehr.

Er sah keine Möglichkeit, wie er De Luca hätte stoppen können. Rechts war die Strasse durch eine alte Mauer begrenzt, und links versperrten gepinselte Häuser, Bäume und alte Strassenlaternen den Weg. Mit dem Roller konnte er ihn nicht stoppen, die Front des Taxis würde ihn bei einem Versuch zermalmen. Also blieb er zehn Meter hinter De Luca und konzentrierte sich darauf, an ihm dranzubleiben.

Genau in dem Moment, als Daniel sich an die Fahrt geradeaus gewöhnt hatte, riss De Luca den Wagen nach links in einen Kreisverkehr und über die Gegenfahrtrichtung in eine Querstrasse. Daniel verpasste seinen Einsatz und drückte die Hinterradbremse voll durch. Der Reifen quietschte. Er liess die Bremse gehen und schaffte es gerade so, korrekt durch den Kreisel zu kommen, ohne den Randstein zu erwischen.

Vor ihm durchfuhr ein kleiner Kipplaster den Kreisel.

«Mach schneller, du Pfeife!»

Aber da half kein Fluchen, und der Lastwagen gab ihm nur langsam den Weg in die Querstrasse frei.

Daniel bog ein und sah, wie De Luca mit dem Taxi in den nächsten Kreisverkehr einfuhr und bei der zweiten Ausfahrt um eine Hausecke abbog. Daniel folgte ihm, den Gashebel wieder bis zum Anschlag durchgezogen, und der heisse Wind blies ihm wie ein Haartrockner in die Augen.

Auf der ansteigenden Strasse, die sich hier fast schnurgerade entlang der Flanke des Felsens von Gibraltar zog, gewann De Luca Distanz, weil der Motorroller am Anschlag lief. Langsam wurde ihr Abstand grösser, und das Taxi verschwand aus Daniels Blickfeld. Er machte sich kleiner, um den Luftwiderstand zu verringern, aber die ansteigende Strasse liess keine Beschleunigung mehr zu. Er konnte bloss das Tempo halten und hoffen, dass er De Luca nach den schwachen Kurven wiederfinden würde.

«Komm schon, du Scheisskiste. Mach schneller», flehte er, doch der heulende Motor verriet, dass sein Untersatz längst im roten Bereich drehte.

Daniel hatte Glück. Weit vor sich sah er die Heckscheibe im Sonnenlicht aufblitzen. De Luca hatte nach links gezogen und fuhr eine noch steilere, einspurige Strasse hoch.

«Bitte nicht noch mehr Steigung», schimpfte er laut, und die Leute am Strassenrand drehten sich irritiert nach ihm um. Er lehnte sich nach links und schoss hinter De Luca her in die enge Strasse. Links standen moderne Neubauten Spalier, in deren Fensterscheiben sich der makellos blaue Himmel spiegelte. Rechts verdeckte eine Mauer den Blick auf die Stadt und das Meer.

De Luca beschleunigte wieder und legte abermals an Distanz zu. Daniel versuchte alles, aber er konnte unmöglich mithalten. Das Taxi war geschätzte dreissig Stundenkilometer schneller und gewann an Abstand. Der einzige Grund, weshalb De Luca ihn nicht endgültig hatte abhängen können, lag in der Strasse, die so eng und kurvenreich war, dass De Luca die Motorenleistung nicht voll ausfahren konnte.

Sie hatten die letzten Häuser hinter sich gelassen, und Daniel jagte zwischen verdorrtem Buschwerk und hellen Felsen hindurch, den Blick immer auf das Taxi fixiert. Aber bald sah er bloss stark verschwommen, weil sich seine Augen mit einem Tränenschwall gegen den Fahrtwind wehrten.

An einem Wegkreuz verlangsamte De Luca und zog den Wagen nach links in die nächste Bergstrasse. «Queen's Road», stand auf einem Schild. Das Taxi rammte parkierte Motorroller, die wie Dominosteine umkippten, und Daniel holte wieder auf. Wenige Meter hinter De Luca quälte er den Roller weiter bergan.

Die Queen's Road führte steil nach oben. Rechts das Buschwerk und die Felsen, links das Meer, die Frachtschiffe, die vor Anker lagen, und Möwen, die in der Thermik ihre Bahnen zogen. Doch so malerisch die Szenerie war, das Ganze konnte seine Schönheit nicht entfalten, weil Daniel nur auf das Heck des Taxis sah und höllisch aufpassen musste, dass er wegen der Schlaglöcher in der Strasse nicht die Kontrolle über die Lenkung verlor.

Nach einigen hundert Metern führte die Strasse waagerecht dem Felsen von Gibraltar entlang, und der Roller beschleunigte. Das Heck des Wagens war immer mal wieder vor der nächsten Kurve zu sehen, aber De Luca gewann mehr und mehr Distanz zu ihm.

Daniel hatte keine Ahnung, wie weit sein Benzin reichen würde. Er wagte nicht, auf die Anzeige zu blicken. Zu schnell war er unterwegs. Erst auf einem langen, geraden Stück sah er auf die Tachoscheibe, erblickte aber statt der Tankanzeige die Geschwindigkeitsanzeige.

Er war mit über sechzig unterwegs. Ohne Helm und immer noch mit tränenden Augen fragte er sich, was er tun würde, wenn De Luca anhalten und die Waffe noch einmal gegen ihn richten würde. Er fand darauf keine Antwort, denn er kam nicht dazu, klar zu denken.

An der nächsten Weggabelung war er viel zu schnell unterwegs, um anhalten zu können. Er drückte die Bremse voll durch und zog den linken Fuss hoch. Der Roller streifte eine Mauer, Plastik wurde zerrissen, und Daniel kam mit viel Glück heil zum Stillstand.

Um ein Haar hätte ihn das Tempo über die Mauer geschleudert.

Er sah sich um.

Drei schmale Bergstrassen führten weiter. Die erste rechts ging steil den Felsen hoch, und ein Schlagbaum mit Einbahnschild versperrte die Strasse. Die linke Strasse zeigte nach unten zurück zur Stadt. Daniel vermutete, dass De Luca einen Weg runter in die Stadt suchte. Hier oben hatte er keine Möglichkeiten, abzuhauen, wohingegen er unten in der Stadt im emsigen Treiben abtauchen konnte.

Er wollte den Roller wenden und die Strasse nach unten wählen, doch er sah die Spiegelung der Heckscheibe weit vor sich aufblitzen. Also doch die mittlere Strasse.

Daniel beschleunigte, und nach dreihundert Metern sah er das Taxi zwischen Buschwerk mitten in der Strasse stehen. Er erreichte den Wagen ohne weitere Zwischenfälle. Die Fahrertür des Taxis stand offen, von De Luca fehlte jede Spur. Daniel ging gebückt hinter dem Taxi in Deckung, um keine Zielscheibe abzugeben. Er horchte und sah sich um. Aber da war keiner. Nur das ferne Kreischen der Möwen und das Rascheln des Windes in den verdorrten Blättern der Büsche.

Einige Meter weiter führte eine historische Befestigungsmauer über die Queen's Road, und daneben befand sich ein Rastplatz mit Sitzbänken, wo eine Gruppe Touristen Sandwiches ass. Sie quasselten und genossen die Aussicht.

Dem Dialekt nach mussten es Österreicher sein.

«Ist hier gerade eben ein Mann vorbeikommen?»

Einer drehte sich nach Daniel um, nickte und zeigte die historische Mauer hoch.

Daniel sah hoch und erkannte, dass De Luca die scheinbar unendliche Treppe dem Himmel entgegeneilte. Der Vorsprung war demotivierend, vor Daniel lagen unzählige Treppenstufen, welche auf der gesamten historischen Befestigungsmauer bis auf den Felsen von Gibraltar zu führen schienen.

Ein Schild enthüllte Fakten über die Charles V Wall, doch der historische Ort machte diesen Scheisstag nicht besser. Daniel riss sich zusammen und spurtete los. Jede Muskelfaser in seinem Körper flehte ihn an, es nicht zu tun.

«Bist du deppert, Oida. Der rennt, wie wenn er was g'stohln hätt», ertönte es hinter ihm, doch für Daniel gab es keine Pause. Er fragte sich lediglich, ob Forster noch unter den Lebenden weilte oder unterdessen verblutet war, und sprintete die Treppe hoch.

Nach knapp hundert Metern hechelte Daniel wie ein Hund, und sein Kopf fühlte sich an, als ob ihm gleich der Schädel platzen würde.

Daniel eilte De Luca hinterher die Stufen hoch. Er musste sein Tempo tief halten, um nicht mit einem Hitzeschlag umzufallen.

Nach gut fünfzig Höhenmetern erreichte er einen Zwischenboden auf der Befestigungsmauer, kauerte sich kurz hin und schnappte nach Luft. Sein Kopf glühte.

Er blickte zu De Luca hoch, sah ihn aber nicht mehr. Er musste irgendwo oberhalb des nächsten Zwischenbodens sein. Dafür sassen vor Daniel auf der Befestigungsmauer zwei sandfarbene Berberaffen, die sich mit einer Krähe halbherzig um eine faule Frucht stritten und plötzlich pausierten, um ihn zu mustern.

Er wollte aufstehen und weitergehen, doch es knallte über ihm, und ein Projektil zischte an seinem Kopf vorbei. Steinsplitter von der Befestigungsmauer schlugen in alle Richtungen durch die Luft, und die Berberaffen verstoben kreischend.

Daniel fand keine Deckung. Ihm blieb nichts anderes übrig, als sich flach auf die Treppenstufen zu legen.

Wieder knallte es, und er presste sein Gesicht gegen Treppe und Mauer, um ein möglichst kleines Ziel abzugeben. Er versuchte sich noch flacher zu machen und wartete.

Er rechnete jeden Augenblick mit dem nächsten Knall, doch es blieb still.

Als er sich endlich getraute hochzublicken, sah er niemanden. Keine Bewegungen im Buschwerk neben der Befestigungsmauer und keine Bewegungen auf der Mauer. Selbst von den Berberaffen und den Touristen unten beim Rastplatz fehlte jede Spur.

Daniel hievte sich auf die Beine und ging weiter bergan. Von nun an liess er sein Ziel – das Ende der Treppe – bei keinem Schritt mehr aus den Augen. Er wollte es nicht riskieren, dass De Luca ihn noch einmal überraschte und auf ihn anlegen konnte.

Daniel sah zum Ende der Mauer und fragte sich, wie er De Luca dingfest machen konnte, wenn der eine Waffe besass und er selber gar nichts bei sich hatte ausser dem Schlüssel des Motorrollers in der einen Hosentasche und dem Mobiltelefon in der andern. Bestimmt lagen oben am Ende der Treppe Steine herum, mit denen er werfen konnte.

Dieses Ungleichgewicht der Mittel war ein chronischer Zustand geworden. Es kam ihm vor, als ob die halbe Welt bewaffnet herumlief und immer wieder auf ihn losging, ohne ihm eine faire Chance zu bieten. Egal, wo er in seinem Leben schon gewesen war. In Belfast, in den Tessiner Bergen oder im letzten Herbst im teuren Risch am Zugersee, einer hatte ihm immer eine Waffe vor die Nase gehalten. Das Gleiche in der Hitze Gibraltars. Waffen und der Tod waren zu seinen Begleitern geworden. Aber wieso eigentlich? Lag ein Fluch der Garveys auf ihm?

Er schnaufte schwer, und in der Hoffnung, besser bergan zu kommen, rief er positive Gedanken in seinem Kopf ab. Anna und das Kind. Sie waren in Sicherheit. Das war das Einzige, was zählte. Er schwor sich, nach diesem Tag nie mehr ein Risiko einzugehen. Er wollte De Luca bloss der Polizei übergeben und sich ab da aus jeder Form von Ärger raushalten. Sein Kind sollte nicht auch ohne Vater aufwachsen müssen.

23

Am oberen Ende der Steintreppe sah sich Daniel nach allen Richtungen um. Seine Beine waren bleischwer, und von De Luca fehlte jede Spur. Er sah ihn nicht auf der Strasse, die sich von rechts unten nach links oben über den Rücken des Felsens zog, und er sah ihn auch nicht bei der Affenfütterungsstation und dem Aussichtspunkt direkt vor sich.

Unter sich sah er die Frachtschiffe im Hafen liegen und auf die nächste Reise warten. Er hätte nicht sagen können, was blauer war, das Meer mit den wartenden Schiffen oder der hellere Himmel mit den weissen Möwen.

Geduckt ging Daniel über die schmale Bergstrasse zur Fütterungsstation für die Affen und von dort die Treppe zum Aussichtspunkt hoch.

Er spähte den Felsen entlang.

Nichts.

Keine Touristen, welche die Affen fütterten, und auch keine Berberaffen, die ihren Besuchern die Sonnenbrille oder den Fotoapparat klauten. Auf der einen Seite des Felsens lag das Hafenbecken von Gibraltar, auf der anderen die Strasse von Gibraltar. Die Aussicht war atemberaubend, aber er disziplinierte sich und konzentrierte sich auf Bewegungen am Felsen.

Nichts.

Daniel lief der Schweiss in die Augen, und er blinzelte gegen das Sonnenlicht. Die trockene Luft schien durch ihn hindurchzugehen, und der Wind zupfte an seinem Haar.

Hatte die Hitze alle vertrieben, oder waren es De Lucas Schüsse gewesen? Anscheinend hatte sich De Luca die Bergstrasse weiter nach oben zurückgezogen. Es blieb ihm nichts anderes übrig, als ihm zu folgen. Daniel drehte sich auf der Aussichtsplattform in Richtung der Treppe um und wollte wieder auf die Bergstrasse hinuntersteigen. Doch er wagte keine

Bewegung. De Luca kam mit gezogenem Revolver die Treppe hoch und grinste wie ein Schuljunge. Auf der obersten Treppenstufe blieb er stehen und zielte mit der Waffe auf Daniels Brust.

«Sie haben Geschmack, und zwar für Frauen wie auch für den Ort, an dem Sie sterben werden.»

Daniel spähte nach der Waffe. Ein Revolver. Soweit er es erkennen konnte, waren die Patronenkammern gefüllt, De Lucas Finger ruhte auf dem Abzug.

Verflucht. Wieso immer er?

Daniel hatte nicht einmal einen Stein zur Hand genommen, um nach De Luca werfen zu können.

«Und wenn ich mit Ihnen fertig bin, besuche ich Ihre hübsche Kleine. Sie beide hätten Ihre Nasen nicht in meine Angelegenheiten stecken sollen.»

Daniel war erstarrt. Wie hatte er so dumm sein können, sich ein zweites Mal von De Luca überraschen zu lassen? Er war wie ein hirnloser Zombie hier hochgeeilt, nur um sich zuerst in der Sonne braten und dann abknallen zu lassen. Wieso hatte er sich nicht auf eine solche Situation vorbereitet?

Daniel sah sich um und hielt Ausschau. Egal, wer oder was, Touristen, ein Gegenstand, um nach De Luca zu werfen. Aber da war nichts ausser ihm, Frankie De Luca und der Knarre, die er nicht selber in der Hand hielt.

«Ich will, dass Sie eine Wahl treffen. Ich kann Sie erschiessen», er deutete mit dem Kopf in Richtung der Strasse von Gibraltar, «oder Sie steigen auf die Mauer und springen runter. Ihre Entscheidung.»

Trotz der gleissenden Sonne lag in De Lucas Augen ein dunkler Glanz. Der Italiener grinste, zugleich aber war dessen Miene kalt wie Stahl.

«Treffen Sie Ihre Wahl.»

Daniel ging zwei Schritte zur Mauer und sah hinunter.

Unter ihm lagen geschätzte zwanzig Meter senkrechter Fels, gefolgt von weiteren drei- oder vierhundert Metern Abhang und

Geröllwüste. Weit unter ihnen erkannte er eine Strasse, einige Häuser und das Meer, das gegen die Felsen donnerte.

«Kugel oder Sprung. Zieren Sie sich nicht. Entscheiden Sie gleich, denn ich werde für Sie bestimmt nicht auf drei zählen.»

Daniel blickte noch einmal über die Mauer.

Ein Sprung war der sichere Tod. Das konnte keiner überleben, also sprang er nicht.

Der Knall rollte wie ein Donnerschlag über den Bergrücken, und der Wind verbliess einen feinen roten Sprühnebel.

***

Tiefblau lag das Meer unter ihm und in der Ferne ein Flirren in der Luft. Der Knall war verhallt, und weit weg durch den Dunst sah er die blassen Konturen der Gebirge östlich von Tanger. Afrika. So wunderschön und unendlich weit. Er hatte noch nie einen Fuss auf jenen Kontinent gesetzt, und er würde die Küste dort drüben auch nicht erreichen. Nicht in diesem Leben.

Seine Hände wurden eiskalt, und in seiner Brust entfachte sich ein Surren, als ob elektrischer Strom durch ihn hindurchgeflossen wäre. Er konnte die Hand mit dem Revolver nicht mehr oben behalten.

Frankie glitt die Waffe aus der Hand, und diese schepperte neben seinen Füssen über die Steinstufen. Erstaunt blickte er an sich hinunter. Er sah das Blut, spürte aber keinen Schmerz.

Er fühlte sich betrogen, denn es hatte doch immer geheissen, dass zum Schluss das Leben in Bildern an einem vorbeiziehen würde. Doch er sah keine Bilder. Da war nichts.

Mit der linken Hüfte stiess er gegen die Steinmauer, er kippte weg, und die Schwerkraft zog ihn in den Abgrund.

***

Daniel hatte reglos verharrt, bis De Luca über die Mauer ins Nichts gekippt war. Erst nach etlichen Sekunden hatte sein Verstand herausgearbeitet, was sich zugetragen hatte, und er war reflexartig in die Hocke gegangen.

Wer hatte auf De Luca geschossen?

Hatte der Schuss ihm selber gegolten, und der Schütze hatte versehentlich De Luca erwischt?

Er spähte die Felsen hoch und sah niemanden. Keinen Schützen und auch keine Bewegung.

Forster konnte definitiv nicht der Schütze gewesen sein. Es war nicht einmal sicher, ob der überhaupt noch lebte. Anna hatte weder eine Waffe dabeigehabt, noch hätte sie damit einen solchen Schuss ins Ziel gebracht. Ausserdem war sie viel zu weit weg, irgendwo da unten in der Gluthitze, vermutlich in einem Büro der Flughafenpolizei.

Er eilte die Treppe hinunter zur Futterstation für die Affen und ging hinter den schroffen Felsen in Deckung. Hier konnte ihn der Schütze nicht erwischen, aber er konnte hier auch nicht bleiben.

Er prüfte die Bergstrasse talwärts. Drei Berberaffen liefen über die Strasse und verschwanden im Buschwerk. Vermutlich hatte der Schuss sie aufgescheucht. Abgesehen davon blieb es still wie in der Wüste.

Daniel schätzte die Distanz zur Treppe, auf welcher er hier auf den Bergrücken hochgelangt war. Acht Meter? Oder zehn? Das war eigentlich keine Distanz, doch wenn er die Treppe erreichen wollte, musste er aus seiner Deckung hinaustreten und über die offene Strasse rennen. Wer auch immer da oben abgedrückt hatte, er würde ihm auf der Strasse ein perfektes Ziel abgeben.

Daniel strengte seinen Kopf an. Sollte er einfach loslaufen und darauf hoffen, dass der Schütze ihn als bewegliches Ziel verfehlte? Je nach Waffentyp war es nicht einfach, ein bewegliches Ziel sauber zu erwischen, aber Forster kam ihm in den Sinn. Wie er im Flughafen auf dem Boden gelegen und fast spastisch gezuckt hatte. Daniel getraute sich nicht mehr aus seiner Deckung, und er hörte Schritte auf der Strasse näher kommen.

Seine letzte Rettung war De Lucas Waffe, die oben auf der Treppe zur Aussichtsplattform lag. Er sah sie im Sonnenlicht.

Fünf bis sechs Sekunden, um sie zu erreichen? Eher fünf oder sogar nur vier. Daniel setzte zum Spurt an, aber zu spät.

«Vergessen Sie die Waffe», fauchte eine Stimme. «Glauben Sie mir, es ist besser für Sie, wenn Sie einfach nichts tun.»

Er sah zu der Stimme, und da stand er. Der Mann, der ihn und Anna von De Lucas Villa bis hinunter zur Brücke verfolgt hatte, unter der sie sich im kalten Bach versteckt hatten. Derselbe Mann, der ihn zusammen mit dem Samoaner und De Luca im Arbeitszimmer erwischt hatte. Auf der Höhe der kurzen Rippen hielt er sein Gewehr mit Holzkolben und Zielfernrohr so, als ob er von seinem Jagdhochsitz heruntergeklettert wäre und lässig für ein Foto posieren wollte. Nur mit dem kleinen Unterschied, dass das Gewehr schussbereit auf Daniel zeigte und dass der Mann vor ihm den Finger auf dem Abzug hatte.

«Sie erkennen mich wieder. Die Vorstellungsrunde können wir uns also sparen. Der Revolver auf der Treppe existiert für Sie nicht. Ausser natürlich, Sie wollen, dass die Polizei darauf Ihre Fingerabdrücke finden wird.»

Was spielte das noch für eine Rolle? Daniel hatte den starken Verdacht, dass dieser Typ nicht alle Tassen im Schrank hatte.

«Gratulation. Für einen, der nicht vom Fach ist, sind Sie verdammt weit gekommen.» Mit der einen Hand hielt er das Gewehr im Anschlag und auf Daniel gerichtet, mit der anderen wischte er sich den Schweiss aus den Augen. «Es mag für Sie nicht danach aussehen, aber das Spiel ist aus, und Sie haben gewonnen.»

Hä? Und was war sein Gewinn? Der schnelle Tod auf dem Felsen von Gibraltar?

«Das klingt verrückt, nicht wahr? Wo Sie endlich vor mir stehen und es ein Leichtes wäre, Sie zu beseitigen, sind Sie unantastbar geworden. Diese Geschichte nimmt wirklich jede Wendung.»

Daniel verstand gar nichts. Er wusste nur, dass er hier nicht wegkommen würde, solange der Typ es nicht zuliess. Vor ihm stand der Problemlöser der Mafia, und er selbst war unbewaffnet. Definitiv schachmatt.

«Schauen Sie nicht so dumm aus der Wäsche. Es gibt für alles eine Erklärung. Meine Befehle lauten anders als zuvor, und mein Auftraggeber ist ein anderer. Los, verschwinden Sie.»

Das Ganze konnte nur ein sadistisches Spiel sein. Daniel wagte keine Bewegung, und der andere zeigte mit dem Gewehrlauf zum oberen Treppenabsatz, wo Frankie De Luca eben noch gestanden und den Revolver fallen gelassen hatte.

«Er hat mit seinem Verhalten die Familie in Gefahr gebracht. Sie dagegen waren nur für ihn eine Gefahr und nicht für die Familie. Das ist alles, was Sie wissen müssen. Oder sind Sie für die Familie doch eine Gefahr?»

Instinktiv schüttelte Daniel den Kopf.

«Gehen Sie über die Strasse und zurück zu Ihrer Frau. Sie ist doch Ihre Liebste, nicht wahr?»

Der Lauf zeigte zwar immer noch auf Daniel, aber der Kerl wich zwei Schritte zurück, um Daniel den Weg freizugeben.

«Eines noch: Sie werden diese Treppe wieder bis ganz nach unten gehen. Sobald Sie unten angekommen sind, habe ich für Sie nie existiert. Verstehen wir uns?»

«Woher weiss ich, dass Sie ihr nichts tun werden?»

«Bravo! Sie können ja sprechen.»

Ja, das konnte er tatsächlich.

«Ich sage es ein letztes Mal. Sie und Ihre Frau interessieren mich nicht. Gehen Sie und vergessen Sie alles über mich. Vergessen Sie, was hier oben geschehen ist. Jedenfalls haben Sie mein Gesicht nie gesehen, und das Wort Familie haben Sie auch nie von mir gehört. Falls Sie mich nicht vergessen wollen, kann auch meine Familie Sie nicht vergessen. Verstehen Sie das Prinzip?» Er zeigte mit dem Lauf in Richtung der Treppe, die hinunter zur Stadt führte. «Leben Sie wohl. Und schöne Grüsse von der Familie.»

Der andere ging langsam im Halbkreis um Daniel herum und gab ihm den Weg frei.

Nach dem ersten Dutzend Stufen blickte Daniel zurück. Es war keiner da – auch keiner, der ihm ein Loch in den Bauch jagen wollte. Also ging er weiter die Treppe hinunter. Zuerst langsam und dann immer schneller. Bald waren seine Knie dermassen weich, dass er kaum mehr gehen konnte.

Der Problemlöser der Mafia empfing seine Befehle von einem anderen? War De Luca gar nicht der Boss der Zuger Mafiazelle gewesen? Konnte er bloss ein Unterboss und Geldwäscher gewesen sein, während der wahre Pate die ganze Zeit im Hintergrund geblieben war und die Fäden seiner Marionetten von ganz woanders gelenkt hatte?

Daniels Kopf konnte die Ereignisse von oben auf dem Felsen nicht einordnen. Beim nächsten Blick hinunter ins raue dunkelblaue Meer tauchte wie aus dem Nichts ihr Gesicht vor seinem inneren Auge auf. Alle Gedanken fielen von ihm ab, und in seinem Kopf drehte sich alles nur noch um Anna.

Am Fuss der Treppe dröhnte sein Schädel wie nach einem Boxkampf. Er war dehydriert und grässlich müde. Am liebsten hätte er sich hingesetzt, um nicht mehr aufzustehen. Stattdessen setzte er sich auf den zerbeulten Roller und liess den Motor aufheulen.

24

Das Fenster des Spitalzimmers zeigte hinaus auf den Yachthafen und die Bucht von Gibraltar. Auch an diesem Tag war das Meer tiefblau und windgepeitscht. Die im Wind gleitenden Möwen versuchten, ihre Geschwindigkeitsrekorde zu knacken.

Forster lag oben ohne im Bett, und eines dieser hässlichen Spitalnachthemden lag neben dem Bett auf einem Stuhl. Sogar für diesen stoffkargen Spitalfummel war es zu heiss. Die Klimaanlage über der Tür gab ein rasselndes Geräusch von sich, und die Kühlleistung brachte kaum den gewünschten Erfolg.

Forster betrachtete das quadratische Pflaster an seiner Schulter und schaute zu ihnen hoch. Anna stand neben Daniel und liess seine Hand seit Stunden nicht mehr los.

«Der Arzt sagt, der Schuss ist durch die Schulter hindurchgegangen. Die Knochen sind heil geblieben. Er meinte, ich werde wieder, aber ich müsse mit einer Folgeoperation rechnen. Ist noch nicht klar.»

Forsters Stimme war ungewohnt schwach, und er lallte von den Folgen der Narkose und dem Schmerzmittel.

«Sie machen einen gequälten Eindruck», bemerkte Daniel. «Wie fühlen Sie sich tatsächlich?»

«Beschissener könnte es nicht sein. Eine Pflegerin hat mir vorhin mitgeteilt, dass meine Frau und mein Chef auf dem Weg hierher sind. Der Flieger ist bereits gelandet, und sie treffen sicher jeden Moment hier ein. Das sind ja hier keine Distanzen.»

«Ärger im Paradies oder Ärger mit dem Chef?»

«Beides. Ich habe nämlich niemandem gesagt, dass ich mit Ihnen beiden hierherfliege, um De Luca in den Arsch zu treten.»

«Das glaube ich jetzt aber nicht», meldete sich Anna. «Nicht einmal Ihrer Frau? Sie haben ihr nichts gesagt?»

«Sie hätte sich bloss Sorgen gemacht, und was meinen Chef

anbelangt, dem habe ich direkt vor dem Abflug in Zürich meine Kündigung zugestellt.»

Sie kamen aus dem Staunen nicht heraus, und Daniel lachte schadenfreudig. «Dafür kriegen Sie bestimmt keinen Orden. Eher den rostigen Mittelfinger.»

«Mein Chef wäre mir ja egal, aber meine Frau wird zuwarten, bis ich wieder selber gehen kann, und dann erwürgt sie mich eigenhändig.»

Sie schwiegen, und die Klimaanlage zwitscherte wie ein Vogel bei seiner allerletzten Melodie.

«Danke, dass Sie sich vor Daniel gestellt haben. Wenn Sie nicht gewesen wären …»

«Ach was. Ich bin ja auch noch unter den Lebenden. Sagen Sie mir lieber, ob Sie es geschafft haben, De Lucas Krypto-Wallet auszusaugen.»

Anna strahlte wie ein Kind.

«Sagen Sie schon. Wie viel war drin?»

Sie nannte ihm den Betrag.

«Auf Deutsch bitte. Ich bin kein Nerd wie Sie. Wie viel ist ein Bitcoin in Schweizerfranken?»

«Es sind total acht Komma zwei Millionen Franken.»

«Meine Güte», entfuhr es Forster. Er wollte sich im Bett aufrichten, sank aber wegen der Schmerzen in sich zusammen und legte sich vorsichtig zurück. «Und wie können Sie diese Bitcoins der Polizei oder der Staatsanwaltschaft übertragen? Brauchen die Behörden dazu auch eines dieser Krypto-Wallet-Dinger, um das Geld beschlagnahmen zu können?»

Daniel und Anna tauschten still Blicke aus.

«Was verschweigen Sie mir?»

Anna sagte nichts, und Daniel sprach für sie. «Die gute Nachricht ist, es braucht dafür kein Krypto-Wallet. Die schlechte Nachricht, das Geld ist weg.»

«Weg? Wie weg?»

Anna sah wie ein gescholtener Hund zu Forster, mied aber seinen Augenkontakt. Sie erklärte sich. «Es gibt kein Geld mehr. Ich habe es gestern Abend vom Hotelzimmer aus gespendet.»

«Das ist ein Scherz.»

Daniel schüttelte den Kopf, und Anna fuhr fort. «Kennen Sie die Ärzte ohne Grenzen?»

Forster lachte laut und zuckte wegen der Schmerzen. «Sie haben doch nicht alle Zeiger an der Uhr. Sie können doch den Ärzten ohne Grenzen nicht acht Millionen spenden.»

«Doch nicht den Ärzten. Das Geld ist für Kinder in Afrika gedacht. Kinder in Not.»

«Sie haben definitiv eine Schraube locker. Das Geld gehörte doch nicht Ihnen. Meine Güte, Frau Berger, über acht Millionen Schweizerfranken!»

«Wissen Sie, wie gross Afrika ist? Da drüben gibt es verdammt viele Kinder, die im Elend leben.»

Forster lag lachend im Bett, und zugleich hielt er sich die Schulter. «Sie beide sind komplett verrückt. Ich hätte es wissen müssen.» Mit dem Infusionsschlauch am Handrücken zeigte er auf Daniel. «Und ich dachte immer, dass Sie der Schlimmere von Ihnen beiden sind, aber da bin ich mir nicht mehr so sicher.»

Forster verwarf die Hände und sah in ihre Gesichter. «Jeder Teenager im Hormonrausch hat mehr Vernunft im Leib als Sie beide zusammen. Erzählen Sie mir endlich den Rest. Man sieht es Ihren Gesichtern an, dass es noch mehr zu beichten gibt.»

Daniel sprang über seinen Schatten. «Es gibt nichts weiter zu beichten, aber ich werde bald einen Trauzeugen brauchen und dachte spontan an Sie.»

«Sie haben Daniel gestern das Leben gerettet. Als Geste unserer Dankbarkeit möchten wir, dass Sie unser Trauzeuge sein werden», sagte Anna.

Forster verdrehte die Augen. «Melden Sie Ihr Hochzeitsdatum bitte rechtzeitig bei der Polizei an», er lachte wie ein Irrer, «damit meine Ex-Dienstkollegen rechtzeitig zu allen Nordiren, die in die Stadt kommen werden, eine Hintergrundabklärung durchführen können.»

«Lassen Sie die Sprüche», gab Anna zurück. «Warum könnt ihr Männer nicht ein einziges Mal nett zueinander sein? Er hat Sie immerhin gefragt, ob Sie sein Trauzeuge sein wollen.»

«Glauben Sie, dass es ein Happy End geben kann, wenn er und ich nebeneinander in einer Kirche stehen?»

Vor Lachen schüttelte es Forster in seinem Bett.

«Wir sind nur nicht besonders warm geworden», sagte Daniel, «weil Sie sich letztes Jahr wie ein Arsch verhalten haben.»

«Wie ein Arsch? Sie Witzbold haben ein ganzes Haus in die Luft gesprengt. Den Teil danach nennen wir in Fachkreisen Einvernahme. Was haben Sie sich vorgestellt? Dass ich einem Nordiren, der ein Haus in die Luft gesprengt hat, während der Einvernahme die Hand halte und Komplimente mache?»

«Ich bin Schweizer.»

Forster winkte ab. «Nein, Sie sind offensichtlich beides.»

«Tun Sie es?»

«Was soll ich tun? Ihr Trauzeuge sein?»

«Ja, was denn sonst?», giftete Daniel.

«Bitte sagen Sie Ja.» Anna blinzelte Forster zu und brachte die Energie im Raum wieder auf ein halbwegs erträgliches Niveau.

«Ich tue es, wenn Sie im Gegenzug etwas für mich tun. Sie bleiben hier in diesem Raum, bis die erste Gesprächsrunde mit meinem Chef und meiner Frau durch ist.» Er wandte sich an Anna. «Und ich will mit Ihrem Göttergatten auf keinem einzigen Partyfoto zu sehen sein, sonst finde ich garantiert nirgendwo mehr eine anständige Anstellung.»

Das Gespräch beruhigte sich, und phasenweise gewann Daniel sogar den Eindruck, dass man sich mit Forster gar nicht so schlecht verstehen konnte. Forster erkundigte sich nach Annas Eltern und Hubers Hund, und das Gespräch plätscherte dahin, bis die Tür aufging und Forsters Chef und seine Frau hereinstürmten.

***

Als die Abendsonne den Horizont berührte, donnerte ihr Flieger in den Himmel, und sie reisten einer anderen Welt entgegen.

«Wir sollten den Hund bei uns behalten. Ich glaube, Huber hätte es so gewollt, und der Hund mag dich.»

Anna nickte, und für den Rest des Fluges schwiegen sie.

Epilog

Es war durch und durch grau. Nieselregen. Auf der Rückbank im Taxi sassen Daniel und Anna Schulter an Schulter. Auf ihn war geschossen worden, er war verprügelt worden, aber das Wegstück, das nun direkt vor ihm lag, jagte ihm mehr Angst ein als alles andere davor.

Das Grau der Strassen ging in jenes der Fassaden der Häuser über, und von dort zog es sich in den Himmel hoch. Ton in Ton und ausstaffiert mit Menschen, die vorübergingen, als ob sie nicht hierhergehörten. Belfast war trist, wie er es sich aus den Fetzen seiner Kindheitserinnerungen zusammengereimt hatte. War alles hier tatsächlich so leblos und stumpf? Oder wirkte der Schmerz, den er in sich trug, wie ein Filter, der dem Ort nur für seine Augen alle Farben genommen hatte?

Die einzigen Farbtupfer hatte er durch das verregnete Taxifenster gesehen, als der Fahrer sie der Peace Line entlangchauffiert hatte. Leuchtend rote fordernde Buchstaben: «BRING DOWN THE WALLS».

So stand es unterhalb des Stacheldrahts. Und Minuten später kamen sie an einem schlichten Ziegelsteingebäude vorbei, das ein Schild an der Fassade und darauf die unübersehbaren Worte trug: «PSNI – MI5 – BRITISH ARMY, NOT WELCOME IN THIS AREA».

Sie bogen in ein Wohnquartier ein, das hübsch-hässlich mit dem Wetter harmonierte. Eine hohe graue Wand aus Beton und Stahl trutzte auf der Rückseite der Reihenhäuser. Der lange Abschnitt der Peace Wall zog sich durch gleichförmige Gärten wie der Schwanz eines Drachen, der jeden Moment mit einem Schlag links und rechts alles vernichten konnte – einfach nur aus einer Laune heraus.

Der Fahrer stoppte den Wagen vor dem Haus mit der Nummer 53. Daniel bezahlte, sie tauchten in das nasse Wetter ein und gingen die Stufen zur Haustür hoch. Er sah sich um und entdeckte einen makellos schwarzen Raben, der auf dem Kamin des Nachbarhauses sass und zu ihnen hinunterschaute. Es kam ihm vor, als ob der Rabe ihm hätte sagen wollen, dass er nicht an diesen Ort gehörte. Doch gab es kein Zurück mehr. Anna drückte die Klingel, und der Rabe flog schimpfend davon.

Die Sekunden zogen sich wie eine Ewigkeit hin. Daniel musterte die Häuser, die alle exakt gleich aussahen. Die Vorgärten, die Fassaden, sogar die Vorhänge schienen die gleichen zu sein. Die Haustür ging auf, und der Kloss in seinem Hals drohte ihn zu ersticken. Eine Frau mit Falten auf der Stirn und müden Augen stand vor ihnen. Sie erkannte ihn sofort und ging fast in die Knie. *«Daniel Bradley Garvey. Good God!»*

Er konnte kaum sprechen. «Tante Shavon, das ist meine Verlobte, Anna.»

«Unglaublich, man könnte dich mit deinem Vater verwechseln.»

Sie weinte und bat Daniel und Anna einzutreten. Tapeten aus einer anderen Zeit, knarrende Dielen und eine neue Heizung wäre vermutlich nicht schlecht gewesen. Shavon setzte sich mit ihnen auf ein zerschlissenes Sofa und liess seine Hand nicht mehr los.

«Ich kann nicht glauben, dass du in meinem Wohnzimmer sitzt.»

Daniel bekam kein Wort heraus, und Anna übernahm. «Es war für ihn nicht leicht, in diese Stadt zu kommen. Wir sind nur wegen Ihnen hier.»

«Liebes. Sage bitte Tante Shavon zu mir. Ich bin schliesslich keine Fremde. Ich habe ihn im Arm gehalten, als er ein Baby war, und ich habe ihn getröstet, nachdem sein Vater nicht mehr da war. Conor hat die Nachricht persönlich überbracht. Danach bin ich ausgezogen und habe ihn nie mehr gesehen. Und wir zwei», sie streichelte Daniel über den Kopf, «haben nächtelang zusammen geweint. Er hat sich aus Furcht vor der IRA einen ganzen Tag im Kleiderschrank versteckt. Bis er da drin kaum mehr Luft gekriegt hat.»

Sie sagte es, und Daniel erinnerte sich schlagartig an alles. Er hatte sich zwischen den Kleidern seiner Eltern versteckt, sich in der Ecke im Dunkeln verkrochen. Er hatte nicht glauben wollen, dass sein Vater nie mehr zurückkommen würde. Weglaufen, ja, das wollte er damals. Die Männer jagen, die seinen Vater getötet hatten. Aber da war diese Furcht gewesen, die ihn ins Dunkel des Kleiderschranks getrieben hatte. Der Sauerstoffmangel, bis er fast umgekippt wäre. Die Panik und die Atemnot, er fühlte sie wie damals.

Später hatte er sich geschworen, Conor mit blossen Händen zu erwürgen. Aber sie waren sich nie begegnet, und sein Hass hatte sich in ungreifbare Furcht und später in Einsamkeit gewandelt.

Es folgte eine lange Pause, und Daniel konnte seine Tränen nicht mehr zurückhalten. Endlich, nach all den Jahren hatte sein Kopf diese Erinnerungen freigegeben. Endlich war ihm klar, warum er keine engen und dunklen Orte ertragen konnte, und auch, warum er keine Luft bekam, wenn er sich eingeengt fühlte. Er erinnerte sich, wie seine Mutter Nordirland überstürzt verlassen hatte und wie er im Flieger zurück in die Schweiz geweint und für Wochen kein Wort mit ihr gesprochen hatte. Denn er hatte geglaubt, dass Dad vielleicht doch noch zurückkommen, aber sie alle ihn verpassen würden, weil sie Belfast den Rücken zugewandt hatten.

Es war Anna, die ihn aus diesen Gedanken zurückholte. Mit einem Lächeln riss sie die letzte Mauer ein.

«Ich für meinen Teil bin hierhergekommen», sie sah zu Shavon, «weil ich ganz dringend eine Trauzeugin suche.»

Tante Shavons Augen erwachten zum Leben. Daniel und Annas Blicke trafen sich, beide lachten und weinten zugleich.

Sie hatte ihm nicht gesagt, dass sie diese Frage stellen wollte. Doch es war gut so.

Glossar

AFIS (Abkürzung) – Automatisiertes Fingerabdruckidentifizierungssystem

Füdlibürger (Mundart) – Spiessbürger

Huerä Seich (Mundart) – Kraftausdruck für: grosser Quatsch

Huerä Siech (Mundart) – Ausruf, der Unglauben oder Bewunderung ausdrückt

MI5 – Britischer Inlandgeheimdienst

obsen (Abkürzung) – Polizeijargon für observieren

PSNI – Police Service of Northern Ireland

Spusi – Tatortjargon für Spurensicherung

Nachwort

Alfred Hitchcocks «Fenster zum Hof» (Originaltitel: «Rear Window», 1954) ist der Ausgangspunkt dieser Geschichte. Ich fragte mich, wie sich der Lauf der Handlung verändern könnte, wenn der böse Mann von schräg gegenüber sich durchsetzt. Wie schnell bahnt sich ein Konflikt an, den eigentlich gar keiner gewollt hat und erst recht keiner mehr kontrollieren kann.

Ist ein offener Konflikt erst einmal beendet, werden als Nächstes Mauern hochgezogen, die eigentlich auch keiner gewollt hat, wie in Korea, Nordirland, im Nahen Osten und anderswo. Es gibt zu viele Mauern in dieser Welt.

Den Fans von Mario Puzos Buch «Der Pate» (Originaltitel: «The Godfather», 1969) dürfte der Prolog im Gerichtssaal im Ansatz bekannt vorgekommen sein. Den «Paten von Zug» mit krimineller Energie angereichert haben aber Tatsachenberichte. Ich las im Januar 2019 in der Tagespresse, dass seit 2009 mehr als siebenhundertsechsundsechzig Waffen der Schweizer Armee vermisst werden. Bescheidene drei davon wurden im Ausland sichergestellt. Wo sind die anderen siebenhundertdreiundsechzig Stück geblieben?

In jener Zeit, in der ich Ideen für dieses Buch zusammengetragen habe, sorgte auch der Bundesrat für Schlagzeilen. Ausgerechnet die neutrale Schweiz sollte künftig unter gewissen Voraussetzungen Rüstungsgüter neu auch in die Konfliktregionen der Welt liefern können. Worin liegt der Unterschied, ob ein Staat oder ein Verbrecher wie Frankie De Luca Waffen in ein Krisengebiet liefert.

Dank

Mein ganz besonderer Dank geht an die nichts ahnende echte Zuger Polizei, die in diesem Buch für so manches hinhalten musste, das sie in Wirklichkeit gar nicht verkörpert und das ihr hoffentlich nie widerfahren wird. Vielen Dank dem Team des Emons Verlags, das mit seiner Arbeit beweist, dass man problemlos über alle Grenzen und Hürden hinweg sehr gut zusammenarbeiten kann. Besonderer Dank gebührt der Lektorin Irène Kost für ihren zuverlässigen Blick für das Wesentliche und die unentbehrliche Präzision. Vielen Dank Judith Müller für das Probelesen und Jonas Iten für einige originelle Wortfindungen anlässlich unserer «beherzten Kofferraumgespräche». Ein grosses Dankeschön an Nina Schäfer für das wirklich gelungene Cover und an alle anderen, die im Hintergrund fleissig mitgearbeitet und mitgefiebert haben.